KB262150

Dream Impact

드림 임팩트

장천 퓨전 판타지 소설

FUSION FANTASTIC STORY

드림 임팩트 1

장천 퓨전 판타지 소설

초판 1쇄 찍은 날 § 2007년 10월 25일
초판 1쇄 펴낸 날 § 2007년 10월 31일

지은이 § 장천
펴낸이 § 서경석

편집장 § 문혜영
편집책임 § 유경화
편집 § 이재권 · 이환진 · 조수회

펴낸곳 § 도서출판 청어람
등록번호 § 제1081-1-89호
등록일자 § 1999. 5. 31
어람번호 § 제1-0904호

주소 § 경기도 부천시 원미구 심곡1동 350-1 남성B/D 3F (우) 420-011
전화 § 032-656-4452 팩스 § 032-656-4453
http://www.chungeoram.com
E-mail § eoram99@chollian.net

ⓒ 장천, 2007

ISBN 978-89-251-0982-4 04810
ISBN 978-89-251-0981-7 (세트)

드림 임팩트

Dream Impact

1

장천 퓨전 판타지 소설
FUSION FANTASTIC STORY

도서출판 청람

CONTENTS

Chapter 1

악몽

낮임에도 불구하고, 울창한 데다가 음습한 기운이 둘러싸고 있어 음침한 느낌을 주는 숲 속, 그 숲 속을 한 사람이 달려가고 있었다.

"헉, 헉. 제길!"

청년은 현재 자신이 처한 상황이 불만스러운지, 있는 힘껏 달리는 와중에도 신경질적으로 욕설을 내뱉었다.

달리는 도중 나뭇가지들이 청년의 몸에 긁히며 생채기를 내었지만, 청년은 그런 것에 신경 쓸 겨를이 없었다. 다만 가끔 뒤를 힐끔 돌아볼 뿐이었다.

간간이 울창한 나무 사이로 들어오는 빛에 드러난 청년의 얼굴에는 한 가지 감정으로 가득 차 있었다. 그것은 공포였다.

스스.

수풀이 흔들리는 소리에 필사적으로 달리던 청년의 움직임이 멎었다.

스스스.

수풀의 흔들림이 점차 커져 가자, 청년이 몸을 부들부들 떨며 뒷걸음치기 시작했다.

스스스스.

수풀의 흔들림이 더욱 커지더니, 이내 한 인형이 수풀을 헤치며 나왔다. 녹색의 피부, 청년보다는 키가 작지만 온몸이 근육질로 덮여 있어 오히려 청년보다 더 커 보이는 체구, '취익 취익' 거친 숨소리, 돼지 코의 그것과 같은 들창코, 그리고 살기를 머금은 붉은 눈. 전형적인 오크의 모습이었다.

"아아……."

오크를 본 청년의 입에서 절망 어린 신음 소리가 흘러나왔다.

우어어어!

마치 사자가 다잡은 먹이를 앞에 두고 포효하듯 오크가 청년을 보고 있는 힘껏 포효했다.

히이이익!

그 괴성에 놀란 청년은 비명을 지르며 그 자리에 주저앉았다. 겁에 질려서 온몸에 힘이 빠진 것이었다.

취익. 크크크, 취익!

청년의 절망적인 모습이 기쁜지 오크는 그 흉측한 얼굴로 미소를 지으며 청년에게 다가갔다.

"제길. 좀 움직여."

오크가 다가오자 그제야 정신을 차린 청년은 도망가려 했지만, 다리가 그의 말을 듣지 않았다. 겁에 질린 나머지 움직일 수가 없었던 것이다.

있는 힘껏 주먹으로 다리를 때리고 양손으로 땅을 짚고 일어나려 했지만, 다리는 자신의 의지를 따라주지 않고 부들부들 떨고 있을 뿐이었다.

"제발."

청년의 앞에 검은 그림자가 드리웠다. 어떻게든 일어나려고 하는 사이에 오크가 그의 앞까지 온 것이다.

"아으… 아……."

오크의 오른손이 천천히 올라갔다. 자신의 머리보다 아주 조금 작은 오크의 주먹을 본 청년은 도망칠 생각도 못하고 입에서 알 수 없는 웅얼거림만 내뱉고 있었다.

그리고 오크의 주먹이 청년의 머리로 힘차게 떨어졌다.

"아악!"

비명 소리와 함께 잠에서 깨어난 시현은 양손으로 자신의 머리를 만져 보았다. 한참 동안 머리를 이리저리 만져 보고는 이상이 없자, 안도의 한숨을 내쉬었다.

"또 꿈이었구나."

　방금 전의 그것이 악몽이었다는 것을 깨달은 시현은 습관적으로 목뒤를 손으로 쓰다듬었다. 악몽 때문인지 목에는 땀이 흥건했다.

　"제길, 도대체 며칠째야."

　침대에서 일어난 시현은 책상 앞에 앉았다. 그리고 책상 위에 놓인 거울을 보았다. 퀭한 눈과 푸석푸석한 피부, 그래도 제법 생겼다고 생각했지만 현재의 모습은 거짓말을 조금 보태서 중병을 몇 달간 앓은 중환자의 모습이었다.

　며칠 전부터 꾸기 시작한 악몽, 그 악몽은 어떤 음침한 숲의 돌 제단처럼 생긴 곳에서 시작되었다. 잠이 들면 어느새 그 돌 제단에 자신이 서 있었고, 곧 뒤쪽에서 오크가 살기를 풀풀 뿜어대며 나타난다. 그리고 도주. 있는 힘껏 도망치지만, 어느새 오크가 앞에 나타나고 그놈의 주먹에 머리가 부서지는 순간 꿈에서 깨어난다.

　그 꿈으로 인해 시현은 벌써 8일째 잠을 설쳤다.

　"제길, 내가 이렇게 약했나."

　한참 동안 몸을 추스르던 시현은 고개를 돌려 시계를 쳐다보았다. 2시 3분, 역시 같은 시간대에 깨어났다. 8일 내내 그놈의 때려죽여도 시원치 않을 오크에게 당한 뒤 잠에서 깨면 항상 2시경이었다.

　"또 조금밖에 못 자겠군."

　다행히 한 번 악몽을 꾼 뒤에는 별다른 악몽을 꾸지 않았다. 다만 이상한 언어와 문자들이 시현의 꿈에 나타난다는 것 외에는 말이다. 그렇지 않고 계속 악몽을 꾸었다면 이렇게 8일 동안 견지지도 못했을 것이다.

"내일은 정신병원에라도 한번 가봐야지."

시현은 다시 침대에 눕자 곧 잠에 빠져들었다. 이번에는 악몽을 꾸지 않았는지 그의 얼굴에는 미소가 감돌아 있었다.

＊　　　＊　　　＊

보통 언덕 위의 하얀 집이라고 표현하는 정신병원이지만 시현이 찾아간 곳은 그런 이미지와는 전혀 어울리지 않았다. 적갈색 벽돌과 하얀색으로 도배한 콘크리트 건물. 그리고 그 앞에 딸려 있는 작은 운동장은 학생들이 모두 하교 한 뒤의 으스스한 분위기가 감도는 학교를 보는 것 같았다.

"제길, 이게 뭐야!"

막 정신병원에서 진료를 받고 나온 시현에게는 불만 어린 기색이 역력했다.

"쪽팔리게 정신병원까지 왔는데, 별다른 이상이 없다니."

요즘은 인식이 많이 달라졌지만, 정신병원에 간다는 것은 즉 정신 이상자, 속된 말로 미친 사람이라는 생각을 많이 가지고 있었기에 대부분 정신병원에 가기를 꺼려했다. 물론 시현도 그러했기에 심각하게 고민한 끝에 정신병원에 왔건만, 큰 이상은 없고 요즘 간간이 보이는 스트레스성 질환이라는 의사의 답변만이 있을 뿐이었다.

별다른 이상이 없다는 것은 분명 좋은 소식이건만 그동안 자신이 약간 돌아버린 것이 아닌가, 아니면 다른 큰 병이라도 걸린 것이 아닌가, 고민했던 시현은 그 걱정이 삽질이었다는 것에 왠지 모를 억울함마저 느껴졌다.

"그나마 약이라도 받았으니까 다행이려나."

손에 든 약봉지를 보니 한 달치라서 제법 두툼한 게 믿음직스러웠다.

'이것만 있으면 악몽은 꾸지 않아도 된다는 거지.'

시현은 소중한 보석이라도 다루듯 약봉지를 품에 잘 갈무리한 뒤, 시계를 쳐다보았다.

11시 20분.

점심을 먹기에도 그렇고, 이대로 집에 돌아가기에도 좀 어정쩡한 시간이었다. 그리고 이 더운 여름날에 에어컨이 있다지만 방에 콕 박혀 있는 건 체질에 맞지 않았다.

"그러고 보니 그놈의 악몽 때문에 방학하고 나서는 동아리 활동도 못했는데, 동아리 방에나 놀러가 볼까?"

며칠간의 악몽으로 정신이 없어서 자신이 그토록 좋아했던 동아리 활동을 못했다는 것을 생각해 낸 시현은 학교로 향했다.

충남 C대학 서바이벌 부. 시현이 속해 있는 동아리의 이름이었다. 서바이벌게임을 비롯해서, 산에서 캠핑을 한다든지,

초보적인 부비트랩 등에 대해서 배우기도 하고, 또 혼자서 산에 남겨졌을 때 살아남는 방법 등, 말 그대로 서바이벌, 살아남기 위한 것들에 대한 것들을 배우고 또 서로의 의견을 교환하는 취지로 만들어진 부였지만, 요즘은 주로 서바이벌게임과 캠핑이 주류를 이룬다.

시현이 동아리 방이 있는 제1학생 회관에 도착했을 때, 12시를 알리는 종소리가 울렸다. 병원이 꽤 외진 곳에 있었기에 버스를 탔음에도 40분이나 걸린 것이다.

학생 회관 안에서는 많은 학생들이 식사를 하기 위해 식권을 한 장씩 꺼내 들고 줄을 서고 있었다. 방학이지만 계절 학기라는 보충수업 비슷한 수업이 있었기에 학생 회관 중 제일 큰 1학생 회관에서 배식을 하는 것이었다.

2층을 지나 3층으로 올라가자 쭉 늘어진 복도를 사이로 많은 동아리 방들이 위치해 있었다. 문들에는 서로 자기 동아리가 최고라고 자랑하듯 화려한 포스터들이 붙어 있었다.

하나, 둘, 셋, 넷, 다섯 번째 방을 지나쳐 여섯 번째 방문 앞에서 걸음을 멈춘 시현은 문에 붙어 있는 포스터를 보고 피식 웃었다.

세상이 망하더라도 우리는 살아남을 수 있다.

서바이벌 부.

시현이 처음 이곳에 왔을 때, 저 문구를 보고 입부를 결심했다. 지금 보면 말도 안 되는 유치하기 그지없는 문구이지만, 4개월 전 그때는 그렇게 멋져 보였는지, 이 문구를 보면 그때 생각이 나 피식 웃음이 새 나왔다.

똑똑.

노크를 한 뒤 문을 열자 동아리 방의 전경이 드러났다. 방 안에는 부원들이 쉴 수 있도록 냉장고, 소파, 선풍기 등이 놓여 있었고 서바이벌 부답게 벽에는 마치 진짜 총인 것처럼 보이는 각종 서바이벌 건들이 장식되어 있었다.

그리고 그 가운데 놓여 있는 낡은 소파에서는 한 청년이 시현이 들어온 것도 눈치 채지 못하고 열심히 총을 닦고 있었다.

"안녕하세요."

시현이 인사를 하자 그때야 청년은 시현이 들어온 것을 알아챘는지, 고개를 들어 시현을 쳐다보았다.

"어, 이게 누구야? 우리 막내 아니야. 아픈 건 다 나았냐?"

"예, 그런데 그건 뭐예요?"

시현이 청년이 들고 있는 총을 가리키며 묻자, 청년은 총을 한 손에 들고 사진을 찍는 것처럼 포즈를 잡으며 말했다.

"아 이거 'SLR—105A1' 이라는 전동 건인데, 60만원을 들여서 장만했지. 어때 폼나지 않냐?"

"폼나네요."

시현은 속으로 한숨을 쉬며 고개를 끄덕였다.

한껏 자신의 총을 자랑하는 이 사내의 이름은 신정훈, 새로운 서바이벌 건을 보면 일단 사고 보는 비싼 취미를 가진 덕분에 동아리 내에서는 밀리터리 마니아로 통했다. 어쩌다 다른 동아리들과 서바이벌게임을 할 때면 모자란 서바이벌 건은 그가 다 충당하니, 얼마나 많은 서바이벌 건을 가지고 있는지 알 만했다. 현재 시현이 가지고 있는 서바이벌 건도 신정훈이 선물로 준 것이었다.

"그런데 다른 사람들은요?"

"아, 모두 산에 갔다."

"산이요?"

"응, 방학도 하고 해서 한 일주일 정도 있다가 온다더라."

"누구누구 갔는데요?"

"그러니까… 수현이, 진우, 현운이 그리고 1, 2학년 떨거지들."

"한마디로 우리 둘만 빼고 다 갔다는 소리네요."

"그렇지."

"그런데 선배는 왜 안 가셨어요?"

"아, 이번에 아버지 따라 중국에 다녀왔거든. 앞으로 사업을 이어받으려면 중국 현지에 있는 사람들과도 친해져야 한다고 해서 강제로 끌려갔다 왔지."

중국에 갔다 오는 게 귀찮다는 듯한 말투. 중국은커녕 제주도도 못 갔다 온 시현은 그런 신정훈의 태도가 얄미워 진담 반, 농담 반으로 말했다.

"우우~ 부르주아~"

"야, 내가 거기 가서 얼마나 힘들었는지 알아? 관광 한 번 못 하고 매일 이리저리 끌려 다녔지, 또 음식은 왜 이리 느끼한지 나 거기 갔다 와서 살이 3kg나 빠졌어."

정말로 고생했는지 신정훈은 있는 침, 없는 침 다 튀겨가며 시현에게 그때의 억울함을 하소연하기 시작했다. 그렇게 한참 동안 옛날 일까지 들추어내며 아버지에 대한 지청구를 하고 나서야 신정훈의 하소연은 끝이 났다.

신정훈의 아버지는 신성 그룹이라는, 국내 10대 기업에는 못 들지만 20대 기업 안에는 가뿐히 들어가는 거대한 기업의 회장이었다. 현재 신정훈이 비싼 취미 활동을 계속해 나갈 수 있는 것도 그 때문이었고, 그 덕에 이 동아리도 많은 이득을 보았다. 주말에 동아리 활동을 할 때면 언제나 신성 그룹에 소속되어 있는 별장을 무료로 이용할 수 있기 때문이었다.

"그런데 너 진짜 몸은 괜찮은 거냐? 안색이 영 아니다."

자신의 하소연 때문에 분위기가 다운되자 신정훈은 분위기를 바꿀 겸 시현의 안부를 물었다. 보지 못한지 며칠밖에 안 되었는데 몰라볼 정도로 얼굴이 핼쑥해져 있었다.

"아, 잠을 좀 설쳐서요. 하지만 이제 괜찮아요. 이렇게 약도 다왔고."

시현은 두둑한 약봉지를 보여주며 웃었다.

"너 아직 점심 안 먹었지? 나가자. 안색도 좋지 않은데 내가 오랜만에 몸보신 시켜줄게."

신정훈은 핼쑥해진 얼굴로 웃는 시현의 모습이 더 안돼 보였던지 손질하고 있던 서바이벌 건을 케이스에 집어넣은 후 일어섰다.

신정훈에게 점심으로 약선 요리라는 처음 보는 음식들을 잔뜩 얻어먹고 자취방으로 돌아오자 솔솔 잠이 쏟아지는 것을 느꼈다. 며칠 동안 제대로 잠을 못 잔 데다가, 모처럼 실컷 맛있게 음식을 먹었으니 잠이 오는 게 당연했다.

아직 4시밖에 안 됐지만 시현은 약을 먹고 슬슬 잠을 청하기 위해 침대에 누웠다. 하지만 약을 먹었음에도 불구하고 악몽에 대한 불안감을 떨치지 못한 시현은 쉽사리 잠에 들 수가 없었다. 그렇게 한참 동안 침대에서 뒤척이던 시현의 눈에 벽에 걸린 서바이벌 건이 들어왔다. 동아리에 입부할 때 신정훈이 입부 선물로 준 것이었다.

시현은 침대에서 일어나 벽에 걸린 서바이벌 건을 뽑아 들고는 침대로 돌아왔다. 애들처럼 인형이나 장난감을 껴안고 잔다는 것이 얼굴이 빨갛게 달구어질 정도로 부끄러운 그였지만 이렇게라도 하지 않으면 잠이 올 것 같지가 않다는 생각에 서바이벌 건을 꼬옥 껴안고 침대에 누웠다.

서바이벌 건이 효험이 있었는지 얼마 지나지 않아 시현은 잠이 들었다. 그리고 다시 악몽이 시작되었다.

햇빛이 비치고 있음에도 불구하고 음침한 느낌을 주는 숲,

원형을 이루고 있는 5개의 커다랗고 길쭉한 돌, 시현에게는 익숙한 풍경이었다. 바로 악몽 속에 언제나 등장하는 숲의 풍경이었다.

"이런, 시발!"

약이 소용없다는 것을 안 시현의 입에서는 욕이 절로 나왔다.

"이 의사 새끼! 무슨 현대인이라면 누구나 가지고 있는 스트레스성 질환이야. 나처럼 악몽 꾸는 놈 있으면 나와 보라고 그래! 이 사기꾼 같은 돌팔이 의사 새끼야!"

한참 동안 어제 자신을 진료한 의사를 떠올리며 화를 내던 시현은 문득 지금까지의 악몽과는 조금 다른 점이 있다는 것을 느낄 수 있었다.

"어라, 이게 왜?"

자기 전에 품에 껴안고 잤던 서바이벌 건, 그 서바이벌 건이 그의 손에 쥐어져 있었기 때문이었다.

"설마 껴안고 자서 그러나?"

순간 시현의 머릿속에 한 가지 생각이 스쳐 지나갔다. 강한 믿음만 있다면 '자신의 꿈을 조종할 수 있다'는 책에 적힌 내용이었다.

"맞아, 이건 내 꿈이지. 믿음만 강하게 갖고 있다면 내가 원하는 대로 할 수 있을 거야."

악몽을 탈출할 수 있는 한가닥의 희망이 생기자, 그의 얼굴에 미소가 감돌았다. 그때였다.

크르르르.

뒤에서 들려오는 오크의 나지막한 으르렁거림.

급히 시현이 뒤를 돌아보자, 그곳에서는 막 오크 한 마리가 수풀 사이를 헤치며 나오고 있었다.

'좋아! 해보자!'

시현은 천천히 다가오는 오크를 향해 전동 건을 겨냥했다. 그리고 마음속으로 외쳤다.

'이건 총이다. 진짜 총이다. 저런 오크 따위는 한 방에 죽일 수 있는 진짜 총이다.'

두근! 두근! 두근!

너무 긴장해서인가 심장 소리가 크게 들려왔다.

뿌직! 뿌직!

오크가 한 걸음, 한 걸음 시현을 향해 다가왔다. 걸음을 걸을 때마다, 오크의 육중한 무게에 마른 나뭇가지들이 부러지는 소리가 들려왔다.

꿀꺽.

오크가 다가오는 소리에 시현은 침을 한 번 삼킨 뒤 자기암시라도 하듯 작은 목소리로 중얼거렸다.

"이건 총이다. 진짜 총이다. 이건 총이다."

점점 시현과 오크와의 거리가 가까워질수록 시현은 긴장이 되는지 자꾸 마른침을 삼켰다.

스으읍.

긴장이라도 풀려는 생각인지 시현은 한껏 숨을 들이켠 뒤,

방아쇠에 걸린 손가락에 힘을 주기 시작했다.

어느새 시현과 오크와의 거리는 10보 정도로 좁혀져 있었다. 이 이상 망설였다가는 총을 쏴볼 기회조차 사라질 터였다.

"이건 총이다!"

그동안 오크에게 당해왔던 설움을 보상받기라도 하려는 듯이 있는 힘껏 외치며, 시현은 방아쇠를 당겼다.

탕!

단발의 총성이 적막한 숲에 울렸다. 곳곳에서 숨죽이고 있던 새들이 그 총성에 놀라 서로 다투듯 공중으로 날아올랐다.

시현은 오크를 바라보았다. 아무런 미동도 없는 오크, 그러나 방금 전과는 조금 다른 점이 있었다. 오크의 이마 정중앙에 전에는 보지 못했던 하나의 검은 점이 생겨나 있었다.

아니, 그것 외에도 다른 것이 더 있었다. 오크의 눈동자, 평상시의 살기 어린 눈동자가 아닌 초점이 없는 죽은 자의 눈동자였다.

주룩.

오크의 이마에 있던 검은 점에서 액체가 흘러나왔다. 그것은 피였다.

뚜욱. 뚜욱.

이마의 검은 구멍에서 흘러나온 피가 방울져 떨어져 내렸다. 그리고 얼마 지나지 않아 그 육중한 오크의 몸체가 소리도 없이 쓰러져 버렸다.

　이렇게 되어야 만했다.
　시현의 생각대로라면 이렇게 되어야 했다. 그러나 현실은 냉혹했다.
　위이잉, 퉁퉁퉁.
　서바이벌 건 특유의 모터 소리와 총소리, 서바이벌 건에서 여러 발의 총알이 발사되어 오크의 머리에 명중했지만, 그건 실제 탄환이 아닌 6mm BB탄이었다.
　꿀꺽.
　아까와는 다른 의미에서 침을 삼킨 시현은 BB탄에 맞은 오크의 반응을 살폈다. 별다른 반응을 보이지 않는 오크의 모습에 그는 아까의 BB탄이 오크의 머리에 맞고 팅겨 나가는 것을 보았음에도 오크가 죽지 않았나 하는 희망을 가졌다. 그러나 그 희망도 오래가지 못했다.
　크아아아!
　BB탄에 맞은 게 제법 아팠는지 오크는 잔뜩 성이 나서 시현에게 달려들었다. 오크의 반응에 시현은 들고 있는 전동 건을 냅다 던지고는 무작정 달리기 시작했다. 나머지는 어제와 다를 것 없는 전개였다.

　"아아악!"
　결국 있는 힘껏 도망치다가 오크에게 잡혀 죽은 시현은

어제와 마찬가지로 잇힘 힘껏 비명을 지르며 잠에서 깨어났
다.

잠에서 깬 시현은 습관적으로 땀으로 흠뻑 젖은 목을 쓰다
듬었다. 여전히 새벽 2시. 시간을 확인한 그의 눈에 어제 병원
에서 지어온 두툼한 약봉지가 눈에 띄었다.

"이 쓸모없는 것!"

화가 난 시현이 약봉지를 집어 들어 벽에 던졌다. 그리고 품
에 안고 있었던 서바이벌 건마저 던지려는 듯 서바이벌 건을
집어 들었다가, 이내 고개를 흔들며 손을 내렸다.

시현은 한참 동안 손에 든 서바이벌 건을 쳐다보았다. 그리
고 방금 전에 꾼 악몽을 떠올렸다.

'분명 서바이벌 건을 껴안고 자니까 그대로 꿈에 나타났단
말이야.'

곰곰이 생각하던 시현의 얼굴에 미소가 감돌았다. 아까 꿈
에서의 막연한 희망과는 다르게 이번에는 제법 확실한 희망이
생겼기 때문이었다.

'그럼 이번에는 진짜 총을 껴안고 자면! 흐흐흐.'

한동안 오크의 머리를 총으로 날려 버리는 상상에 시현은
몸을 부르르 떨었다. 상상하는 것만으로도 통쾌했다. 하지
만……

'그런데 총은 어떻게 구하지.'

총을 구하는 게 문제였다. 일반인의 총기 소지가 법으로 규
제되어 있는 대한민국에서 평범한 대학생이 총을 구하기란 하

늘에 별 따기만큼 어려운 것이었다.

"아, 아무런 소용도 없잖아."

답답한 마음에 혼자말로 중얼거린 시현은 이내 다른 방법을 모색했다.

"맞아! 진검이라면 될지도!"

다시 한 번 시현의 머리에서 상상의 나래가 펼쳐 졌다. 날카로운 검으로 오크의 팔다리를 잘라낸 뒤, 심장에 검을 박아 넣는 장면을 말이다. 꽤 잔인한 생각이었지만 8일, 아니, 오늘까지 합쳐 9일 동안 오크에게 머리가 깨져 죽는 끔찍한 죽음을 당한 그의 입장에서는 그 정도는 해야 복수가 된다고 생각했다.

'그런데 내가 검을 살 수 있을까?'

예전 TV에서 수준급의 검도 실력이 있어야 검을 소지할 수 있다고 한 방송을 본 기억이 떠오른 시현은 그래도 밑져야 본전이라는 생각으로 인터넷으로 진검에 대한 검색을 하기 시작했다. 한참 동안 검색해 본 결과 의외로 진검을 구하기가 쉽다는 걸 시현은 알 수가 있었다.

가격도 생각보다 저렴한 편이었고, 도검 소지 허가증이란 자격증만 있으면 진검을 소지하는 것이 가능했다. 게다가 허가증의 취득도 쉽다고 나와 있었다.

'좋아, 검으로 가는 거야 두고 보자고!'

꼭 어두운 곳에서 악당이나 지을 것 같은 미소를 지으며 도검 소지 허가증에 대해 검색하던 시현은 이내 얼굴을 팍 일그러뜨렸다.

처리 기간 7일. 뭐 그쯤이야 충분히 견딜 수 있었다. 하지만 그 밑에 나오는 나이 제한이 문제였다. 만 20살 이상. 만 20살이면 일반적인 나이로 21살에 생일이 지나야 만했다. 그런데 시현은 이제 20세. 그것도 며칠 전 생일이 지났을 뿐이었다. 도검 소지 허가증을 받을 수 있는 나이가 되려면 1년이나 기다려야 한다는 소리였다.

'1년이면 분통 터져 죽거나 삐쩍 말라 죽어 있을 거다!'

진검 소지가 힘들다는 것을 알게 되었음에도 불구하고 시현은 아쉬운지, 컴퓨터에서 떨어지지 않았다. 생각 외로 진검 소지가 쉬웠던 만큼 더 아쉬운 것이었다.

'의외로 쉬운데 아쉽네. 나이만 아니면… 어?

속으로 아쉬움을 달래던 중 문득 한 사람이 떠오르는 시현이었다.

'정훈 선배라면 가지고 있지 않을까?

동아리 내에서 밀리터리 마니아라고 불릴 만큼 서바이벌 건을 모으기를 좋아하는 정훈 선배.

나이 제한만 없다면 의외로 구하기 쉬운 진검.

두 가지 생각이 시현의 머릿속에서 엉켰다. 그리고 나온 결론은 '정훈 선배라면 진검 하나쯤은 가지고 있을 것이다' 였다.

"좋아, 내일 정훈 선배에게 전화해 봐야지."

시현은 내일 신정훈에게 전화하기로 결정하고 다시 잠자리에 들었다.

'혹시 총도 있지 않을까? 사냥용 엽총 같은 것이라도… 맞아, 있을지도 몰라. 그렇다면? 으흐흐.'

복수에 대한 상상으로 오랜만에 기분 좋게 잠을 청하는 시현이었다.

다음날 아침 8시.

평상시와는 다르게 조금 늦잠을 잔 시현은 잠에서 깨어나기가 무섭게 핸드폰으로 신정훈에게 전화를 걸었다.

What is it good for?

Absolutely nothing

Say it again

War—huh

What is it good for?

Absolutely nothing

Yeah

전화를 걸자 경쾌한 노랫소리가 들려왔다. Edwin starr의 War라는 전쟁 반대 노래였다. 일종의 밀리터리 마니아인 신정훈의 벨소리로는 왠지 어울리지 않았다.

"여보세요."

곧 휴대폰에서 신정훈의 목소리가 흘러나왔다.

“선배, 저예요, 시현이. 안녕하세요.”

“아, 너냐 아침부터 웬일이냐?”

“물어볼게 있어서 그런데요. 혹시 집에 진검 있으세요?”

시현이 두근거리는 심정으로 묻자 곧 휴대폰에서 긍정적인 대답이 흘러나왔다.

“아, 몇 개 있지.”

‘아싸!’

검이 있다는 신정훈의 말에 시현은 속으로 환호를 질렀다.

“선배, 저 부탁이 하나 있는데요.”

“뭔데?”

“며칠 동안 진검 한 개만 빌려줄 수 있으세요? 적당한 놈으로요.”

잠시 침묵이 흘렀다.

“뭐야, 너 누구랑 원수졌냐?”

정곡을 꼭 집는 말에 시현은 잠시 움찔했지만, 이내 차분한 목소리로 대답했다.

“아니에요. 제가 원수질 사람이 어디에 있다고 그러세요. 그냥 한번 보고 싶어서 그래요.”

“흠…….”

미심쩍다는 목소리가 휴대폰에서 흘러나오자, 시현은 다급해졌다.

“정말이에요. 우리 부 특성상 잭나이프 같은 것은 여러번 봤었는데 진검 같은 건, 한 번도 보지 못했잖아요. 그래서 궁금해서요."

"흠……. 뭐 네가 그런 것 가지고 누굴 푹 찌를 녀석도 아니고, 빌려줄게."

"정말이요? 고마워요, 선배! 이 은혜는 있지 않을게요."

"뭐 은혜랄 거까지야. 너 오늘 시간 있지?"

"예, 얼마든지 있어요."

"흠 그럼 오전에는 할 일이 많으니까 안 되고, 한 4시쯤에 동방에서 보자, 내가 가지고 갈게."

"예, 선배 정말 고마워요."

"짜식, 이쯤이야."

드디어 그놈의 오크에게 복수할 수 있다는 생각이 들자, 시현은 날아갈 것만 같은 기분이었다.

"아, 그러고 보니까 총에 대해선 못 물어봤네."

총에 대해 물어보지 못한 게 아쉬웠지만 시현은 곧 그 생각을 떨쳐 버렸다. 진검 하나면 충분하다고 생각했기 때문이었다.

"죽이진 못하더라도 최소한 어디 한 군데는 잘라 버릴 수 있겠지. 하하하하하!"

설레는 마음에 약속 시간인 4시보다 2시간이나 일찍 동아리 방에 도착한 시현은 동아리 부장인 신정훈에게 잘 보일 겸 동아리 내부를 깨끗이 청소하고 신정훈을 기다렸다.

“자, 여기 있다.”

신정훈이 동아리 방 가운데에 놓인 탁자 위에 빨간 상자를 올려놓고 덮개를 열었다.

“오호!”

상자 안에는 검집과 검이 가지런히 놓여 있었다. 창가에 들어오는 햇빛을 받아, 빛이 나는 검신이 유려하게 곡선을 이루고 있어 멋스러워 보였고, 검끝 손잡이에는 검은색 가죽이 십자 매듭으로 묶여져 있어 한층 더 멋을 뽐내었다.

“선배, 이거 상당히 좋은 검 같은데요.”

“응, 최근에 산 건데 제법 괜찮은 놈 같더라.”

“이거 한번 들어봐도 되요?”

“날카로우니까 조심해서 들어.”

상자에서 검을 꺼내 양손으로 들은 시현은 오늘 밤에 있을 복수전을 상상했다.

‘흐흐흐. 이것만 있으면!’

잠시 상상에 빠져 있던 시현은 이내 자신을 쳐다보는 신정훈의 눈초리가 의심스럽게 변해 있다는 걸 파악하고는 감탄하는 표정을 지으며 검을 상자에 내려놓았다.

“아무래도 이상해.”

“에이, 뭐가 이상해요. 그나저나 이 검 얼마에 샀어요. 꽤 비싸 보이는데.”

의심스러운 신정훈의 눈초리에 시현은 급히 가격을 물어보며 말을 돌리자, 신정훈은 잠시 기억을 더듬더니 이내 대답했다.

“아마 180만 원인가였지.”

“생각보다 싸네요. 전 한 몇 백만 원 정도인 줄 알았는데.”

“어이어이, 180만 원이면 장식용이 아닌 실제로 사용되는 검 치고는 꽤 비싼 편이야. 몇 백만 원 정도 나가는 검이면 엄청난 명품이거나, 골동품이지.”

신정훈의 짤막한 설명에 시현은 어제 잠시 검색해 본 검들 중 대부분의 검들이 100만 원을 넘지 않았다는 걸 생각해 냈다.

“노파심에서 하는 말인데, 너 이거 가지고 짚단 베기나, 대나무 베기 같은 것 하지 마라. 잘못하다가는 팔다리 하나는 간단히 날아간다.”

“걱정 마세요. 절대 그런 일은 없을 거예요.”

‘짚단이 아니라, 오크를 벨 거거든요.’

몇 차례 신정훈의 당부의 말이 있고 나서야, 시현은 검을 넘겨받을 수 있었다. 조심스레 검과 검집이 담긴 상자를 챙기던 시현은 어제 묻지 못 했던 총에 대한 것을 물었다.

“아 선배, 그런데요. 혹시 진짜 총도 있어요?”

“총? 너 진짜 누구랑 원수라도졌냐?”

다시 신정훈이 의심스러운 눈초리로 시현을 쳐다보자, 시현은 급히 변명 거리를 지어냈다.

“아니에요. 선배가 총 같은 걸 좋아하니까 혹시 진짜 총도 있나 궁금해서 물어본 거예요.”

“내가 아무리 총을 좋아한다고 해도 진짜 총을 가지고 있을 정도로 미치진 않았다. 그리고 진짜 총과 똑같은 재질에 무게까지 비슷한 서바이벌 건이 얼마나 많은데, 뭐 하러 써보지도 못할 것을 사겠냐?’

“아, 그렇죠.”

“뭐, 사냥용 총이라면 쉽게 구할 수도 있겠지만, 엽총 같은 것은 파출소에 맡겨놓았다가 사냥철에나 찾아 쓸 수 있고, 공기총은 위력도 약한 게 영 뽀대가 안 나서 말이야.”

신정훈의 대답에 시현은 총에 대한 생각을 접었다. 이 검 정도면 그 오크 놈 정도는 충분하다고 생각했기 때문이었다.

신정훈과 헤어진 시현은 검을 들고 바로 자취방으로 돌아왔다.

“히야! 다시 봐도 꽤 멋지네.”

방에 돌아오자마자 검을 꺼내 든 시현은 검을 이리저리 한참 훑어보며 미소를 지었다.

“오늘 밤이 기대되는 걸, 흐흐흐.”

시현은 검을 다시 상자에 집어넣고, 30cm 자를 양손으로 휘두르며, 오늘 밤에 있을 복수전에 대한 대비를 시작했다.

둥그렇게 포진하고 있는 5개의 거석들과 음침한 느낌을 주는 숲, 늘 악몽의 시작은 똑같았다.

"하지만 오늘은 다르지."

시현은 오늘만은 다를 거라는 것을 강조하듯 마음속의 생각을 입 밖으로 내뱉으며, 품에 안고 있는 상자를 내려놓았다. 상자를 열자 그곳에는 검과 검집이 나란히 놓여 있었다.

"좋아, 좋아."

혹시 검이 꿈에 안 나타나면 어쩌나 하는 걱정이 있었는데 이렇게 자신의 의도대로 진행되자, 시현은 웃으면서 검을 꺼내 들었다. 간간이 나무 사이로 뻗어 들어오는 햇살에 반사되어 빛나는 검날이 믿음직스럽다.

"후우, 후우."

검을 꺼내 든 시현은 숨을 한차례 가다듬은 뒤, 양손으로 검을 굳게 잡고 근처에 뻗어 있는 나뭇가지를 향해 검을 휘둘렀다.

쉬익, 툭.

바람 가르는 소리와 함께 나뭇가지가 간단하게 잘리며 땅에 떨어졌다. 그렇게 몇 차례 주위에 뻗어 있는 나뭇가지를 향해 검을 휘둘러 본 후, 시현은 검을 다시 한 번 고쳐 쥐고는 늘 오크가 나오는 쪽을 바라보았다.

잠시 후, 수풀을 헤치고 예의 그 오크가 나타났다.

"흐흐흐, 이제 복수의 시간이다. 응?"

오크를 보며 음침한 미소를 짓던 시현은 이내 어제와는 무언가가 다르다는 느낌을 받았다. 그리고 곧 그 무언가의 정체를 알 수 있었다.

바로 오크의 손에 커다란 방망이가 들려 있는 것이었다. 길이는 시현의 검보다 조금 짧은 60cm 정도였고, 굵기는 손잡이 부분을 제외하면 오크의 팔뚝 정도인 나무 몽둥이였다. 재질도 제법 단단해 보이는 게 시현의 실력으로는 한 번이 아니라 여러 번 휘둘러도 자르기 힘들 듯했다.

"뭐야! 이거 반칙이야!"

크르르르.

시현이 크게 소리 지르자, 오크가 그에 회답이라도 하듯 으르렁거렸다. 시현은 왠지 그 으르렁거림이 자신을 놀리는 것 같이 느껴졌다.

'후우. 침착하자, 침착해. 난 검. 저놈은 몽둥이. 내가 유리해 검에 제대로 맞으면 바로 죽지만 몽둥이는……'

시현은 오크가 들고 있는 몽둥이를 쳐다보았다. 저 몽둥이에 머리를 맞는다면 아니, 머리뿐만 아니라 팔다리 외에 어느 부위를 맞아도 바로 죽을 것 같았다.

"제길, 치사한 오크 새끼!"

검을 준비한 자신이 더 치사하다는 걸 전혀 생각하지 않는 시현이었다.

서로 무기를 들고 대치하고 있는 상태는 계속되었다. 시현의 검이 위협적인지 오크도 섣불리 덤벼들지 않았기 때문이었다.

그런 오크의 태도에 시현은 자신감을 얻었다. 예전과는 다르게 자신은 일방적인 사냥감이 아닌 것이었다.

"좋아! 죽기 아니면 까무러치기다!"

시현은 양손으로 검을 치켜들고는 오크를 향해 달려들었다. 그의 검이 오크의 정수리를 향해 빠른 속도로 떨어졌다.

푹!

양손에 느껴지는 저릿한 감각에 시현은 자칫 검을 놓칠 뻔했다. 다행이 검을 놓치지는 않았지만 검은 오크의 몽둥이 중 가장 굵은 부분에 박혀 있었다.

"이익!"

시현이 급히 검을 빼내려 힘을 썼지만, 검이 깊게 박혀 있어 쉽사리 빠지지 않았다. 계속 힘을 쓰면 빠지겠지만 그걸 가만히 지켜볼 오크가 아니었다.

크아아아!

괴성과 함께 오크가 검이 박힌 몽둥이를 있는 힘껏 잡아당기자, 시현이 검과 함께 딸려와 오크에게 부딪쳤다. 대략 성인의 3배가량의 힘을 지닌 오크인지라 그 단단한 몸에 부딪친 시현은 충격에 검을 놓치고 바닥에 넘어지고 말았다.

"크윽. 헛!"

갑작스러운 충격에 신음을 삼키며, 오크를 올려다본 시현은 너무 놀란 나머지 헛바람을 들이켰다. 어느새 오크가 몽둥이에 박힌 검을 빼, 다른 손으로 들고 있었기 때문이었다.

그리고 무시무시한 속도로 바람을 가르며 시현의 머리 위로 떨어져 내리는 검, 시현은 그 시퍼런 검날이 유독 차갑게 느껴졌다.

"커억!"

잠에서 깨어난 시현은 한 손을 머리에 올리고는 한참을 쓰다듬었다. 악몽의 마지막을 장식한 일격, 평상시처럼 우악스런 주먹이 아닌 날카로운 검이었다. 바로 자신의 품에 안긴 상자 안에 고이 모셔져 있는 그 검.

검이 머리를 가르는 감촉은 정말 끔찍했다. 정수리부터 파고들어 오는 그 날카로운 뜨거움이란, 지금까지 악몽을 끝낸 일격과는 비교도 안 될 정도로 끔찍했다.

오죽하면 악몽이란 것을 알고 있음에도, 시현은 아직까지 머리에 갈라진 곳이 없는지 자세히 만져 보고 있었다.

그렇게 머리를 살펴보던 시현은 한참 동안 확인을 하고 나서야 안심이 되는지 안도의 한숨을 내쉬었다. 그리고는 품에 앉고 있었던 상자를 바닥에 내려놓았다.

잠에 들기 전까지 만해도 믿음직스러웠던 그 검이, 지금은 너무 꺼림칙하게 느껴졌기 때문이었다.

검을 들고 오자, 그 검에 대항하기 위해 몽둥이를 들고 나왔다. 만약 엽총이나, 공기총이라도 구해온다면 아마도 그놈은 총알을 막기 위한 두꺼운 갑옷이나 그에 대항할 만한 것을 가지고 나올지도 몰랐다. 아니, 분명 가지고 나올 것이다. 시현은 왠지 모르게 그럴 거란 확신이 섰다.

“도대체 어떻게 하라는 거야!”

고등학교 때 할아버지가 돌아가신 후로 흘리지 않았던 눈물
이 시현의 뺨을 적셨다.

Chapter 2
극복 그리고 새로운 도전

“아아악!”

비명을 지르며 잠에서 깨어난 시현은 한참 동안 씩씩거리며 숨을 가누더니 이내 한 손으로 침대를 있는 힘껏 쾅쾅 쳐대며 화풀이를 했다.

“그 오크 새끼! 언젠가 죽여 버리고 말겠어!”

검을 사용하게 된 지 벌써 17일째였다. 검을 손에 쥠에 따라 오크도 단단한 나무 몽둥이를 들고 나왔지만, 그나마 맨손 대 맨손으로 오크와 싸울 때에 비해 조금이라도 승률이 있었기에 매일 당함에도 검을 들고 나갔다.

하지만 아무런 소용이 없었다. 오크의 힘은 시현보다 족히 3배는 강했고, 또 육중한 몸체를 지니고 있음에도 불구하고 시현보다 더 날렵했다.

힘껏 내리치는 큰 공격들은 당연하게 오크에게 막혔고, 한 번 칼이라도 대보자 하는 간절한 마음이 담긴 자잘한 공격마저도 오크는 그리 어렵지 않게 막아내며 시현을 괴롭혔다.

결과는 항상 일정했다. 검을 오크에게 빼앗긴 뒤, 그 검으로 시현의 머리를 내려치는 끔찍한 결말이었다.

처음 시현은 그 결말이 단순히 싸우다 오크에게 검을 빼앗겨 머리를 맞아 죽는 것으로 생각했다. 하지만 며칠이 지나지 않아 그것이 아니라는 것을 깨닫게 되었다.

정확히 검으로 오크에게 대항하기 시작한 지 5일째, 오크가 휘두르는 몽둥이에 검이 부딪쳐 놓쳐 버린 일이 있었다. 시현은 오크의 몽둥이에 머리가 부서질 거라고 생각하고 질끈 눈을 감았다. 하지만 한참이 지나도 아무런 느낌이 없자, 시현은 눈을 떴다. 그리고 보았다.

한 손으로 검을 높이 쳐들고 있는 오크를. 그리고 지금까지 마지막에 자신을 끝낼 때 오크가 보여준 표정을.

시현은 깨달을 수 있었다. 지난 4일간 머리가 두 개로 쪼개지는 경험을 한 것이 우연이 아니었음을, 그리고 그 표정이 비웃음이었음을. 그놈은 자신을 마치 장난 거리처럼 생각한 것이었다.

잠에서 깬 시현은 처음으로 있는 힘껏 괴성을 지르며 집 안의 물건들을 내동댕이쳤다. 이렇게라도 하지 않으면, 미쳐 버릴 것 같았다.

그날 후로 시현은 변했다.

늘 이 악몽에서 벗어나는 것을 꿈꿔왔던 시현이었고, 악몽이 고통스러워 '자살해 버리면 벗어날 수 있지 않을까?' 라고 간간이 생각도 했었지만, 그날 이후로 그 생각이 바뀌었다.

'그 오크 놈을 처참히 고통스럽게 비참하게 죽이고 만다!'

악몽에서 벗어나기 위한 방향으로 생각하던 것들이, '어떻게 하면 조금이라도 오크를 괴롭힐까? 어떻게 하면 오크에게 조금이라도 상처를 입힐까?' 로 바뀌었다.

이제 악몽 따윈 상관없었다. 오히려 악몽이 계속되길 바라는 시현이었다. 안 그러면 울화통이 터져 죽을지도 모르니까 말이다.

분노로 생각이 바뀌자, 시현의 생활 방식도 변했다. 하루 종일 녹초가 될 정도로 운동을 했고, 식욕이 없어도 억지로 평상시보다 많이 먹었다.

그 덕분인가 생활 방식이 바뀐 지, 겨우 12일 지났음에도 불구하고 시현의 몸은 일주일전과는 확연히 차이가 났다.

남자치고는 가냘픈 체격의 소유자인 데다가, 거의 2주일간 악몽에 시달린 탓으로 비쩍 말라보일 정도였지만, 일주일 사이 얇은 셔츠를 입으면 셔츠 위로 탄탄한 근육이 보일 정도로 몸이 변해 버린 것이었다.

있을 수 없는 일이었지만, 분노로 에 미쳐 있는 시현은 그것을 깨닫지 못했다. 오직 오크에 대한 분노를 태우며 몸을 단련할 뿐이었다.

“이대로는 안 돼. 변화를 줘봐야겠어.”

벌써 그 일이 있은 후 12일째, 시현은 어떻게 해서든 오크의 몸에 생채기라도 내기 위해 온갖 궁리를 하며 오크에게 덤볐으나 번번이 실패했다. 아슬아슬한 때도 있어서 땅을 치며 안타까워했지만, 지금 와서 생각해 보면 오크가 일부러 허점을 보여 장난을 친 것 같았다.

“일단 검은 놓아두자.”

총 17번이나 머리가 두 개로 쪼개지는 끔찍한 경험을 당했다. 주먹에 머리가 부서져 죽을 때는 머리에 고통이 엄습하고 끝났지만, 검으로 쪼개질 때는 그렇지 않았다. 정수리에서부터 시작해 머릿속 깊은 곳까지 파고드는 그 날카롭고 뜨거운 느낌은 악몽에서 깨어나서도 한참 동안 느껴질 정도였다.

“검으로 해봐야 그 고통만 더할 뿐이지, 어느 정도 상대가 될 정도가 되면 그때 검을 쓰자.”

더 이상 검으로 해봐야 머리가 쪼개지는 경험만 되풀이 할 뿐이란 걸 깨달은 시현은 일단 검은 접어두기로 했다.

“목검? 아냐, 그건 그 몽둥이에 부딪치면 간단하게 부러질 거야, 그리고 그놈은 부러진 부분으로 내 머리를 찍어서 죽일 거야. 그러고도 남을 놈이지, 뿌득.”

부러진 목검으로 머리가 찍혀서 죽는 장면을 상상한 시현은 더욱 깊어가는 오크에 대한 분노에 한차례 이를 갈은 뒤, 다른 것을 생각하기 시작했다.

“각목? 그것도 마찬가지고, 쇠파이프? 그것도 좀 불안해. 방망이 ……? 방망이라. 아, 야구방망이 그거야!"

알루미늄 배트라면 찌그러지긴 해도 부러지진 않을 것이다. 지금까지 써왔던 검과 길이도 비슷했고 무게도 비슷한 터였다.

다음날, 시현은 알루미늄 배트를 하나 구입했다. 길이는 33인치 무게는 28온스, 쓰고 있던 검과 길이는 비슷하지만 조금 가벼운 그런 물건이었다.

"좋아. 이 정도면."

지겨울 정도로 익숙해진 광경. 둥그렇게 포진되어 있는 5개의 거석 가운데에 시현이 서 있었다.

훙~ 훙~

시현이 방망이를 휘두를 때마다 바람 가르는 소리가 고요한 숲에 울렸다.

"어라?"

늘 그랬듯이 수풀을 헤치고 나온 오크의 모습을 본 시현은 의아한 표정을 지으며 오크를 살폈다. 오크의 오른손에 쥐어져 있는 두껍고 단단한 몽둥이가 보이지 않았기 때문이었다.

왼손으로 시선이 가도 방망이는 보이질 않았다.

"아!"

그제야 시현은 거의 한 달간 자신을 괴롭혀 왔던 악몽의 규칙을 어느 정도 깨닫는 듯했다.

칼같이 일정 수준 이상의 무기를 준비하면, 오크도 일정 수

준의 무기를 준비한다.

하지만 일정 수준 이하의 무기를 준비하거나 맨손이면, 오크도 맨손이다.

대충 감이 잡히는 시현이다.

"그래, 야구방망이 정도는 괜찮다는 말이지? 흐흐흐."

간만에 시현이 음침한 미소를 흘리자 오크가 주춤했다. 평상시의 오크와는 다른 반응이었다.

"이 개새끼 죽었어!"

오크가 약한 모습을 보이자, 간이 커질 대로 커진 시현이었다.

휭!

야구방망이가 허공을 갈랐다. 시현이 휘두른 방망이를 오크가 피한 것이다. 그것도 여유롭게 피한 것이 아닌 아슬아슬하게 피한 것이었다. 그 모습에 시현은 더 기세 등등해졌다. 검으로 덤빌 때는 다 막았지만 이렇게 피한 것은 처음이었기 때문이다.

"이 새끼, 피했어."

다시 한 번 시현이 오크의 머리를 향해 방망이를 휘둘렀다. 처음 피할 때 균형이 흐트러졌기 때문에 오크는 어쩔 수 없이 팔을 들어 배트를 막았다.

퍽!

방망이가 오크의 팔에 부딪치자 그 고통에 오크의 표정이 찡그려졌다. 그 모습을 본 시현의 표정이 환해졌다. 드디어

처음으로 오크에게 일격다운 일격을 먹인 것이다! 너무 기쁜
나머지 시현은 이 오크가 맨손으로도 자신을 간단히 죽일 수
있다는 것을 잊은 채, 정말 신나게 방망이를 휘두르기 시작했
다.

"캬하하하! 이 새끼야, 너도 당해보니까 어때? 죽어라! 죽
어!"

크르르르!

신나게 오크의 팔을 향해 방망이를 휘두르던 시현은 오크의
으르렁거림에 섬뜩함을 느끼고는 급히 뒤로 물러났다. 그리고
그제야 저놈이 맨손으로 자신의 머리를 여러 차례 빠개 왔다
는 것을 생각해 내고는 흥분된 마음을 가라앉히고 양손으로
다시 한 번 알루미늄 배트를 굳게 잡았다.

나지막하게 으르렁거리는 오크의 눈에서는 지금까지 보아
왔던 살기와는 비교가 안 될 정도로 살기가 넘쳐흘렀다. 아까
시현에게 당한 방망이찜질 덕이었다.

예전의 시현이라면 그 살기등등한 모습에 주저앉아 오줌이
라도 지렸을지도 모르지만, 맨손 대 방망이라는 이점, 그리고
처음으로 오크에게 일격을 먹였다는 자신감이 그에게 용기를
주었다.

"이 새끼야, 덤벼!"

오히려 시현은 오크의 기세에 지지 않으려는 듯 오크를 향
해 크게 소리쳤다.

크아아아!

괴성과 함께 시현을 향해 오크가 달려들었다. 시현의 안면을 향해 날아오는 큼지막한 주먹, 저 주먹에 맞았다가는 그대로 안면이 뭉그러져 버릴 것이 뻔했다.

쿵!

우지직!

간신히 오크의 주먹을 피한 시현은 오크의 주먹이 만들어놓은 광경에 눈을 부릅떴다. 비록 시현의 다리 굵기 정도의 나무였지만, 그 나무가 오크의 주먹에 맞고 부러진 것이었다.

"제길, 더럽게 세군."

오크의 괴력에 시현이 주춤하자 오크는 더욱 기세등등하게 시현을 몰아붙였다. 시현은 오크와 최대한 거리를 벌리며 오크를 살폈다.

취익! 취익!

상당히 흥분한 상태인지 평상시에는 거의 들리지 않았던 거친 숨소리를 내고 있는 오크의 한쪽 팔은 시현의 방망이찜질에 제법 상처를 입었는지, 피부와 같은 녹색의 피를 흘리고 있었고, 사시나무 떨듯 떨고 있었다.

그것을 본 시현은 눈매가 날카로워졌다. 방금 전까지만 해도 한 대라도 때리기만 아니, 건드리기라도 하면 된다는 마음가짐을 가지고 있었지만, 저렇게 오크가 한 팔을 제대로 가누지 못하는 모습을 보자, 욕심이 생겼다.

'그래, 이때야!'

짧은 기간이었지만 오크를 상대하면서 스피드 하나만큼은

오크에 뒤지지 않을 정도로 키운 시현이었다. 비록 힘은 여전히 오크에 비해 미미하지만, 가랑비에 옷 젖는다고 계속 패다 보면 언젠가 뒤질 거라고 생각했다. 게다가 이렇게 알루미늄 배트라는 훌륭한 무기까지 있지 않는가?

다시 한 번 시현의 공격이 시작되었다. 노리는 곳은 머리. 하지만 그걸 그대로 지켜볼 오크가 아니었다.

퍽!

오크의 팔에 알루미늄 배트가 막히자, 시현은 뒤로 물렀다가 이내 다시 공격을 시도했다. 하지만 번번이 오크의 팔에 막히자, 방법을 바꿔 머리를 보호하고 있는 오크의 팔을 향해 배트를 휘둘렀다.

크아아아!

확실히 막는 것과 공격당하는 것은 그 데미지가 틀렸다. 별다른 통증 없이 잘 막아내던 오크가 팔을 목표로 작정하고 내려치자, 고통을 호소하며 괴성을 지른 것이었다.

횡!

오크가 참지 못하고 다친 팔을 시현에게 휘둘렀다. 공격하는 와중에도 시현은 오크의 공격에 신경을 곤추세우고 잔뜩 긴장하고 있었기에 별다른 무리 없이 피할 수 있었다.

"허억, 허억."

취익, 취익.

시현과 오크는 서로를 노려보며 거친 숨을 몰아쉬었다. 평소보다 몇 배나 되는 시간 동안의 사투에 둘 다 모두 지친 것이다. 한 명은 때리느라, 한 마리는 맞느라 지쳤지만, 오히려 때린 쪽이 좀 더 지친 듯했다.

"허억, 허억. 얼마나… 허억, 때려야, 허억… 하는 거야!"

오크의 두 팔은 엉망이었다. 시현이 두 팔을 노려서 그런 것도 있지만, 다른 곳으로 가는 공격도 오크가 두 팔로 다 받아냈기 때문이었다. 두 팔 중, 한 팔은 힘이 들어가지 않는지 축 처져 있었고, 시현을 견제하고 있는 남은 한 팔도 견디기 힘든 상태인지 부들부들 떨리고 있었다.

거친 숨을 몰아쉬는 가운데도 시현의 시선은 오크의 팔에서 떨어질 줄 몰랐다.

'조금만 더하면 된다. 저 한 팔만 처리하면 그동안 당했던 것을 돌려줄 수 있다. 다진 고깃덩어리로 만들고 매번 당했던 그 비웃음을 고대로 돌려주리라!'

오크의 팔을 보며 시현은 마음을 굳게 다잡았다.

그때였다.

팔의 떨림이 심해지더니 이내 다른 팔처럼 축 늘어지는 것이 아닌가! 그것을 본 시현의 만면에 미소가 활짝 피었다.

"키키키!"

다른 사람이 본다면 당장이라도 눈살을 찌푸릴 만큼 기분 나쁘게 킥킥거리며 웃던 시현은 한순간 웃음을 뚝 멈춘 후 배트를 치켜들고는 오크에게 달려들었다.

휘잉!

어디서 힘이 났는지, 시현이 휘두르는 배트의 속도는 지금까지 휘두른 것보다 더 빠르고 위력적이었다. 이대로 배트가 오크의 머리를 강타하면 십중팔구 오크의 머리는 깨진 수박 꼴이 될 터였다.

크아아앙!

깡!

금속성의 물체끼리 부딪치는 소리와 함께 시현의 알루미늄 배트가 허공을 날랐다. 막 오크에게 회심의 일격을 먹이려는 찰나, 갑작스런 충격에 배트를 놓쳐 버리고 뒤로 나뒹구른 시현은 어떻게 된 영문인지 몰라 멍한 채로 주저앉아 있었다. 그리고 곧 어떻게 된 상황인지 오크를 쳐다보고는 알 수 있었다.

부러진 듯, 꺾일 수 없는 쪽으로 꺾인 오크의 한쪽 팔과, 부들부들 떨고는 있지만 제대로 힘이 들어가 있는 다른 한쪽 팔. 시현은 그것을 보고 어떻게 된 상황인지 알아챌 수 있었다. 그렇다 오크에게 속은 것이었다.

부들부들 떨고 있는 한쪽 팔에 힘을 빼 시현을 유인하고, 힘이 지대로 들어가지 않아 축 처져 있는 남은 팔로 혼신의 힘을 다해 배트를 쳐낸 것이었다. 이상한 각도로 꺾어져 있는 저 팔이 그것을 증명했다.

'당했다.'

당했다고 느낀 순간, 시현은 배트가 날아간 곳을 쳐다보았다. 배트를 손에 쥐면 다시 한 번 복수를 노려볼 수가 있었다. 하지만 배트는 오크의 뒤쪽, 족히 10미터는 떨어진 곳에 있었다.

"제길!"

더 이상 희망이 없다고 느낀 시현은 그 자리에 대자로 누워 버렸다.

'처음 목표도 달성했고, 저놈도 이 정도면 나를 무시하는 짓 따위는 하지 못하겠지.'

오크가 부러진 한 팔을 덜렁거리며 시현의 머리 옆까지 다가왔다. 그리고는 다리 한쪽을 들어 올렸다.

'밟아서 죽일 생각인가.'

밟혀 죽는다는 생각에 기분이 안 좋았지만, 시현은 너무 지쳐 있었다. 어서 이 악몽을 끝내고 편안하게 쉬고 싶었다. 밟아 죽인 것에 대한 복수야 내일 차근차근하면 되니 말이다.

'그래, 내일 보자.'

내일을 다짐하며 시현은 오크의 얼굴을 쳐다보았다. 지치고 힘들어 할 녀석의 얼굴을 눈에 담아두고 싶었기 때문이었다.

그러나 시현의 생각대로 지치고 고통스럽고 추가로 자신을 악종 쳐다보는 듯이 쳐다보는 오크의 표정은 전혀 보이지 않았다.

그 대신 예전 검으로 정수리를 쪼개며 보여주었던 그 기분 나쁜 비웃음이 오크의 얼굴에 떠올라 있었다.

"이, 개새끼!"

순간 머리가 확 돌아버리는 듯한 경험을 한 시현은 어디서 힘이 났는지 몸을 굴려 막 자신의 머리를 밟으려던 오크의 발을 피했다. 그리고 재빨리 일어나 오크의 등 뒤에 매달렸다.

크어?

갑작스런 상황에 오크의 입에서 의아한 소리가 흘러나왔다. 그리고 이내 상황을 눈치 채고 시현을 떼어놓기 위해 발버둥 쳤다.

크아아아!

고통 어린 오크의 괴성이 숲을 울렸다. 시현이 오크의 목 근처를 힘껏 깨문 것이다. 이미 한 팔이 부러지고 다른 한 팔마저 브들부들 떨리고 있는 데다 오크의 팔은 인간의 그것에 비해 짧았다. 등 뒤에 매달린 시현을 손으로 떼어내기에는 무리였다.

결국 오크가 선택한 것은 나무를 향해 등으로 돌진하는 것이었다. 하지만 나무에 한 번씩 돌진할 때마다 목 부분을 물고 있는 시현의 힘이 더 강해졌다.

크아아아!

오크의 고통 어린 비명 소리를 들으며 시현은 이빨에 힘을 빼지 않은 채 미소를 지었다. 등을 나무에 몇 번 부딪친 뒤로, 숨 쉬기가 어려웠고 가슴에 심한 고통이 일었지만 오크의 비명 소리를 들으니 더욱 힘이 나는 듯했다.

쾅! 쾅!

계속되는 충격에 시현은 의식이 희미해져 감을 느끼고, 조금만 더, 조금만 더 라는 생각으로 이빨에 힘을 주었다.

크아아아아아아아아악!

지금까지와는 비교도 안 될 정도의 비명이 숲을 울렸다. 의식이 희미해져 가는 와중에도 이빨에 힘을 빼지 않던 시현이 결국 오크의 살점을 물어뜯어 낸 것이었다.

한참 동안 고통에 바닥을 구르며 발광을 하던 오크는 시현에게 다가왔다. 아직도 고통이 가시지 않은 모양인지 오크의 몸 전체가 부들부들 떨리고 있었다. 오크가 시현을 밟아 죽이기 위해 발을 들어 올렸다가 이내 균형을 잃고 쓰러졌다. 오크도 이미 지칠 대로 지쳐 있는 것이었다. 결국 오크는 시현의 머리맡에 주저앉은 채 부들부들 떨고 있는 손을 들어 올렸다. 어떻게든 끝장을 보려는 것이었다.

그리고 시현은 그토록 바라는 것을 볼 수가 있었다. 자신을 바라보는 오크의 그 표정은 분노, 공포, 고통 등으로 얼룩져 있었다. 비웃음이 아니었다.

"그래, 바로 그거야."

시현이 씨익 웃었다. 그와 동시에 오크의 팔이 시현의 얼굴로 떨어져 내렸다.

아침에 잘 자고 일어나듯 부스스 잠에서 깬 시현은 잠시 동안 멍한 얼굴로 허공을 쳐다보았다. 만족할 만한 성과를 거두었기 때문일까? 악몽에서 깨어나면서 비명을 지르지 않은 것은 처음이었다.

"큭큭큭큭."

갑자기 시현이 실성한 사람처럼 나지막한 목소리로 큭큭큭

웃기 시작했다. 조금 더 시간이 지나자 베개에 얼굴을 묻고 본격적으로 웃었다.

"하악, 하악."

한참을 그렇게 웃던 시현은 웃느라 숨을 제대로 쉬지 못했는지, 이내 숨을 가다듬었다.

시계는 2시 5분을 가리키고 있었다. 평상시보다 몇 배나 오래 싸웠는데도 여전히 2시에 깨어난 것이었다.

시현은 침대 위에 놓여 있는 알루미늄 배트를 집어 들었다. 그리고는 배트에 쪽쪽 여러 차례 뽀뽀를 했다. 오크와 제대로 싸우게 해준 이 배트가 그렇게 예쁠 수가 없었다.

한참 동안 알루미늄 배트를 소중한 애인처럼 쓰다듬고 뽀뽀를 하던 시현은 방금 전의 악몽, 아니, 이제는 악몽이라고 할 수 없는 꿈을 떠올렸다. 비록 승리하지 못했지만, 오크에게 큰 고통을 주었다. 게다가 막판에 보여준 오크의 그 표정은 정말 즐거웠다. 오늘처럼 진행되는 꿈이라면 몇 번이고 꾸어도 괜찮겠다고 생각하는 시현이었다.

오크에게 어느 정도 복수를 하게 된 시현은 스스로를 돌아볼 시간을 가졌다. 처음에는 악몽에 쫓기듯, 후에는 오크에 대한 분노로 하루하루를 지내와서 신체의 변화에 별다른 신경을 쓰지 못했지만, 복수를 조금이나마 하게 됨으로써 분노를 희석하였기에 자신의 신체에 일어난 변화에 신경이 쓰인 것이었다.

"확실히 변했어."

벽에 걸린 전신 거울에 팬티 차림으로 몸을 비춰 보던 시현이 의아함과 감탄이 뒤섞인 말투로 말했다.

"한 달도 안 됐는데 어떻게 이렇게 변할 수가 있지?"

비실비실한 약골은 아니었지만, 그래도 좀 마른편이었던 시현의 육체가 지금은 잘 균형 잡힌 탄탄한 몸으로 변해 있었다. 그리고 키도 조금 큰 것 같았다.

죽어라 하고 운동을 했다지만 이건 너무 비정상적이었다. 말랐던 몸이 마치 잘 단련된 격투가의 몸처럼 변하다니 이건 거의 무협지에서 말하는 환골탈태의 수준이었다.

시현이 팔을 수평으로 들고는 주먹에 힘을 주자, 잘 단련된 근육들이 두드러지게 드러났다. 제법 실력 있는 격투가가 보았다면 그 근육들이 헬스로 만들어진 근육이 아닌 실전으로 단련된 근육들이라는 것을 알 수 있을 것이다.

"설마, 적응한 건가?"

예전 고등학교에서 배울 때 '인간은 환경의 동물이며, 적응의 동물이기도 하다' 라는 문구가 시현의 머릿속에 떠올랐다. 어떤 환경에서든지 인간은 그것에 적응하고 나중에는 개척까지 하게 된다는 내용의 문구였다.

"그럼 내 몸이 오크와 싸울 수 있게 점차 적응한 것인가?"

시현은 며칠 전의 상황을 떠올렸다. 정말 악착같이 단련을 했고, 악착같이 먹었다. 그리고 꿈에서 악착같이 싸웠다. 그렇다지만 몸이 이렇게 변할 정도는 아니었다. 기간이 너무 짧았다.

사실 지금 시현의 변화는 하나의 급격한 진화나 마찬가지였다. 모든 생물들이 일생에 걸쳐 단 한 번의 경험만 가능한 죽음, 시현은 비록 꿈이지만 그 죽음을 몇 번이나 생생하게 경험했다. 그때의 공포, 고통. 그 외에 여러 가지 감각들은 시현의 육체에 엄청난 부담을 주었고, 육체는 그것을 견디기 위해 급격하게 진화하기 시작한 것이었다.

"뭐 좋은 게 좋은 거지."

더 이상 생각나는 게 없자 좋은 게 좋은 거라며 넘어가기로 한 시현은 이 상황을 긍정적인 방향으로 생각하기로 했다.

"이 정도면 웬만한 격투가 수준은 될 거야."

극히 주관적인 생각이지만 틀린 생각도 아니었다. 몬스터인 오크의 수준은 힘으로 보았을 때, 현대의 격투가 수준을 상회하는 것이었고, 비록 알루미늄 배트를 들었다지만 오크와 대등하게 싸운 시현의 수준은 일반적인 격투가에게 미치지는 못했지만 결코 낮은 것이 아니었다.

"이대로 계속 강해져 간다면, 흐흐흐."

시현은 앞으로의 희망찬 미래를 상상했다.

링 위에 다른 선수를 눕히고 서 있는 자신, 심판의 승리 선언. 그리고 다가와서 안기는 라운드 걸.

현재의 시현으로서는 헛된 망상이겠지만, 이 상태로 계속 급격히 강해져 간다면 어쩌면 실현될지도 몰랐다.

"이 새끼, 죽어라!"

습관적으로 욕설을 내뱉으며 오크에게 덤벼드는 시현의 얼굴에는 미소가 어려 있었다. 오크와 대등으로 싸우기 시작한 게 벌써 2주째, 아직까지 한 번도 이긴 적이 없었지만 시현은 즐거웠다.

아침부터 저녁까지 이어지는 단련은 힘들고 지루했지만, 하루하루 강해지고 있었다. 매일 밤 꿈속에서 행해지는 오크와의 사투에서 그것을 확연히 느낄 수가 있었다.

열심히 단련하면 할수록 오크와의 사투가 수월해진다. 어제는 받아내지 못했던 오크의 주먹을 오늘은 힘들게나마 받아냈다. 내일이면 좀 더 쉽게 받아낼 수 있을 것이다. 모든 점에서 하루하루가 지나갈수록 나아졌다.

시현에게 있어 이것은 즐거운 게임이었다. 중학교 때 한창 빠져들었던 디아블로2라는 게임처럼, 단련해 자신을 레벨 업 시키고 다른 유저들과 듀얼을 펼치는 것이었다. 물론 현실에서의 단련은 게임의 그것과는 다르게 힘들고 지루했지만, 꿈에서 오크와의 사투는 게임에서의 듀얼과 비길 바가 아니었다. 비록 꿈이지만 모든 것이 현실과 똑같았다. 오크의 주먹을 받아냈을 때의 충격, 머리카락 한 올 차이로 오크의 공격을 피할 때 온몸에 느껴지는 그 오싹오싹한 느낌, 또 자신의 뜻대로 몸이 움직여 줄 때의 그 쾌감은 어떤 게임과도 비교할 수가 없었다.

횡!

시현의 알루미늄 배트가 오크를 향해 허공을 갈랐다. 오크는 그것을 감히 받아내지 못하고 뒤로 피했다. 예전 같으면 모르겠지만, 현재 저 알루미늄 배트를 팔로 받았다가는 그대로 팔이 부러져 버리기 때문이었다.

뒤로 피한 오크를 놓칠세라 시현이 달려들었다. 다시 한 번 휘둘러지는 알루미늄 배트, 오크는 이번 공격은 피할 수 없다는 것을 본능적으로 느꼈는지 한 손을 들어 배트를 막았다.

퍽, 크아아아!

비명 소리와 함께 시현은 배트에서 느껴지는 감촉으로 오크의 팔이 부러졌다는 것을 알 수 있었다. 하지만 오크는 팔이 부러져 비명을 지르는 와중에도, 남은 팔로 시현의 얼굴을 향해 주먹을 날렸다.

설마 팔이 부러지는 와중에도 주먹을 날릴지 예상하지 못한 시현은 주먹을 피하지 못하고 급히 알루미늄 배트를 들어 그것을 막았다.

깡!

금속끼리 부딪치는 소리와 함께 시현이 뒤로 넘어졌다. 알루미늄 배트로 오크의 주먹을 막았지만, 그 힘을 견디지 못해 배트가 시현의 얼굴에 부딪친 것이다.

배트에 머리를 부딪친 충격에 정신이 없었지만, 일단 몸을 굴려 그 자리를 피했다. 가만히 있다가는 이어지는 오크의 공격에 꼼짝없이 당할 것이라는 것을 이미 두 달간의 사투로 충분히 깨달았기 때문이었다.

예상대로 오크의 공격이 이어졌다. 가만히 있었으면 그 즉시 이번 사투는 끝났으리라. 팔이 부러진 아픔 때문에 광기에 휩싸였는지 오크는 연신 괴성을 지르며, 시현을 몰아붙였다.

"큭, 시작이군!"

이때가 가장 힘들었다. 시현이 힘들게 싸워서 오크에게 꽤 심한 상처를 입히면 오크는 괴성을 지르며 자신의 몸도 돌보지 않은 채 시현에게 달려들었다. 이때의 오크는 공격을 해도 아픔을 느끼지 않는지 그대로 공격을 받아내며 공격을 해왔고, 심지어는 부러지거나 심하게 다친 부분까지 사용해 공격했다. 마치 버서커를 보는 듯했다.

깡! 깡! 깡!

금속성 충돌음이 연신 울렸다. 시현이 뒤로 물러서며 알루미늄 배트로 오크의 공격을 막아내자, 오크가 부숴 버릴 기세로 배트에 공격을 퍼부었다. 점차 우그러지며 배트가 제 형상을 잃어가자 시현은 모험을 하기로 결정했다. 이대로 배트를 잃게 되면 결과는 안 봐도 뻔했기 때문이었다.

계속 물러나며 공격의 리듬을 가늠한 시현은, 막 오크의 공격이 끝나고 다시 공격을 하려고 할 때 몸을 최대한 숙이며 오크의 다리를 향해 온몸으로 태클을 걸었다.

혼신을 다한 태클에 오크의 몸이 허공을 날았다. 그리고 이내 바닥에 그대로 엎어지듯 떨어졌다. 시현도 혼신의 힘을 다해서 그런지 미처 중심을 잡지 못하고 그대로 엎어졌다. 동시에 한 마리의 오크와 사람, 둘 다 얼굴을 땅으로 향한 채 쓰러진 것이다.

시현은 얼굴이 땅에 쓸려 화끈화끈한 가운데도 재빨리 몸을 일으켰다. 뒤에 오크가 어떤 상태인지 모르기 때문에 일단 오크의 공격을 피할 심산으로 몸을 움직여 자리를 피하고는 오크를 쳐다보았다. 막 오크가 성한 팔로 땅을 짚고 일어나려는 상황.

'기회다.'

시현의 몸이 허공을 날았다. 그리고는 곧 무릎으로 막 일어나려는 오크의 등을 찍었다. 한 팔이 부러진 오크는 그런 시현의 공격을 버텨내지 못하고 그대로 다시 쓰러져 버렸다.

쓰러진 오크가 일어나기 위해 버둥거리기 시작했다. 그러나 그것을 가만히 두고 볼 시현이 아니었다. 오크의 등 위에서 이미 우그러질 때로 우그러져 간신히 배트의 형상을 유지하고 있는 알루미늄 배트로 있는 힘껏 오크의 뒤통수를 내려치기 시작했다.

"죽어! 죽어! 죽으란 말이야! 이 새끼야!"

악을 쓰며 시현이 오크의 머리를 배트로 내려치자 오크가 발버둥쳤다. 그럴 때마다 시현은 더욱더 악을 쓰며 내려쳤다.

그렇게 어느 정도 시간이 지나자, 오크의 머리를 배트로 내려치던 횟수가 점차 줄어들기 시작 하더니 곧 멈췄다. 아무런 미동도 없이 쓰려져 있는 오크.

"죽은 건가?"

믿기지 않는지 시현이 배트로 오크의 부러진 팔을 건드려 보았다. 팔이 부러져 살짝 건드려도 아플 텐데, 오크에게서는 아무런 반응도 없었다.

"내가 이긴 거야?"

시현은 믿기지 않는지 스스로 반문했다. 그리고 일어나 아무런 미동도 없이 쓰려져 있는 오크를 쳐다보고는 말했다.

"이겼구나."

시현의 음성에서는 이겼다는 기쁨 같은 것은 찾아볼 수가 없었다. 오히려 그 음성에는 착잡함만이 가득했다.

"기쁠 줄 알았는데 이상하네."

오크에게 져서 죽을 때 '저 머리통을 언제가 부숴 버리고 말리라' 라고 마음먹었던 게 바로 엊그제 일이었다. '죽인 뒤 시체 위에 침을 뱉어주리라' 라고 마음먹었던 적도 있었다. 시체조차 온전하지 못하게 배트로 다져 주겠다고 생각한 적도 있었다. 막상 이렇게 이기고 나니 기쁘긴커녕 착잡하기만 했다.

시현은 시체 옆에 주저앉아 오크를 쳐다보았다.

"싸우다가 정이라도 든 걸까?"

한동안 착잡한 눈빛으로 오크를 쳐다보던 시현은 아직까지 손에 쥐고 있는 배트를 멀리 던져 버렸다. 그리고는 그대로 누워 하늘을 바라보며 생각했다.

'이제 이 꿈도 끝인가? 아 그렇군.'

시현은 이 착잡함의 정체에 대해서 어느 정도 알 수 있었다. 분명 오크에게 미운 정이 든 것도 있었다. 하지만 처음에는 악몽이라고 생각했었던, 지금은 제일 즐거운 꿈이라고 생각하는 이 꿈이 오크를 이김으로써 이대로 끝날지도 모르는 불안감 때문이었다.

"으아암~ 어라 왜 이리 졸리지, 거참 이상하네? 꿈에서 졸… 립……."

잠깐 졸다 깨어난 시현은 깜짝 놀랐다. 자신이 어딘가로 걸어가고 있었기 때문이었다.

'헛!'

놀란 나머지 헛 하고 짧은 비명 소리를 뱉었다. 하지만 그건 생각일 뿐이었고, 실제로는 아무런 소리도 나오지 않았다.

'도대체 어떻게 된 거야?'

입 밖으로 외쳐 보려 했지만 생각일 뿐 행동으로 옮겨지지가 않았다. 게다가 몸까지 제멋대로 움직이고 있었다. 시현은 덜컥 겁이 났다. 마치 누군가에게 몸을 빼앗긴 것만 같았다.

'살려줘!'

처음 겪어보는 종류의 공포에 반사적으로 살려달라고 외쳤으나, 생각에서만 머물 뿐 아무런 소용이 없었다. 한참을 그렇게 공포에 떨던 시현은 어느 정도 시간이 지나자 마음을 진정시키고 조그마한 단서라도 찾기 위해 눈에 보이는 것들을 자세히 살펴보기로 했다.

사방이 깜깜한 밤의 산속이었다. 길이 나 있는 흔적이 전혀 없는 걸로 봐서는 일반적인 등산로가 아닌 듯했다. 깜깜한 밤의 산속, 숙련된 등산가라도 쉽게 오를 수 있는 곳이 아니었다. 하물며 이렇게 나무와 수풀이 우거진 곳은 더더욱 말이다. 그런 곳을 시현은 아니, 정확히 시현의 육체는 손전등 하나로 별다른 어려움 없이 걷고 있었다.

수풀을 헤치며 길을 만들어가던 시현은 손목에 손전등을 비췄다. 11시 37분 손목시계를 확인한 시현은 좀 더 발걸음을 빨리했다. 그렇게 10분, 20분이 지났을까 시현의 걸음이 멈추었다.

그리고 볼 수 있었다. 원형으로 포진되어 있는 5개의 거석들, 늘 시현이 꿈에서 보았던 그 돌들과 비슷했지만 달랐다. 꿈에서와는 달리 가운데 평평한 원형의 돌이 있었다.

누가 주기적으로 관리라도 했는지 그 원판 주위에는 잡초 하나 없이 깨끗했다. 그 원형의 돌을 중심으로 5개의 거석들은 정오각형을 이루게 배치되어 있었다.

시현은 원판 위로 올라섰다. 그리고 엄지손가락을 입으로 가져가 힘껏 깨물었다. 그 고통에 시현은 속으로 비명을 질렀다.

'윽!

얼마나 세게 깨물었는지 엄지손가락에서 나온 피가 흘러내리기 시작했다. 그리고 곧 피 한 방울이 원판 위에 떨어졌다.

그 순간 원판과 원판을 둘러싸고 있는 5개의 거석에서 빛이 흘러나오며 세상을 잠식해 갔다. 견디기 힘들 정도로 밝아지는 빛에 시현은 질끈 눈을 감았다.

잠시 후 시현이 눈을 떴을 때는 5개의 돌들은 더 이상 빛을 내고 있지 않았다. 그리고 곧 시현은 발밑의 감촉이 이상하다는 것을 알 수 있었다. 울퉁불퉁한 땅의 감촉. 아까까지 서 있던 편편한 원판은 어느새 사라지고 없었다. 이상한 것은 그것뿐만이 아니었다. 주위의 분위기가 바뀌었다. 기분 나쁘고 음침한 느낌, 아까까지만 해도 밤의 산속이라 으스스했지만, 이런 느낌은 아니었다. 그리고 곧 시현은 이 광경이 익숙하다는 것을 깨달을 수 있었다. 바로 꿈속에서 늘 보아왔으며 오크와 싸우던 그곳 바로 그 숲 속이었다.

그때 갑자기 시현의 몸이 떠올랐다. 아니, 그렇게 느꼈다. 어느샌가 자신의 몸이 사라져 버리고 정신만 남은 것 같았다. 평상시라면 이 기이한 경험에 겁에 질려 덜덜 떨었겠지만, 이상하게도 시현은 무섭지 않았다. 오히려 육체에서 해방된 것 같은 이 느낌은 시현에게 엄청난 자유로움을 느끼게 해주었다.

시현은 아래를 내려다보았다. 어느새 숲의 대부분이 눈에 들어왔다. 삼면이 바다로 둘러싸여 있는 반도의 숲, 족히 우리나라 크기는 될 정도였다. 그 숲의 끝나는 부분은 커다란 도시가 위치하고 있었다.

'위로……'

시현이 좀 더 높은 곳에서 보고 싶다고 생각하자, 점차 숲이 작아져 보이기 시작했다. 그리고 곧 숲과 연결된 대륙 전체가 시현의 눈에 들어왔다. 5대양 6대륙, 그 어느 것과도 일치되지 않는 커다란 대륙과 바다, 아까 보았던 숲은 그 대륙의 작은 일부분이었다.

'좀 더…….'

점차 그 대륙마저 작아지기 시작하더니 이내 이 푸른 별의 모습이 보이기 시작했다. 대기권 밖을 이탈하는 우주선에서 찍은 동영상과는 비교할 수 없는 광경이었다. 파란 천 위에 수를 놓듯, 깨끗하고 잔잔한 바다 위에 떠 있는 각종 기묘한 형상의 녹색 섬들과 대륙은 그곳에 존재하는 많은 생명들을 알리기라도 하는 것처럼, 하나하나가 생명력에 가득 차 보였다.

곧 둥그런 별의 형상이 완전히 그 모습을 드러냈다. 우주라는 어둡고 차가운 공간, 그리고 그 가운데에 빛나듯 존재하는 푸른 별, 검은 바다에 홀로 빛나고 있는 푸른 진주를 연상케 하는 아름다운 장면이었다.

시현은 점차 그 별에서 멀어져 갔다. 시현의 주위로 별들 하나하나가 스쳐 지나갔다. 시현의 속도가 빨라져 갔다. 스쳐 지나가는 별들이 길게 늘어져 간다. 이것이 자유로움인가 이미 시현은 빛의 속도를 한참 넘어서고 있었다.

그렇게 얼마를 지났을까? 시현이 이제 지루하다고 느낄 때쯤, 엄청난 속도에 길게 뻗어나가는 것처럼 보이던 별들이 제 형상을 찾았다. 속도가 급격히 줄어든 것이었다.

그리고 볼 수 있었다. 우주가 차차 넓어지는 장면을, 아무것도 없는 무의 세계. 그곳에는 어둡다는 개념도, 환하다는 개념도, 차갑고 따듯하다는 개념도……. 그 어떤 개념도 존재하지 않았다.

그저 아무것도 없는 무일 뿐이었다. 그 무의 세계를 마치 태양이 어둠을 살라먹듯 조금씩 조금씩 우주가 넓어져 갔다.

경이로운 광경, 그 광경을 계속 바라보던 시현은 곧 무의 공간 저편 얼마 되지 않는 곳에서 느껴지는 다른 존재가 있음을 느꼈다.

그것은 다른 우주, 그 우주도 시현의 우주처럼 무의 공간을 살라먹으며 넓어지고 있었다.

'우 험하다!'

다른 우주의 존재를 느낀 시현이 본능적으로 외쳤다.

그리고 두 우주가 부딪쳤다.

"헉!"

잠에서 깬 시현은 잠시 방금 전에 꿈을 회상해 보았다. 분명 오크와의 사투에서 이겼다. 그리고 이상한 일이지만 꿈속에서 잠들었고, 이상한 꿈을 꾸었다.

그 꿈 내내 즐겁고 경이로웠다. 우주의 비밀 한곳을 엿본 기분이었다. 하지만 마지막의 그 장면. 우주와 다른 우주의 충돌, 그것은 충분히 경이롭고 신비한 장면이었지만, 왠지 모르게 불길했다. 그 장면을 회상하자 시현은 온몸에 저릿한 느낌이 들었다. 그것은 공포 영화에서 피해자가 잔인하게 죽어가는 것을 볼 때 느껴지는 오싹함과도 비슷했다.

불안감을 떨쳐 버리려는 듯 시현은 고개를 세차게 흔들었다. 그리고 다시 잠에 들기 위해 침대에 몸을 눕혔다.

"응?"

이불에 누운 시현은 곧 이상함을 느낄 수 있었다. 새벽 2시라고 하기에는 집 안이 너무 밝았다.

"어라?"

창가에서 희미하지만 빛이 들어오고 있었다. 길가에 가로등같이 인공적으로 만들어진 그런 빛이 아닌 자연의 상쾌함을 느끼게 해주는 따듯한 빛이었다. 어느샌가 동이 트고 있었던 것이다.

5시 20분.

처음이었다. 시현이 그 악몽을 꾸게 된 후 새벽 2시에 일어나지 않은 것은.

"이겨서 그런가?"

어제까지와 달라진 것이 있다면 오크에게 이긴 것 그것 하나뿐이었기에 시현은 쉽게 그 이유를 추측할 수 있었다.

"그리고 보니 안 꾸던 꿈까지 꾸었네."

악몽이 시작된 20세 생일 이후로 시현은 꿈은 언제나 일정했다. 새벽 2시까지 오크와의 사투, 그리고 2시 이후로 이상한 단어들이 떠오르는 꿈, 이것이 2달여간 시현이 꾼 꿈의 전부였다.

"제길 진짜 저주라도 풀린 거 아냐?"

처음 이런 악몽을 꾸기 시작했을 때 시현은 이것이 저주라고 생각했다. 이제 오크를 이겼으니 저주가 풀린 것이고, 그래서 정해진 꿈이 아닌 다른 꿈을 꾼 것이라고 생각했다.

예전이라면 방 안의 이곳저곳을 뛰어다니며 기뻐해야 할 일이지만, 이제 꿈속에서 사투를 그 무엇보다 즐기게 된 현재에는 전혀 기쁜 소식이 아니었다.

"이럴 줄 알았으면 적당히 지는 건데."

내일부터 이 꿈을 꾸지 않게 된다는 불안감이 든 시현은 차라리 져버릴 걸 하는 생각마저 들었다.

평소보다 조금 이른 시간이지만 시현은 아침 운동을 나섰다. 기분이 꿀꿀했지만, 이제 습관이 되어버린 아침 운동을 빼먹고 싶지는 않아서였다. 그리고 다시 밤이 찾아왔다.

을씨년스러운 숲, 언제나 그랬듯이 그 숲에는 5개의 거석들이 원형으로 포진되어 있었고, 그 가운데 시현이 있었다. 잠시 주위를 살펴본 시현의 얼굴에 기쁨이 번졌다. 오크를 이김으로써 이대로 꿈이 끝나 버릴까 생각했던 걱정이 기우였던 것이다.

스스.

뒤에서 수풀의 흔들림 소리가 들려오자 자연스럽게 시현의 시선이 그쪽으로 향했다. 곧이어 수풀을 헤치고 나오는 회색빛의 오크, 시현의 표정에 반가움이 묻어났다.

"야, 너 정말 반갑다."

*　　　*　　　*

2003년 9월1일 월요일.

2학기를 시작하기에는 딱 좋은 날이었다. 언제나 그랬듯이 개강을 하게 되면 학생들은 바쁘다.

자신에게 맞는 과목을 찾기 위해 이리저리 옮겨 다니느라 바빴고, 방학 내내 만나지 못한 친구들을 만나느라 바빴다.

물론 시현도 같은 이유로 바빴다. 다행히 모든 과목은 이미 정해놓아서 문제가 없었지만, 방학 동안 180도 달라져 버린 시현의 모습을 본 친구들의 관심이 문제였다.

생각해 보라, 두 달 동안 안 보았을 뿐인데, 비리비리했던 친구가 어느새 키도 크고 몸도 웬만한 몸짱들은 명함도 못 내밀 정도로 변해 버렸다면? 당연히 그 비결에 관심이 쏠리기 마련이다. 어떤 친구는 시기 어린 표정으로, 어떤 친구는 감탄한 표정으로 시현에게 부러움을 표현했다.

여자라고는 둘밖에 없는—그것도 애인이 있는—공학 군이었기에 그 인기가 곧 수그러들었지만, 아마 여자들이 많은 학군이었다면 꽤나 지속됐을 정도였다.

개강을 하면서 시현의 일상에는 많은 변화가 일었다. 방학 때는 하루를 오직 몸을 단련하는 것으로 보냈었지만, 이제 개강을 함으로써 하루 중 반을 학업에 투자해야 만했고, 또 동아리 활동, 친구들과의 술자리 등으로 아침저녁으로 하던 간단한 운동마저 빼먹기가 일쑤여서 시현의 실력은 꽤나 더디게 성장했다.

한 번 이긴 상대를 다시 한 번 이기는 것은 그렇게 어렵지 않은 일이다. 하물며 그다지 학습 능력이 좋지 않은 상대라면 말이다. 시현의 꿈속에 등장하는 오크는 어느 정도 학습 능력은 있었지만, 그다지 높은 수준은 아니었다. 그래도 계속되는 시현과의 사투로 인해 처음보다는 제법 강해진 상태였다.

비록 시현이 학업과 동아리 활동, 그리고 기타 등등으로 실력이 더디게 성장한다지만, 꿈속의 오크보다는 빠른 편이었다. 그 덕분에 시간이 지날수록 시현이 오크를 이기는 횟수가 많아졌고, 개강한 지 8주가 지나 중간고사 기간이 다가올 때쯤엔 시현은 오크를 압도할 수 있었다. 물론 알루미늄 배트를 들고 말이다.

"오늘로 6연승이 되려나."

잠자리에 들기 전 시현은 마치 결전을 앞둔 장수처럼 자신의 무기인 알루미늄 배트를 들고서는 생각에 빠졌다. 이미 5연승째, 이제는 실수만 하지 않으면 오크를 그럭저럭 쉽게 이길 수 있었다. 저번에 실수로 넘어지지 않았다면 현재 9연승째일 정도로 오크와 실력 차이가 월등해지고 있었다. 그렇게 거의 일방적으로 흘러가다 보니 재미가 없는 것도 문제지만, 더욱더 큰 문제는 실력이 전혀 늘지 않는다는 것이었다. 검이라도 있었으면 방망이를 든 오크와 한판 해볼 텐데, 이미 검은 주인

인 신정훈에게 돌려준 데다가, 검을 들더라도 비슷한 상황이
될 것 같았다. 그리고 실수라도 검을 빼앗겨서 다시 검을 정수
리에 맞는다면.

부르르.

정수리가 검에 쪼개졌을 때의 생각을 떠올린 시현이 몸을
부르르 떨었다. 그때의 일은 생각만 해도 온몸에 소름이 돋았
다.

"차라리 맨손으로 덤벼볼까?"

무심결에 내뱉은 말이지만 시현은 꽤나 좋은 생각이라고 생
각했다. 맨손으로 오크와 싸운다면 십중팔구는 자신이 질 것
이 뻔했다. 그러면 다시 실력도 늘 것이고, 그것을 극복해 나가
는 재미도 있을 것이다.

막 알루미늄 배트를 손에서 놓으려던 시현은 다시 배트를
굳게 잡았다. 그래도 다시 오크에게 질 것을 생각하니 기분이
영 석연치 않았기 때문이었다.

"그래, 딱 10승만 채우고 맨손으로 싸우자."

앞으로 5일. 그 정도면 충분히 마음의 준비가 될 거라고 생
각한 시현은 배트를 끌어안고 잠에 들었다.

여전히 꿈은 같은 지역, 같은 장소에서 시작되었다. 5개의
거석들 중 하나에 기대앉은 시현은 오크가 나타나기를 기다리
고 있었다. 예전 같았으면 긴장감에 배트를 양손에 꽉 쥐고는
오크를 기다리고 있었을 테지만, 이제 오크에게 연승하게 되

자 그런 긴장감마저 사라져 버렸다.

스스스.

다시 수풀을 헤치는 소리가 들려왔다. 그제야 시현은 자리에서 일어나 그곳을 쳐다보았다.

스스스스스스스.

수풀의 흔들림이 평상시보다 훨씬 거세다. 그것을 느꼈는지 풀어진 모습으로 수풀을 쳐다보던 시현의 눈에 긴장감이 어렸다.

스스스스스스스스스스.

시현은 양손으로 배트를 꽉 쥐고는 수풀을 쳐다보며 생각했다.

'설마 2마리?'

그리고 수풀을 헤치며 상대가 모습을 드러냈을 때, 시현은 하마터면 손에 든 배트를 놓칠 뻔했다.

골리앗이라고 불리는 K1선수 최홍만 정도일까? 아니, 그보다 머리 하나둘은 더 커 보이는 듯했다. 그리고 곰보를 연상케 하는 우둘투둘한 어두운 진회색의 피부, 사람 몸통만 한 다리와 비정상적으로 긴 팔, 얼기설기 돋아 있는 이빨로 더욱 흉측해 보이는 얼굴, 그리고 비만인지 종족의 특성인지 불룩 튀어나와 있는 배. 바로 트롤이었다.

거의 자신의 두 배만 한 크기의 트롤을 올려보던 시현은 그 위압감에 뒷걸음질을 치며 트롤과의 거리를 벌렸다. 크기만 해도 3미터 가까이 되고, 무게는 몇 백kg은 되어 보이는 괴물이었다.

온몸이 덜덜 떨려오는 와중에도 시현은 배트를 양손으로 굳게 잡았다. 그리고는 다시 트롤을 쳐다보았다. 처음 오크를 보았을 때처럼 덜덜 떨릴 정도로 겁을 먹었지만, 그때처럼 주저앉지는 않았다. 시현은 속으로 제법 많이 성장했다고 생각했다.

트롤의 양팔이 머리 위로 들어 올려졌다. 몸에 비해 짧은 다리와는 반대로 트롤의 팔은 길었다. 들어 올렸던 팔이 허공에서 잠시 멈칫하더니 그대로 땅을 향해 내리 꽂혔다.

콰앙! 쾅쾅쾅!

마치 지진이라도 난 듯 땅이 흔들렸다. 트롤은 기선 제압이라도 하듯 그렇게 땅을 서너 번 내려친 뒤 시현을 쳐다보았다.

꿀꺽.

그 모습에 긴장한 나머지 시현은 마른침을 삼켰다. 그리고 이대로 가만히 있을 수는 없다고 생각했다. 시현은 배트를 양손으로 잡은 채로 머리 위로 들어 올렸다. 그리고 트롤이 한 것처럼 배트로 땅을 있는 힘껏 내려쳤다.

쿠웅! 쿵쿵쿵!

비교도 안 될 만치 초라한 소리. 시현은 배트를 내려친 그 자세로 고개를 들어 트롤을 쳐다보았다. 트롤은 별다른 반응을 보이고 있지 않았다. 그저 시현을 쳐다보면서 군침을 다실 뿐이었다. 시현은 조심스럽게 배트를 거두었다. 그리고는 그대로 줄행랑을 쳤다.

"잡아먹히긴 싫다고!"

다행이 트롤은 오크에 비해 그 속도가 느렸다. 이미 오크의 스피드를 능가하는 시현이었기에 쉽게 트롤에게서 도망칠 수 있었다.

"후하, 후하."

한참을 도망치던 시현은 트롤이 더 이상 보이지 않자, 도망치던 것을 멈추고 숨을 가눴다.

"제길, 오크 새끼. 좀 졌다고 대타를 내보내다니!"

시현은 그대로 주저앉으며 방금 전의 트롤을 어떻게 상대해야 하나 곰곰이 생각했다. 3미터에 달하는 큰 체구와 그 체구에서 뿜어져 나오는 엄청난 힘. 다행히 행동이 꽤나 굼뜬 것 같지만, 저게 정말 판타지에서 나오는 트롤이라면 가장 골치 아픈 문제가 있었다. 바로 재생력.

트롤 하면 재생력, 재생력 하면 트롤 아니겠는가. 판타지 소설에서 가장 맷집 끝내주는 몬스터 트롤. 게다가 오우거와 같이 사람을 통째로 씹어 먹기로 유명한 놈이었다. 시현은 아까 자신을 보고 군침을 삼키던 트롤을 떠올리고 몸을 부르르 떨었다.

쿵. 쿵. 쿵. 쿵.

규칙적인 땅울림 소리, 시현이 잠시 쉬었더니 어느새 트롤이 쫓아온 것이다. 다시 시현은 도망치기 시작했다. 상대가 느린 만큼 일단 어떻게든 도망쳐 볼 생각이었다.

그런 시현의 생각을 눈치 챘는지 땅을 울리는 트롤의 걸음

소리가 더 빨라졌다. 하지만 일반인이랑 비슷한 수준인 트롤의 걸음으로는 시현을 쫓아갈 수 없었다.

찌이익.

한창 트롤을 어떻게 상대할까 생각하며 도망 다니던 중, 시현은 무엇인가가 자신의 잠옷 윗도리를 잡아당기다가 이내 찢어지는 것을 느끼곤 걸음을 멈추었다.

"뭐지? 헉!"

나뭇가지에라도 걸렸는지 살피려고 고개를 돌아본 시현은 허공에 둥둥 떠 있는 찢어진 옷 조각에 놀라 헛숨을 들이켰다.

허공에 둥둥 떠 있는 상태로 좌우로 흔들리는 옷 조각, 나뭇가지에 걸린 것도 아니요, 그렇다고 바람에 실려 떠다니는 것도 아니었다.

츠츠츠츠.

그때 들려오는 기분 나쁜 울음소리, 그 울음소리는 위쪽에서 들려오고 있었다. 고개를 들어 위쪽을 올려다본 시현은 깜짝 놀라 뒤로 물러섰다. 그것은 거대한 거미였다. 족히 크기가 50cm는 되어 보이는 거대 거미. 곧 시현은 왜 옷이 찢어졌는지, 그리고 왜 허공에 저렇게 걸려 있는지 알 수 있었다. 바로 거미줄에 걸린 것이었다. 눈을 크게 뜨고 유심히 살펴보자 옷자락 주위로 투명한 거미줄이 보였다. 자신이 달려온 곳 바로 옆쪽엔 거미줄이 육각형 형태로 촘촘히 쳐져 있었다. 조금만 더 옆쪽으로 달렸더라면 바로 거미 밥이 될 뻔한 순간이었다.

츠츠츠츠.

거미가 위협하듯 다가오자, 시현은 조심스럽게 뒤로 물러섰다. 자칫 급하게 물러났다가는 당장이라도 거미가 덮쳐 올 듯싶었다.

"응?"

거미를 경계하며 뒤로 천천히 물러나던 시현은 등에 무엇인가가 달라붙는 느낌에 고개를 돌렸다. 그리고 곧 그것이 무엇인지 알게 되었다. 그것은 또 다른 거미줄이었다. 사방에 쳐져 있는 거미줄, 거미줄은 한 개가 아니었고, 물론 거미도 한 마리가 아니었다.

츠츠츠츠, 츠츠츠츠.

다른 거미줄에 걸리자, 그 거미줄의 주인으로 보이는 거미가 다가왔다. 시현은 급히 거미줄에서 벗어나려 발버둥 쳤지만 그럴수록 거미줄은 그의 몸을 더욱더 옥죄였다.

츠츠츠츠.

거디가 시현의 바로 뒤까지 다가왔다. 6개의 거대한 눈과 날카로운 두 개의 독니, 차라리 기절이라고 하고 싶었지만, 그건 희망사항일 뿐.

"허억!"

날카로운 독니가 시현의 목뒤에 박혔다. 그리고 목 뒷부분으로브터 퍼져 나가는 차가운 이질의 느낌, 그것은 거미의 독이었다. 거미의 독에 그렇게 큰 독성은 없는지, 시현에게 고통은 없었다. 거미가 깨문 목 뒷부분에 약간의 고통만이 있을 뿐이었다. 하지만 얼마 지나지 않아 시현은 그것이 얼마나 무서운 것인지 깨달을 수 있었다.

몸이 움직이지 않았다. 정신은 멀쩡하고 뒷목의 고통도 이제는 느껴지지 않지만 몸이 돌처럼 되어버린 듯 움직여지지 않았다. 곧 시현은 예전 내셔널 지오그래픽에서 본 장면을 떠올릴 수 있었다. 거미에게 잡혀 온몸이 마비된 채, 산 채로 빨려 먹히는 곤충들의 모습을 말이다.

'아아악!'

거미의 배 끝 부분에서 투명한 거미줄이 뿜어져 나와 시현을 감싸기 시작했다. 비명이라도 질러보려고 했지만, 온몸이 마비되어서 비명마저 흘러나오지 않았다. 그것이 시현에게 더한 공포로 다가왔다.

쿵. 쿵. 쿵. 쿵.

멀리서 트롤이 달려오는 소리가 들리자, 시현의 눈에 한가닥 희망이 어렸다. 이렇게 거미에게 빨려 먹히는 것보다 차라리 트롤에게 잡아 먹히는 게 더 나으리라.

쿵. 쿵. 쿵. 쿵.

점차 커지는 소리에 거미줄을 뿜어내는 거미의 움직임이 빨라졌다. 이대로 있으면 본능적으로 먹이를 빼앗긴다는 것을 알고 있는 것 같았다. 시현은 그런 거미의 움직임을 보고 다급해졌다. 이 순간만큼 시현은 트롤의 느린 움직임이 원망스러웠다.

다행인지, 불행인지 거미줄에 칭칭 감긴 시현이 거미에게 끌려가기 전에 트롤이 도착했다. 트롤의 강대한 힘 앞에 거미줄도 견딜 수는 없는지 트롤이 손을 휘저을 때마다 거미줄이 뚝뚝 끊어져 갔고, 거미들은 그런 트롤을 보고 모두 도망친 상태였다.

트롤이 씨익 웃었다. 아니, 시현은 트롤이 웃었다고 생각했다. 앞에 먹기 좋게 잘 포장된 도시락이 있지 않는가? 자신이 트롤이라면 분명 기분이 좋아서 웃을 것이라고 생각했다. 문제는 자신이 도시락이라는 점이었지만 말이다.

트롤이 양손으로 시현을 잡아당기자, 거미줄에 걸려 있던 시현이 가볍게 딸려왔다. 그리고 트롤은 시현의 머리를 자신의 입으로 가져갔다.

"우웩!"

잠에서 깬 시현은 한 손을 입에다 대고는 연신 헛구역질을 했다. 거미의 독 때문에 온몸이 마비되어서인지 고통 같은 건 없었다. 트롤에 이빨이 머리를 깨부술 때도 말이다. 하지만 트롤의 입에서 나는 그 냄새는.

"우욱!"

속에서 무언인가가 역류하고 있다는 걸 느낀 시현은 재빨리 양손으로 입을 틀어막고, 화장실로 달려갔다.

잠자기 전 먹은 것을 다 토해내고 나서야 시현은 구역질을 멈출 수가 있었다. 몇 차례나 물로 입 안을 헹구고, 양치질로 뒷마무리를 하면서 시현은 조금 전 꿈에서 있었던 일들을 생각했다. 오크, 트롤. 판타지 하면 기본적으로 생각나는 것들 중 하나였다. 그리고 커다란 거미. 대충 끼워 맞춰 보면 자이 언트 스파이더 그 비슷한 놈이 아닐 듯싶었다. 이런 놈들이 있 다면 최강의 몬스터라 불리는 오우거나 미노타우로스 같은 놈 들도 있을 듯싶었다. 앞으로 상대가 그런 놈들이라면? 정말 대 책이 서질 않았다.

"제길 소설에서 보면 오크는 한 주먹이요, 트롤은 한 칼, 오 우거는 마법 한 방이면 끝장이던데, 난 이게 뭐야!"

한참 동안 신세 한탄을 하던 시현은 앞으로 어떻게 대처해 나가야 하나 생각하기 시작했다. 분명 방법이 있을 것 같았다. 시현이 이렇게 생각하는 것은 이 꿈이 범상치 않았기 때문이 었다. 자신을 강하게 만들기 위한 꿈, 처음에는 단순히 악몽 같 은 걸로 생각했으나 시간이 지나면서 단순한 꿈이 아니라는 생각이 굳게 자리 잡았다. 그 증거로 자신은 폭발적인 성장을 이루고 있지 않은가.

그리고 한차례 사투 후에 꾸는 꿈에서는 항상 이상한 단어 들이 떠오른다. 시현이 추측하기로는 그것은 바로 그곳의 언 어였다.

잠시 시현은 오크에게 처음 이겼을 때를 떠올렸다. 그때 단 한 번만 꾸고 다시는 꾸지 않았던 그 꿈에서 어딘지 모를 곳으 로 넘어간 뒤 자유롭게 날아올랐다. 그때 보기로는 숲은 정말 넓었다. 대략 우리나라 정도 크기랄까 어떻게 그런 숲이 생겼 는지 시현은 알 수가 없었다. 그리고 분명 보았었다. 숲의 끝 자락에 위치한 커다란 도시를 말이다.

"분명 그곳에서 사는 사람들이 사용하는 언어겠지."

꿈속의 판타지 세계. 그리고 그곳에 존재하는 도시, 분명 마법사나 소드 마스터 같은 엄청난 사람들이 있을지도 몰랐다. 그곳어 가서 마법이나 검술을 배운다면. 분명 트롤쯤은 가볍게 처리할 수 있을 것이라고 시현은 생각했다.

"좋아, 어떻게든 그 도시에 가봐야지. 그렇게 멀지도 않은 것 같았으니까."

그때 꿈에서 보았을 때는 그렇게 멀지 않은 곳에 있었다. 아마 전력을 다해 뛴다면 2일 정도면 충분히 도착할 것이라고 생각한 시현은 이번 목표는 트롤의 퇴치가 아닌 마을에 도착하기로 정했다. 꿈속에서는 얼마든지 시간이 지나도 항상 깨어나면 새벽 2시였기에 가능한 생각이었다.

다음날부터 시현은 꿈에서 도시가 있을 곳으로 추정되는 방향으로 무작정 달리기 시작했다. 그리고 자신이 생각했던 것처럼 쉬운 게 아니라는 것을 시현은 깨달았다. 항상 뒤에서 트롤이 쫓아왔지만 트롤이 쫓아오는 속도가 시현에 비해 워낙 느렸기에 그렇게 문제가 되지는 않았다. 문제는 바로 숲에 살고 있는 다른 여러 가지 존재들이었다. 어떤 때는 거대한 사마귀 몬스터인 맨티스가 앞을 막았고, 어떤 때는 오크 부락이 앞을 막았다. 또 어떤 때는 잠시 쉬겠다고 꽃밭에 앉았다가 그대로 식인 식물의 먹이가 된 적도 있었다. 그리고 점차 숲에서 버티는 시간이 길어짐에 따라 또 다른 문제가 생겨났다. 그것은 바로 배고픔이었다. 결국 잠에 들기 전 시현은 준비물에 하나를 더 추가시켰다. 그것은 스닉커즈나 초콜릿 등 야외에서 간단히 먹을 수 있는 고열량 식품이 들어 있는 배낭이었다.

서바이벌 부에서 배운 것들을 바탕으로 시현은 몬스터가 바글바글한 숲에서 살아남는 방법을 하나하나 익혀갔다.

Chapter 3
군대

Dream Impact

　대한민국 청년이라면 누구나 갔다 와야 한다는 그곳, 바로 군대. 시현도 대한민국의 건장한 청년으로서 군대에 가야만 했다. 보통 군대에 갔다 오는 게 가장 좋다고 생각하는 기간은 바로 1학년이 끝난 뒤였다. 1학년 때는 교양과목이 주를 이르고 있고, 2학년 때부터 본격적으로 전공 수업을 듣기 때문에, 대부분의 학생들이 1학년이 끝난 다음 군대를 가곤했다.

　이미 격투가가 되겠다고 생각한 시현이었지만, 학업은 무사히 그리고 제대로 끝마치고 싶었고, 모두 군대에 가는데 자신만 남아서 친구들도 없이 혼자서 뻘쭘 하게 수업을 듣는 게 싫었던 터라 바로 1학년이 끝나자마자 시현은 군대에 지원 입대했다.

훈련소 첫날밤의 분위기는 정말 어두웠다. 대부분 처음 만난 사람들이라 서먹서먹하고, 내무실 문 앞에서 눈을 부라리며 지켜보고 있는 조교의 눈치를 보느라 아무도 입을 열지 않았다. 그저 시키는 대로 매트리스와 모포를 깔 뿐이었다. 곧 취침하라는 조교의 명령과 함께 모두들 오렌지색 체육복도 벗지 않은 채 매트리스 위에 눕고는 모포를 덮는다.

소등 방송과 함께 환했던 전등불이 꺼지고 곧 어둠이 찾아들자 내무실에 침묵이 감돌았다.

"훌쩍."

"에휴."

"아."

누군가가 집을 그리워하는지 훌쩍거리자, 곧 사방에서 그에 동조하듯 걱정 가득한 한숨이 쏟아졌다. 어떤 이는 부모님을 그리워하며, 어떤 이는 애인을 그리워하며, 그리고 어떤 이는 앞으로 2년간의 군대 생활을 걱정하며 한숨을 토해냈다.

"이것들 봐라. 오늘 잠 다 자고 싶어!"

조교의 호통 소리에 모두 굳게 입을 닫았다. 훌쩍이던 그 누군가는 훌쩍임을 쉽게 멈추기 어려운지 모포로 자신의 입을 틀어막았다. 조교에게 들킬까 겁이 난 것이다.

그렇게 하나둘 그리움과 걱정을 머릿속으로 새기며 잠이 들었다.

시현은 쉽사리 잠에 들지 못했다. 몇몇 이들도 그리움과 걱정에 잠을 이루지 못했지만, 시현이 잠을 못 이루는 이유는 다른 이들과는 달랐다. 물론 시현도 부모님에 대한 그리움도, 군 생활에 대한 걱정도 가지고 있었다. 하지만 시현이 이렇게 한숨을 내쉬는 이유는 바로 오늘 밤 꿈에서 '어떻게 맨손과 맨발로 숲을 돌아다닐까?' 하는 문제였던 것이었다.

군대에서, 그것도 훈련병이라는 죄수보다 더 통제가 심한 신분이 과연 워커를 신고 잠을 잘 수가 있을까? 그리고 몬스터들을 상대할 무기를 구할 수 있을까? 아니 구하더라도 그것을 조교가 눈을 부릅뜨고 감시하는 상황에서 품에 안고 잘 수 있을까? 대답은 당연히 '아니요' 였다.

앞으로 고참이라고 불릴 수 있을 정도가 될 때까지 맨손과 맨발로 숲을 헤매야 할 것을 생각하니 막막한 시현이었다.

"헛!"

꿈에 나타난 시현은 깜짝 놀랐다. 이렇게 놀란 건 처음 오크를 보았을 때를 빼고는 처음이었다. 바로 자신 외에 다른 사람들이 이곳 다섯 개의 거석이 있는 숲에 나타났기 때문이었다.

어떤 이들은 싸우고 있었고, 어떤 이들은 크게 소리 지르고, 어떤 이들은 모여서 이야기를 나누고 있었다.

"도대체가?"

그들을 한차례 살펴본 시현은 모두 왠지 낯이 익다는 느낌을 받았다. 그리고 곧 낯이 익은 이유를 알게 되었다. 이들 모두 자신과 같은 3소대의 훈련병이었던 것이다.

"어떻게 내 꿈에?"

시현이 혼잣말로 중얼거리자, 근처에 있던 한 훈련병이 말했다.

"어떻게 이게 네 꿈이야. 내 꿈이지."

시현은 고개를 돌려 자신의 혼잣말에 대꾸한 훈련병을 쳐다보았다. 아직 이름은 기억 못했지만, 3소대 중에서 가장 덩치가 커서 인상이 깊었던 훈련병이었다.

"네 꿈이라고?"

'설마 내가 다른 사람 꿈에 들어온 건가?

설마 하며 주위를 쳐다보았지만 역시 설마로 끝났다. 이곳은 자신에게 아주 익숙한 늘 꿈속에서 보는 그 숲에, 그 장소였던 것이다.

"어이, 여긴 내 꿈이라고."

"도대체가 남의 꿈을 왜 자기 꿈이라고 우기는 놈들이 이렇게 많은 거야!"

시현과 덩치 큰 훈련병의 대화를 들었는지 다른 훈련병이 반박하며 나섰다. 그러자 다른 훈련병들도 같은 이유로 반박하며 나서기 시작했다.

모두 이 상황을 꿈이라고 인식하고 자신의 상황, 도대체가 어떻게 된 것인지 시현은 알 수가 없었다.

'설마 오늘은 이 전부랑 싸워야 하는 건가?

시현은 그럴 가능성도 있을지 모른다고 생각했다. 알루미늄 배트를 든 상태에서 오크를 압도하게 되자, 오크 대신 트롤이 나타나지 않았는가? 군대에 입대하게 돼서 이제 맨손과 맨발이 되니 이 꿈이 자신을 배려해 주는 것이 아닌가 하는 생각이 들었다.

'쩝, 사람… 게다가 같은 소대원이라서 찝찝하지만 그래도 꿈이니 뭐 어때.'

시현은 사람을 상대로 그것도 앞으로 같이 고생할 소대원을 상대할 것을 생각하니 영 기분이 좋지 않았다. 시현은 스스로 꿈이니까 상관없다고 자위한 뒤, 근처에 있던 훈련병 한 명을 노려보며 주먹을 꽉 쥐었다.

막 시현이 한 훈련병을 향해 주먹을 날리려고 하는 그때, 사방의 수풀들이 심하게 요동치기 시작했다.

'아, 아니구나. 그런데 이건!'

항상 수풀이 흔들리고 나서야 오크나 트롤이 나왔었기에 시현은 이번 상대가 수풀을 보고 잔뜩 긴장하고 있는 소대원들이 아니라는 것을 알았다. 아마도 오크나 트롤일 것이다.

하지만 수풀의 흔들림이 달랐다. 사방에서 흔들리고 있는 것이었다. 그리고 곧 그 이유를 알게 되었다. 몇 달 전만 해도 시현이 상대하던 녹색의 오크, 그 오크들이 사방에서 나타난 것이었다.

떼거지로 나타난 오크에 둘러싸이자, 훈련병들의 반응은 처음 시현이 오크를 보았을 때와 비슷했다. 오크의 살기에 모두 겁어 질려 주저앉아 버린 것이다. 하지만 그중에서도 제법 용감한 훈련병도 있었다. 4명의 훈련병들이 다리를 덜덜 떨면서도 꼿꼿이 서서 싸우려는 의지를 보인 것이다.

"씨발, 무슨 꿈이 이래!"

"야, 돼지꿈이다. 돼지꿈."

"야, 이 새끼들아! 꿈인데 한판 붙어보자!"

"아, 이게 현실이라면 좋았을 텐데!"

시현은 정말 난감했다. 오크가 이렇게 많다니 맨손으로는 오크와 일대일로 붙어도 이기기 힘든데 이렇게 많은 오크라니. 시현은 어떻게든 최대한 도망이라도 쳐봐야겠다고 생각했다.

25명의 사람 수와 비슷한 수의 오크가 주변을 둘러싸고 대치하고 있는 상황. 오크가 압도적으로 유리했지만 오크는 둘러싸고만 있을 뿐 별다른 움직임을 보이진 않았다.

그러나 곧 그 대치 상황이 한 사람에 의해 무너졌다. 판타지 광인 듯한 대사를 읊었던 훈련병이 겁도 없이 오크에게 덤빈 것이다.

"이 오크들아! 나의 오러를 받아라!"

라는 유치한 대사와 함께 말이다.

그 판타지광의 의도대로 그 주먹에 오러가 서리면서 오크를 박살 내면 좋았겠지만, 그의 주먹은 오러가 서리지 않은 극히 평범한 20대 청년의 주먹이었고, 그 주먹이 오크에게 채 닿기도 전에 오크의 주먹에 머리가 깨어지는 경험을 해야 만했다.

"히이이익!"

머리가 깨어지며 피와 뇌수가 사방으로 튀는 모습에 모두 겁을 걱고 비명을 질렀다. 몇몇 이들은 땅바닥에 고개를 박고 구토를 하기 시작했다. 서 있던 나머지 셋도 그 모습에 다리에 힘이 풀린 듯 주저앉고는 그곳에서 멀어지려고 엉금엉금 기었다.

시현도 많은 죽음을 경험했지만, 이렇게 사람이 죽는 모습은 처음 본 터라, 속이 울렁거렸다.

판타지광의 죽음을 시작으로 오크의 공격은 시작되었다. 땅에 머리를 박고 구토를 하던 이들은 그대로 오크의 발에 머리가 깨져, 쏟아지는 뇌수와 피가 토사물과 범벅이 되는 역겨운 광경을 연출했고, 겁에 질려 서로 껴안고 있던 이들은 오크들의 발길질에 하나의 고깃덩어리로 다져지는 경험을 했다. 또 땅바닥을 기던 이들은 허리가 뒤쪽으로 꺾여 죽어갔다.

그 역겨운 광경에 시현도 울렁거렸던 속을 참지 못하고 구토를 하기 시작했다. 사람과 비슷한 오크를 여러 번 죽여본 적이 있어서 일반적인 죽음에는 내성이 있던 시현이었지만 이런 역겨운 광경은 견디지 못했던 것이었다.

"으웩, 웩!"

그리고 고개를 숙이고 구토를 하고 있는 시현의 머리에도 오크의 주먹이 떨어졌다.

"으아아악!"
"크에에엑!"
"히이이익!"

새벽 2시, 불침번과 보초, 그리고 당직을 서고 있는 사람들 외에는 모두 잠이 들어 있는 훈련소, 그곳에서 비명이 울려 퍼졌다. 바로 시현이 속해 있는 1중대 3소대 내무실의 A반에 서.

3X사단 신병 훈련소에 때 아닌 비상이 걸렸다. 바로 밤마다 울리는 비명 소리 때문이었다. 많은 훈련병들이 들어오는 만큼, 초반에 비명을 지르는 훈련병이 자주는 아니지만 가끔은 있다.

하지만 이렇게 한 내무실에 전 인원이 그것도 같은 시간에 비명을 지르는 것은 이곳 신병 훈련소가 창건된 이래 처음 있는 일이었다.

처음에는 한 훈련병이 비명을 지르니, 다른 훈련병도 연쇄 반응으로 비명을 지른 것으로 생각하고 그냥 넘어갔다. 하지만 조교들과 훈련병들 사이에서 새벽 2시의 저주라고 불리는 그 사건은 계속되었고, 벌써 5일째에 접어들었다.

이른 아침 새벽 2시의 저주 사건으로 유명한 저주받은 3소대의 소대원들이 구보 코스를 따라 아침 구보를 시작했다. 3소대의 담당 조교인 윤한식 병장은 소대원들을 보고는 쯧쯧, 혀를 찼다. 3소대 아니, 정확히 말해서 3소대의 A반 25명 중 24명이 모두 퀭한 눈으로 휘청휘청 뛰고 있었기 때문이었다.

'저놈은 깡도 좋아.'

자신도 새벽 2시에 울리는 그 비명에 잠을 제대로 이루지 못해서 벌써 2kg이나 빠졌다. 하지만 그 비명의 당사자 중 하나가 저렇게 멀쩡한 모습이라니 정말 깡도 좋은 놈이라고 생각했다. 물론 그 깡도 좋은 놈은 시현이었다.

'그나저나 이러다 애들 다 쓰러지겠다.'

윤 병장은 위태위태하게 뛰고 있는 24명을 걱정스런 표정으로 바라보았다. 코스도 제일 편한 코스로, 속도도 평소보다 천천히 뛰고 있지만 영 불안했다.

'이러다가 쓰러지기라도 한다면……'

말이 씨가, 아니, 생각이 씨가 되기라도 한 걸까? 윤 병장이 생각하기 무섭게 한 명이 그 자리에서 쓰러졌다. 24명 중 제일 위태위태해 보이던 21번 훈련병이었다.

"박 일병, 네가 애들 인솔해."

구보가 중단되었고 차석인 박 일병에게 소대원들을 맡긴 윤 병장은 쓰러진 훈련병을 들쳐 업었다.

"이런!"

막 들쳐 업고 의무실을 향해 뛰려는 순간 또 다른 한 명이 쓰러졌다. 윤 병장은 급히 주위를 살폈다. 주위에 기간 요원이라고는 자신과 차석인 박 일병뿐이었다. 3소대를 배려하기 위해 일부러 쉬운 코스로 온 것인데 그게 화가 되었다.

"누가 애 좀 업어."

윤 병장의 말이 떨어지기가 무섭게 시현이 두 번째로 쓰러진 동기를 업었다.

"괜찮겠냐?"

시현이 나서자 윤 병장이 걱정스러운 표정으로 물었다.

"예, 괜찮습니다."

"왔던 길은 기억하고 있지?"

"예, 그렇습니다."

"좋아, 가자."

21번을 업고 전력으로 달리던 윤 병장은 힐끔 뒤를 돌아보았다. 시현이 쓰러질까 걱정되어서였다. 하지만 바로 뒤에 멀쩡한 얼굴로 따라오는 시현을 보고는 눈을 크게 떴다. 2대대에서 체력하면 둘째가기 서러운 윤 병장이건만 저렇게 멀쩡한 얼굴로 따라오다니 그 불가사의한 체력에 놀란 것이다.

'좋아, 넌 훈련 끝나면 우리 소대다.'

시현의 자대가 정해지는 순간이었다.

의무실에 누워 있는 둘을 쳐다보는 시현의 눈에는 죄책감이 서려 있었다. 모두 자신 때문에 일어난 일이었다.

같은 내무실을 사용하고 있는 동기들에게 들은 이야기를 종합해 보면, 모두 똑같은 꿈을 꾸었고 먼저 죽은 동기의 기억에 비해 나중에 죽은 동기가 조금 더 많은 것을 기억하는 것으로 봐서는 이것은 따로따로 꾸는 꿈이 아니었다. 즉, 동기들 모두 자신의 꿈으로 끌어들이는 것이었다.

"좋아, 오늘은 내가 신병들이랑 같이 잔다!"

윤 병장의 입에서 나온 말에 의무실에 있던 의무병, 군의관, 그리고 시현까지 모두가 놀랐다. 시현은 윤 병장을 말리고 싶었지만 훈련병의 입장에서 조교인 윤 병장은 말 붙이기조차 힘든 상대였다.

"크아아아악!"

그날 밤 저주의 희생자가 한 명 더 늘었다.

의무실에서 잠든 두 명이 악몽을 꾸지 않았다는 사실과, 내무실에서 신병들과 함께 잠든 윤 병장이 악몽을 꾸었다는 사실이 중대에 퍼졌다. 나름대로 고민하고 있던 중대장은 그 소식을 듣자마자 내무실을 옮겼다. 하지만 악몽은 멈추지 않았다.

시현도 나름대로 열심히 해결책을 찾고 있었다. 깨어나는 시간은 새벽 2시, 즉 새벽 2시까지 잠을 자지 않는다면 악몽도 없을 거라는 생각에 잠을 자지 않고 버텨 보기로 했다.

사벽 1시 59분. 이제 조금만 더 버티면 새벽 2시가 지날 터였다. 그러면 더 이상 동기들이 악몽을 꾸지 않아도 된다는 생각어 눈 밑 가에 침을 바르면서까지 버티고 있는 시현이었다.

59분 56초. 57초, 58초, 59초.

이제 성공이라고 순간적으로 생각했다. 그리고 2시.

"으아아악!"

다시 사방에서 비명이 울려 퍼졌다. 시현은 도저히 이해할 수가 없었다. 분명 1시 59분 59초라는 것을 눈으로 확인하자마자, 어느샌가 꿈속에 들어와 있는 것이었다. 그리고 겁에 질려 있는 동기들의 모습도 보였다. 그다음은 언제나 똑같은 절차였다. 오크들의 등장, 그리고 학살.

시현이 꿈에서 깨어났을 때는 시계를 쳐다보던 그 자세 그대로였다. 그리고 시계는 막 2시 0분 1초를 넘어가고 있었다.

'1초 사이에 그 꿈을 꾸었다는 건가!'

그 후로 몇 번 더 시도해 보았지만 결과는 똑같았다. 그리고 이 꿈에 대한 정보를 조금 더 알 수 있었다. 믿기지 않았지만 1시 59분 59초와 2시 사이, 바로 그 짧은 시간에 꾸는 꿈이었다.

시현이 계속 동기들을 꿈에 끌어들이지 않기 위해 노력을 했지만, 그것을 이루어낸 것은 신병 훈련이 거의 끝날 때쯤이었다. 그동안 그 많던 24명이나 되던 시현의 동기들 중 8명이 정신병원으로 직행했고, 나머지 인원들은 그럭저럭 적응이 되었는지, 점차 비명 소리도 잦아들었고 몸 상태도 좋아졌다. 오히려 몇몇 동기들은 꿈에서 오크들과 싸우기도 했다. 물론 상대는 안 됐지만 말이다.

훈련이 끝나자 시현의 동기들은 각자 배치된 곳으로 떠나갔다. 시현은 이곳 신병 훈련소에 남게 되었다. 평소에 시현을 좋게 본 윤 병장이 시현을 조교로 남게끔 중대장에게 건의한 것이었다.

＊　　　＊　　　＊

시현은 훈련소에서 신병 훈련을 받으면서 이때가 가장 힘들 거라고 생각했었다. 화장실도 마음대로 못 가고, 무엇 하나 스스로 할 수 없는 통제된 생활. 시간이 지남에 따라 익숙해졌지만 이런 통제된 생활은 사회에서 자유롭게 살던 시현에게는 힘든 것이었다. 하지만 자대에 배치받고 나서는 훈련소에서 훈련받을 때가 좋았다는 생각을 자주하게 되는 시현이었다. 그 이유는 바로 고참의 갈굼이었다.

"이 썩을 놈의 새끼가 지금 뭐 하는 거야. 그렇게 살살해서 깨끗해지겠어!"

시현의 바로 윗윗 기수인 장종현 일병, 이곳 3x사단 사단장의 아들인 그는 한마디로 싸가지가 없는 인간이었다. 언제나 자신만 아는 이기주의자에, 자신의 편함, 즐거움을 위해서라면 다른 사람은 어찌 되어도 좋다는 가치관을 가지고 있는 사람이었다.

소대의 많은 고참들도 장 일병의 그런 성격을 잘 알고 있었고, 조 그가 하는 행동을 볼 때마다 눈살을 찌푸리곤 했다. 하지만 사단장의 아들인 그를 건드릴 배짱이 있는 고참들은 아무도 없었다. 전에 한 고참이 사단장님도 저런 놈 가만히 두고 보지 않을 거라면서 장 일병을 혼냈다가 영창까지 간 사건이 있었기에 아무도 장 일병을 건드리지 못했다.

'개새끼! 소새끼!'

시현은 속으로 장 일병을 욕하면서 열심히 걸레질을 했다. 장 일병이 자신의 일까지 시현에게 넘기니 잠시라도 쉬는 시간이 없었기 때문이었다. 일, 일, 일, 하루 종일 일로 시간을 보냈고, 간간이 휴식 시간이라도 생기면 고참들의 기수와, 이름, 그리고 각종 장비들의 제원이 적혀 있는 쪽지를 들고 외워야 했다. 시현이 보통 사람 이상의 체력을 가지고 있지 않았다면 며칠 견디지 못하고 탈이 날 정도로 시현의 이병 생활은 힘들었다.

시현이 군대에 적응해 갈 때쯤, 맨손으로 벌이는 오크와의 사투도 점차 적응되어 갔다.

요즘 들어 시현은 맷집이 상당히 좋아진 것 같다고 생각했다. 예전 같았으면 오크의 주먹을 팔로 막더라도 그 강력한 힘에 의해 팔이 성하지 못하였는데, 이제는 가뿐히 막아낼 뿐만 아니라 미처 막아내지 못하고 주먹을 허용하더라도 예전처럼 한방에 전투 불능이 되지는 않았다.

오크의 주먹이 시현의 머리를 향해 휘둘러졌다. 오크의 공격은 대개 이런 식이었다. 어딘가를 향해 주먹을 휘두르거나, 또는 발길질을 하거나 상당히 볼품없는 공격이었지만, 기본적으로 강한 힘을 갖고 있었기에 그 위력은 상당했다.

시현이 왼팔을 들어 올려 오크의 주먹을 막았다. 왼손에 느껴지는 묵직한 충격, 시현은 그다지 힘들지 않게 오크의 주먹을 막아내고 바로 반격했다. 깨끗하게 이어지는 로우킥. 시현의 다리가 오크를 후려치자 오크가 균형을 잡지 못하고 휘청거렸다. 이때를 놓치지 않고 다시 한 번 시현의 로우킥이 오크의 다리에 작렬했다.

쿵!

끝내 견지지 못하고 넘어지는 오크, 시현은 그런 오크를 보면서 오늘은 너무 쉽다고 생각했다.

'무슨 날인가?

잠시 생각하는 사이 오크가 다시 일어났다. 곧이어 행해지는 오크의 맹공격, 양팔과 양다리로 쉬지 않고 공격하는 것을 시현은 일일이 다 막아내기 시작했다.

'이상해, 너무 쉬워.'

오늘따라 오크의 공격은 막기가 너무 쉬웠다. 행동이 뻔히 보일 뿐만 아니라, 막을 때 느껴지는 힘도 너무 약했다. 물론 묵직한 느낌이 느껴지긴 하지만 막은 곳에 아무런 통증도 느껴지지 않는다. 이런 적은 처음이었다.

오크의 공격을 다 막아낸 시현은 뒤로 물러나 오크를 바라보았다. 취익 취익, 거친 숨을 쉬고 있는 오크는 평상시와 똑같은 모습의 똑같은 오크였다. 하지만 오늘따라 이상하게도 저 오크가 만만해 보이는 시현이었다.

"허 참, 별일이네."

이상했지만 기분은 나쁘지 않은지 시현의 얼굴에는 웃음이 맺혀 있었다.

"좋아, 오늘 1승 추가다."

현재 맨손으로 오크와 싸운 전적은 156패 7승, 시현은 승리를 확신했는지, 1승 추가를 선언하고 오크에게 달려들었다.

시현이 달려들자 오크가 기겁을 하며 주먹을 뻗었다. 시현은 안면을 향해 거세게 다가오는 주먹을 왼팔로 쳐냈다. 힘의 차이로 인해 거의 통하지 않는 방법이었지만, 오늘은 왠지 될 것 같다는 느낌이 강해 해본 것이 보기 좋게 성공한 것이었다.

공격을 튕겨내자 빈틈이 생겼다. 시현은 그곳을 놓치지 않고 공격했다.

퍼억!

강한 충격에 오크의 고개가 뒤로 쳐졌다. 곧이어 시현의 두 주먹이 오크의 전신을 누볐다.

퍼퍼퍼퍼퍽!

공격할 생각도 못하고 시현의 주먹을 막기 급급한 오크는 이대로는 안 되겠다고 생각했는지 도망치기 시작했다.

“허?”

오크가 도망치자 시현은 어리둥절한 표정으로 도망치는 오크를 바라보았다. 저놈이 도망가리라고는 한 번도 생각해 본 적이 없기 때문이었다.

“야, 거기서!”

이대로 가만히 있다가는 오크를 찾아 온 숲을 다 뒤지고 다닐지 모른다는 생각에 시현은 오크를 잡기 위해 뒤를 쫓았다다.

달리면서 시현은 스스로 놀랐다. 어느새 자신이 이렇게 빨라진 것인지 오토바이를 타고 달리는 것처럼 주변 풍경이 휙휙 지나갔다.

“합!”

오크를 따라잡은 시현이 몸을 돌리며 짧은 기합과 함께 주먹을 내뻗었다. 주먹이 정확히 오크의 콧잔등에 박히자 오크는 코를 잡으며 물러났다. 더 이상 질질 끌어봐야 괴롭히는 꼴밖에 안 될 것 같아 이 기회에 시현은 끝내기로 마음먹었다.

허리까지 내려간 오른손이 자연스럽게 쥐어졌다. 그리고 앞으로 한 발 힘차게 내딛는 동시에 시현의 허리가 돌아가며 지면을 박차는 발의 힘을 오른손에 전해주었다. 그리고 뻗어지는 오른 주먹.

그 순간 시현은 지금까지 전혀 느껴 본 적 없는 느낌에 당황했다. 마치 온몸의 피가 내뻗어지는 주먹으로 모이는 듯한 느낌이랄까? 아니, 피는 아니었다. 그 비슷한 따듯한 무엇인가가 주먹으로 모여들었다.

시현의 주먹은 정확히 오크의 가슴 명치 부분에 명중했다. 하지만 오크는 아무런 미동도 없었다.

아까 그 생소한 느낌 때문에 잠시 당황했지만, 오크가 멀쩡한 걸 확인한 시현은 곧 날아올 오크의 공격을 대비하기 위해 뒤로 물러났다. 그때였다.

오크의 두 눈에서 액체가 흘러나왔다. 눈물인가 생각했지만, 곧 시현은 그것이 피임을 알 수 있었다. 눈뿐만이 아니었다. 코, 귀, 입 등 구멍이 뚫린 곳 모든 곳에서 피가 흘러나오고 있었다. 곧 오크의 신형이 무너지듯 쓰러졌다.

자신의 주먹이 해놓은 일을 보고 놀란 시현은 주먹과 오크를 번갈아가며 쳐다보았다. 그리고 이내 이 느낌을 놓칠세라 방금 전 한 동작을 그대로 재현해 보기 시작했다. 하지만 몇 번을 하더라도 아까와 같이 온몸의 무엇인가가 주먹으로 몰리는 느낌은 경험할 수가 없었다.

아침 일찍 일어난 시현은 하루 사이 자신의 몸이 확연히 달라져 있다는 것을 느낄 수 있었다. 마치 신체 자체가 업그레이드 된 느낌이다.

부쩍 좋아진 시력은 전에는 희미하게 보이던 저 멀리 있는 산의 나무들까지 자세히 보일 정도였고, 예민해진 감각은 뒤에 어느 정도쯤에 누가 있는지까지 느껴질 정도였다. 그리고 당장이라도 오크 서너 마리쯤은 처치해 버릴 수 있을 정도로 힘이 넘쳐 났다.

시현은 마치 제 몸이 아닌 양, 손가락 하나하나 움직여 보았다. 그리고 사물함 모서리 부분으로 가져가 꾹 눌러보았다. 뿌직 소리와 함께 시현이 누른 부분이 찌그러지자, 시현은 조심스럽게 손가락을 떼고는 입을 가리고 조그맣게 웃었다.

"어라, 이 새끼 보게. 아침부터 쪼개네."

소대 내에서 시현이 제일 싫어하고 이제는 증오하다시피 하는 장종현 일병 아니, 이제는 상병이 된 장종현 상병이 시현이 웃는 것을 발견하고 다가왔다.

"이 개새끼야! 아침부터 점호 준비도 안 하고 어디서 쪼개. 죽고 싶냐, 응?"

"아닙니다."

"아닌 새끼가 왜 이렇게 쪼개. 이 새끼들이 빠져 가지고는 점호 끝나고 내 밑으로 다 모여라, 응?"

"예, 알겠습니다."

시현은 한 건 했다는 듯이 실실 웃으면서 구석 자리로 가서 앉는 장종현을 바라보았다. 며칠 전 시현을 좋게 보고 늘 챙겨 주던 박 병장과 그 동기들이 제대한 뒤로부터 부쩍 갈굼이 심해졌다. 그 갈굼이 이미 꿈속에서 산전수전 다 격은 시현에게만 국한된다면, 시현은 그냥 재수 옴 붙었다고 생각하고 넘어갈 것이었다. 하지만 그 갈굼은 시현에게만 국한된 것이 아니었다. 시현의 아랫 기수는 물론 갓 들어온 이병들까지 장종현의 갈굼은 이어졌다.

보다 못한 시현과 다른 사람들이 중대를 맞고 있는 중대장에게 직접 이야기를 해봐도 사단장이라는 배경이 있어 중대장도 쉬쉬 할 뿐이었다.

순식간에 내무실의 분위기가 어두워졌다. 장종현의 윗 기수 고참들은 한마디 해봐야 좋은 꼴 못 볼 것을 알기 때문에 화가 나는 걸 참고 있었고, 아랫 기수들은 점호 후에 있을 기합과 구타에 모두 한숨을 내쉬었다.

점호가 끝나고 식당 뒤쪽 농구장에 시현 외 12명이 모였다. 모두 장종현의 아랫 기수들이었다.

"박아!"

장종현의 말이 끝나기가 무섭게 모두 콘크리트 바닥에 원산폭격 자세로 머리를 박았다. 조금이라도 늦었다가는 워커 발이 날아오기 때문이었다. '박아' 라고 한마디 한 뒤에 장종현은 아무런 말도 없이 12명 사이를 걸어다녔다. 자신의 기분을 즐겁게 해줄 희생자를 찾기 위해서였다.

얼마 되지 않아 장종현은 하나를 찾아낼 수 있었다. 저번 주에 들어온 어리바리한 이병 하나가 원산폭격을 견디지 못하고 다리를 덜덜 떨고 있었기 때문이었다. 곧 장종현의 워커 발이 이병의 허벅지를 걷어찼다.

"이 새끼가 제대로 못해!"

장 상병의 발길질에 김 이병의 자세가 무너지자 김 이병은 다시 제대로 자세를 잡으려고 머리를 박았지만 그때마다 장종현의 발길질이 이어져, 자세를 바로잡지 못하고 계속 무너졌다.

필사적으로 어떻게든 맞지 않기 위해 다시 자세를 잡으려는 김 이병을 장종현은 재미있다는 듯이 쳐다보며 계속 발길질을 해대었다.

'뿌드득, 저 개새끼!'

시현은 이를 뿌드득 갈며 화를 참았다. 성질대로 장종현을 건드렸다가는 분명 영창에, 주민등록증에는 빨간 줄이 그어질 게 뻔했다. 어찌 되었던 군대에서는 하극상이 가장 큰 죄 중 하나였기 때문이었다.

'어쩔 수 없지!'

시현은 그대로 자세를 무너뜨리며 바닥에 엎어졌다. 장종현의 관심을 자신에게 돌리게 하기 위해서였다. 그런 시현의 행동은 그 의도대로 단숨에 장종현의 관심을 사로잡았다. 언제나 다른 사람들은 자신을 겁먹은 눈으로 쳐다보는데 비해 늘 기분 나쁜 눈초리로 쳐다보는 시현을 장종현은 무척이나 미워했기 때문이었다.

"어라, 이 새끼, 체력도 좋은 놈이 꾀를 부려!"

곧 김 이병에게 쏟아졌던 발길질이 시현에게 옮겨졌다. 시현은 손으로 머리를 감쌌고 몸을 웅크려 그 발길질을 몸으로 받아내었다. 중간에 다른 이들이 견디지 못하고 자세를 무너뜨렸지만, 장종현에게 그들은 안중에도 없었다. 오로지 시현에게간 집중할 뿐이었다.

발길질은 식사 시간을 알리는 종이 울릴 때까지 계속되었다. 발길질이 시작된 시간부터 식사 시간까지의 공백은 얼마 되지 않았지만, 마음먹고 때리면 사람 골병들 정도로 충분한 시간이었다.

"아, 시원하다."

식사 시간을 알리는 종이 울리자, 마치 아침 운동을 한 것인 양 시원하다는 말을 뱉으면서 장종현은 식당으로 향했다.

장종현이 떠나자 하나둘 자리에서 일어나 시현에게 다가왔다. 얼마 되지 않은 시간이었지만 꽤나 많이 맞았기에 시현이 잘못되었나, 모두 걱정스러운 얼굴이었다.

"저, 유 일병님."

콘크리트 바닥에 웅크리고 있던 시현은 자신을 부르는 소리에 고개를 빠끔히 들어 주위를 살폈다. 그리고 장종현이 없자 입을 열었다.

"갔냐?"

시현의 물음에 모두 고개를 끄덕이자 그제야 시현은 자리에서 일어나 더러워진 군복을 털었다.

"괜찮습니까?"

아까 전에 맞았던 김 이병이 걱정스러운 표정으로 물어보자 시현은 괜찮다는 듯이 웃었다.

"괜찮아. 내가 한 맷집 하지 않냐, 장 상병 저거 워낙 약골이라서 아프지도 않아."

무거운 분위기를 쇄신하고 농을 섞어 한 말인데 아무도 웃지 않았다. 모두 한숨만 푹푹 내쉴 뿐이었다.

"자자, 모두 밥이나 먹으러 가자. 오늘 한따까리 했으니까 좀 조용해지겠지."

모두를 식당으로 보내고 나서 시현은 다시 한 번 군복을 탈탈 털기 시작했다. 상의를 벗어 탈탈 턴 시현은 조금 전 장 상병에게 맞을 때의 일을 떠올리며, 이를 뿌드득 갈았다.

아프진 않았다. 예전에 걷어차일 때는 그래도 제법 통증이 있었는데, 이제는 별다른 통증이 없었다. 맷집마저 상당히 강해진 것이다. 분명 좋은 일임에도 불구하고 시현은 장종현에게 맞은 것으로 그것을 확인했기에 기분이 영 좋지 않았다.

'차라리 죽여 버려?'

장종현을 죽여 버릴까 생각한 시현은 이내 고개를 좌우로 흔들었다. 증거도 없이 감쪽같이 처리해 버릴 자신도 없었고,

또 그렇게 하더라도 분명 자신이나 다른 누군가에게 책임을 지울 게 뻔했다. 그런 쓰레기 같은 인간 하나 처리하자고 위험을 감수할 수는 없는 일이었다.

"저런 새끼는 오크에게 확 먹이로 던져 줘야 하는데!"

무심코 입 밖으로 나온 말, 그 말에 무슨 좋은 생각이라도 떠올랐음인지 시현의 입가에 미소가 어렸다.

'두고 보자, 장종현.'

3x사단 신병 훈련소에는 한 가지 괴담이 추가되었다. 훈련병들이 사용하는 1층 5번 내무실, 그 내무실에는 억울하게 죽은 돼지들의 원혼이 담겨 있어, 새벽 2시면 그 돼지들이 꿈 속어 오크로 나타나 신병들을 무참히 학살한다는, 일명 '새벽 2시의 저주' 라는 명칭으로 불리는 황당한 괴담이었다.

매번 조교들이 신병들이 새로 들어올 때면, 근래에 직접 겪었었기 때문에 침을 튀겨가며 이야기를 해주지만 그걸 믿는 신병들은 없었고 시현이 다른 사람을 꿈에 끌어들이지 않게 된 이후로는 그런 일이 한 번도 벌어지지 않아 어느샌가 조금씩 모두에게 잊혀져 가고 있었다.

그러나 지금 3X사단 신병 훈련소 3층 1내무반에서 그 괴담이 부활하려 하고 있었다.

시현이 훈련병 생활을 하면서 가장 힘들었던 것은 바로 다른 사람을 자신의 꿈에 끌어들이지 않게 하기 위한 노력이었다. 새벽 2시가 지날 때까지 잠을 안자고 버텨도 보고, 온몸을 모포로 칭칭 감싸보기도 하고 별별 수를 썼지만 아무런 소용도 없었다.

다만 계속 다른 사람들을 꿈에 끌어들이면 안 된다는 생각을 가지고 있어서인지 시간이 지남에 따라 차차 꿈에 끌어들이는 사람의 수가 줄더니 신병 훈련 기간이 거의 끝나갈 때쯤에는 아무도 끌어들이지 않게 된 것이다.

내무실은 가운데 통로를 중심으로 1분대 2분대로 나누워져 있었다. 각 분대의 장이 문에서 가장 멀리 떨어진 곳을 차지했고, 그다음 서열대로 차례차례 자리를 차지해 문에서 제일 가까운 쪽은 막내가 사용하는 방식으로 되어 있었다. 장종현은 시현의 윗윗 기수, 배치는 항상 1분대 2분대 나뉘어서 하기 때문에 시현의 자리는 장종현의 다음 자리였다.

그 덕분에 잠자기 위해 이불을 깔고 누웠어도 자주 갈굼을 당해 정말 재수없다고 생각했었지만 오늘만은 정말 운이 좋다고 생각했다.

새벽 1시 58분, 불침번을 제외하고는 모두 잠이 든 시간이었지만 시현은 아직까지 잠을 자지 않고 있었다. 좀 더 확실하게 장 상병을 꿈에 끌어들이기 위해서였다.

시계의 분침이 59에 이르자, 시현은 조심스럽게 손을 뻗어 장 상병의 손을 잡았다. 장 상병은 이미 골아 떨어졌는지 시현이 손을 잡았는데도 아무런 반응이 없었다. 시현은 음흉한 미소를 지으며 눈을 감았다.

곧 꿈속에 숲에서 눈을 뜬 시현은 옆에 서 있는 장종현을 확인하고는 미소를 지었다. 계획대로 된 것이다.

"뭐야 여긴? 꿈인가?"

장 상병도 지금까지 꿈에 끌려 들어온 이들처럼 이곳이 꿈이라는 것을 인식하고 있었다.

"어라, 이 새끼, 꿈에서도 실실 쪼개네."

실실 웃고 있는 시현을 발견했는지, 장종현은 시현에게 다가서며 갈구기 시작했다.

"이 시팔 새끼야 꿈에서까지 등장해서 쪼개? 이게 죽을라고 용을 쓰는구나, 응?"

자신에게 닥칠 일도 모르고 장종현은 꿈에서까지 시현을 갈굴려고 용을 쓰기 시작했다. 장 상병의 표현을 빌리자면 말이다.

한참 장종현의 갈굼이 쏟아지는 가운데에 드디어 수풀이 흔들리며 오크 두 마리가 나타났다. 꿈에 장종현이 추가되어 한 마리가 늘어난 것이었다.

오크를 보고 장종현이 겁에 질려 있을 때 시현은 그대로 뒤로 물러나 수풀 사이에 몸을 숨겼다. 얼이 빠져 있던 장종현은 한참이 지나서야 시현이 사라졌다는 것을 눈치 챘다.

"야, 유시현, 이 새끼야! 어디에 있어! 이 새끼야 어디에 있냔 말이야! 흑."

시현을 찾던 장종현이 오크가 다가오자 공포를 참지 못하고 흐느끼기 시작했다. 그런 장종현의 모습을 보며 시현은 킥킥 숨죽여 웃었다.

"아아악!"

새벽 2시, 3층 1내무반에 때 아닌 비명 소리가 울려 퍼졌다.

끔찍하고 생생한 악몽에 비명과 함께 잠에서 깬 장종현은 한참 동안 헉헉거리며 몸을 부르르 떨었다. 꿈에서 당한 고통이 지금까지 느껴지는 것 같았기 때문이었다.

"이 새끼들이, 뭘 봐!"

어느 정도 악몽의 영향에서 벗어난 그는 모두 이상한 눈으로 자신을 쳐다보고 있자 버럭 소리를 질렀다.

"이 새끼, 보자 보자 하니까 너무하네. 잠자는 사람들 다 깨워놓고 그딴 소리야."

보다 못한 1분대장이 소리쳤으나 장 상병은 꿈속의 일로 독이 오를 때로 올라 있었다.

"그래서 어쩔 건데! 어쩔 거냐고!"

장 상병의 막가자는 모습에 1분대장 고 병장은 화를 못 이기고 침상을 주먹으로 꽝 내리치더니 밖으로 나가 버렸다. 1분대장이 나가자 다른 몇몇 고참들도 분대장을 따라 밖으로 나갔다.

분대장과 다른 고참들이 나간 뒤에도 한참 동안 씩씩거리던 장 상병은 옆에서 자는 척하고 있는 시현의 가슴을 주먹으로 내려쳤다.

“이 새끼 나를 버리고 가? 이 씹 새끼!”

그제야 눈을 뜬 시현은 한 손으로 눈을 비비며 능청스럽게 물었다.

“버리다니요?”

막 한 번 더 시현을 때리려던 찰나, 장종현은 시현의 물음에 아무런 답도 못하고 있다가 주먹으로 시현의 머리를 한 대 때리고는 밖으로 나갔다. 장종현이 밖으로 나가자 내무실에 남은 사람들은 마음속으로 장종현을 욕하며 다시 잠에 빠져들었다.

다음날 새벽, 다시 시현은 장종현을 꿈으로 끌어들였다.

“헉!”

같은 꿈이란 걸 알게 되자마자 그 자리에 주저앉는 장종현, 하지만 곧 곁에 시현이 같이 있다는 것을 알게 되자 어제처럼 시현이 도망갈까 겁이나 재빨리 시현의 다리를 잡았다.

“이 새끼, 너, 나 두고 도망가면 죽어!”

시현은 이번에 도망갈 생각 같은 것은 없었다. 어제 장종현이 오크에게 당한 뒤에, 오크 2마리를 쉽게 처리할 수 있었기에 오늘은 오크들을 처리한 후에 자신이 직접 혼내주기로 마음먹었기 때문이었다. 곧이어 오크 두 마리가 나타나자, 장종현은 어제 일이 생각났는지 얼굴이 창백해진 채로 오크에게 멀어지기 위해 엉금엉금 기어갔다.

시현은 빨리 오크들을 해치우고, 장종현과 즐거운 시간을 가지기 위해 오크에게 달려들었다.

평상시와는 다르게 오크가 두 마리였지만, 이미 오크는 새로운 힘에 눈을 뜬 시현의 상대가 아니었다. 몇 번의 주먹질이 오가자 지금까지 시현과 막상막하로 싸워왔던 오크가 너무나도 쉽게 나가떨어졌다.

“야, 이 새끼. 이거 정말 대단한데!”

오크가 나가떨어지자, 장종현이 눈을 크게 뜨며 놀란 얼굴로 말했다.

‘이놈은 여전히 욕이네.’

한시라도 빨리 장종현을 혼내주고 싶은 시현은 쓰러져 있는 오크들의 머리에 주먹을 날려 죽음을 선사하고는 장종현에게 다가갔다.

“야, 이 새끼! 이거 다시 봤는데!”

장종현은 오크를 처리하고 다가오는 시현을 보고 웃음을 지으며 자리에서 일어났다.

늘 자신을 기분 나쁜 눈초리로 바라보던 놈이 비록 꿈이지만 자신을 위해 오크를 처리하자 장종현은 기분이 좋았다.

그 때문일까? 앞으로 조금 더 갈궈야겠다고 생각하며 시현을 반기던 장종현은 곧 시현의 표정을 보고는 자신의 생각이 잘못되었다는 것을 깨달았다.

시현의 표정은 너무나도 싸늘했기 때문이다.

“너 이 새끼, 눈 안 깔아!”

처음 보는 시현의 표정에 겁이 나는 와중에도 장종현은 지지 않겠다는 듯이 눈을 부릅뜨며 시현에게 맞섰다. 고참이라는 점과 사단장인 아버지를 믿었기 때문이었다. 하지만 이곳은 끝이었다. 그 두 가지 빽은 현실에나 통할 뿐 이곳에서는 아니었다.

퍽!

"으으으."

시현의 다리가 장종현의 배를 걸어차자, 뒤로 나가떨어진 장종현이 양손으로 배를 감싸며 주저앉았다. 갑작스런 시현의 행태에 분노한 장종현이 시현을 노려보며 입을 열었다.

"너 내가 누군 줄 알아!"

"누구긴 누구야? 우리 잘나신 장종현 상병님이시지."

평상시와 다르게 시현이 비아냥거리며 다가오자 장종현은 겁이 덜컥 들었다.

"네가 이러고도 무사할 줄 알아? 내가 사단장 아들이야!"

그 순간 장종현에게 다가가던 시현의 걸음이 멈추었다. 그러자 장종현은 자신의 협박이 먹혔다고 생각했는지 기세등등하게 말했다.

"너 이 새끼! 내가 가만히 놔둘 줄 알아. 아버지께 말씀드려서 영창 구경을 시켜주마."

"그래서?"

이렇게 협박을 하면 싹싹 빌 줄 알았건만, 예상외의 대답이 시현에게서 나오자 장종현은 일순 당황했다.

"야 이 새끼야, 내가 사단장 아들이라고!"

다시 한 번 자신이 사단장 아들이라고 강조하는 장종현의
모습에 시현은 피식 웃었다. 정작 내세울 건 아버지밖에 없는
장종현의 모습이 가소로웠기 때문이었다.

"그래서 어쩌라고?"

다시 한 번 퉁명스럽게 대답하는 시현이 모습에 장종현의
목소리가 작아졌다.

"우리 아버지가 사단장인데."

더 이상 장종현의 추태를 보고 싶지 않았는지 시현은 그의
말을 무시하며 그에게 다가가 다시 장종현의 오른쪽 발목 부
분을 지그시 밟았다.

"이 개새끼야! 이거 치우지 못해!"

밟힌 곳이 아팠는지 장종현은 인상을 쓰며 양손으로 시현의
발을 치우기 위해 힘을 썼지만, 잔뜩 힘이 담긴 시현의 발을 치
우기에는 역부족이었다.

시현의 얼굴에 미소가 어렸다. 장종현은 그 미소를 보자 덜
컥 겁이 났다. 시현의 미소가 너무나도 불길해 보였기 때문이
었다.

곧 그 불길함은 현실이 되어 나타났다. 시현이 있는 힘껏 발
을 밟아 그대로 장종현의 발목을 부숴놓았다.

"으아아악!"

발목이 으스러지자 그 고통에 발목을 부여잡고 처절한 비명
을 지르는 장종현, 하지만 시현의 복수는 이제부터였다.

뿌득.

"크아아악!"

왼쪽 발목마저 발로 밟아 으스러뜨린 뒤 시현은 한쪽 무릎을 꿇어 장종현과 눈높이를 맞추고는 극심한 고통에 창백해진 장종현의 뺨을 가볍게 툭툭 쳤다.

"힘내, 이제부터 시작이야."

시현이 마치 친한 친구나 후배에게 속삭이는 듯이 나직한 목소리로 아직 끝나지 않았다는 것을 알리자, 겁에 질린 장종현은 애원하며 시현에게 매달렸다.

"내, 내가 잘못했어, 제발 살려줘!"

"알았어."

장종현의 애원에 시현이 고개를 끄덕이며 대답하자, 장종현의 얼굴에 일순간 화색이 돌았다. 그러나 곧 이어지는 말에 장종현의 얼굴은 좀 전보다 더욱 창백해졌다.

"죽이지는 않을게."

"크아아악!"

다시 한 번 장종현의 처절한 비명 소리가 숲을 울렸다. 이번에는 발목 윗부분인 정강이 부분이었다.

시현은 조금씩 다리의 윗부분을 밟아 으스러뜨리며 장종현이 고통스러워하는 모습을 즐겼다. 본래 타인의 고통을 즐기는 잔인한 성격은 아니었지만, 그동안 장종현에게 당했던 기억이 고통을 즐기게끔 만들었다.

"크아아아악!"

시현의 발이 장종현의 허벅다리 위쪽 부분까지 도달하자,

장종현은 마지막으로 숲이 떠나갈 듯 있는 힘껏 비명을 지르고는 기절해 버렸다.

"크아아악!"

새벽 2시. 어제와 마찬가지로 내무실에 장종현의 비명이 울려 퍼졌다. 비명 소리에 화들짝 잠을 깬 사람들은 비명 소리의 주인공이 어제와 마찬가지로 장종현인 걸 확인하자, 몇몇은 짜증을 내며 다시 밖으로 나갔고, 나머지는 다시 잠을 청했다.

한동안 내무실이 떠나가라 비명을 지르던 장종현은 덮고 있던 이불을 걷어냈다. 그리고 무사한 자신의 다리를 보고는 안도의 한숨을 쉬었다.

어느 정도 마음을 진정시킨 장종현은 고개를 옆으로 돌려 시현을 쳐다보았다. 장종현이 깰 때 시현도 깼지만 시현은 눈을 감고 자는 척을 하고 있었다.

평화로운 모습, 입맛까지 다시면서 편안하게 자고 있는 시현을 보는 장종현의 눈에 불이 켜졌다. 온몸이 부르르 떨렸고, 그의 주먹에 힘이 잔뜩 들어갔다.

"이 개새끼! 이 시발 새끼!"

장종현은 분노를 참지 못하고 있는 욕, 없는 욕을 다하면서 있는 힘껏 시현을 때리기 시작했다. 갑작스레 미친 듯이 자고 있는 시현을 때리는 장종현을 본 모두의 눈이 크게 떠졌다. 아무리 장종현이 개념없는 놈이라지만 이 정도는 아니었기 때문이었다.

다시 잠을 청하기 위해 막 누우려던 소대원들이 장종현에게 달려들어 말리기 시작했다.

"야, 이건 너무하잖아. 왜 갑자기 자고 있는 사람을 때려!"

"이거 놔, 저 새끼 내가 죽여 버리고 말겠어. 이거 놔!"

소대원 셋이 장종현을 뜯어말리자, 장종현은 미친 듯이 몸을 흔들며 소대원들을 떨쳐 내려고 했다. 하지만 장정 3명의 힘을 당해내기란 역부족이었다.

장종현이 구타를 시작하자마자 몸을 웅크렸던 시현은 그제야 몸을 일으켜 장종현을 쳐다보았다.

"이 개새끼, 너 죽여 버릴 줄 알아."

시현의 얼굴을 보자 다시 장종현이 날뛰며 욕설을 퍼부었다.

"장 상병님, 제가 뭐 잘못했습니까?"

억울하다는 표정으로 시현이 장종현에게 능청스럽게 물었다.

"이 개새끼! 네가 내 다리를 분질렀잖아. 내 다리를 분질러 놓고 무사할 줄 알아!"

장종현의 말에 모두 장종현의 다리를 쳐다보았다. 다리가 부러지기는커녕, 힘이 넘쳐 시현에게 발길질까지 하고 있었다.

"멀쩡한데?"

1분대장 고 병장의 말에, 내무실에 침묵이 흘렀다.

여전히 3명의 소대원에게 잡힌 채로 장종현을 주변을 둘러보았다. 자신을 쳐다보는 눈빛들이 의미하는 것은 하나였다.

미친놈!

"이익!"

그 시선의 의미를 단번에 알아차렸는지, 장종현은 몸을 흔들어 자신을 잡고 있는 소대원들을 떨쳐 내고 내무실 밖으로 나갔다.

쾅!

문이 거칠게 닫히자, 모두 시현을 걱정스런 눈으로 쳐다보며 말했다.

"괜찮냐? 에휴, 하필 저런 놈에게 찍혀가지고."

"괜찮습니까? 유 일병님?"

"전 괜찮습니다. 걱정하지 마세요."

시현이 괜찮다고 했지만, 그래도 여전히 모두 걱정스러운 표정이었다.

"전출이라도 생각해 봐라. 너 이러다가 몸이 남아나지 않겠다."

1분대장 고 병장이 전출까지 거론하기 시작했다. 요즘 들어 장종현에게 시현이 너무 시달리는 것 같았기 때문이었다.

"그래요, 차라리 전출이라도……."

다른 대원들도 고 병장의 말에 찬성하며 나섰다. 요즘 들어 매일 장종현에게 당하는 시현이 안쓰러워서였다.

"아, 고 병장님 괜찮다니까요. 신경 쓰지 마시고 주무세요. 그리고 너희들도 어서 가서 자."

'이렇게 재미있는데, 전출 가라니 말이 안 되는 소리지 그놈
이 가면 몰라.'

시현은 장종현에게 맞았음에도 불구하고, 날아갈 것 같은
기분이었다. 꿈에서 애원하는 모습과 방금 전 얼굴을 잔뜩 구
기면서 나가는 그 모습을 생각하니 절로 웃음이 나오려는 것
을 참느라 힘들었다.

"이 새끼야, 빨리 뛰지 못해!"

늘 아침 점호가 끝나면 하는 아침 구보, 장종현이 뒤에서 시
현의 엉덩이를 걷어차고 있었지만, 시현은 느낌도 없다는 듯
상대도 하지 않고 묵묵히 구보를 하고 있었다.

간밤에 있었던 일로 독이 오를 대로 오른 장종현은 아침 내
내, 시현을 따라다니며 괴롭히기 시작했다.

"이 자식아, 이게 뭐야? 먼지가 있잖아!"

"이 시발 놈아, 어딜 꼬나 봐!"

"이 새끼가 찬을 남겨!"

항상 욕으로 시작하는 장종현의 갈굼, 그때마다 시현은 그
냥 당하고 있었다. 꿈에서 갚아주면 되었기 때문에.

그날 밤.

시현은 다시 장종현을 꿈으로 끌어들였다.

"여긴!"

익숙한 광경에 장종현이 겁에 질린 채로 사방을 훑어보다가

시현과 눈이 마주쳤다.

"아아악!"

비명을 지르며 숲 속 깊숙한 곳으로 도망가는 장종현, 시현은 그런 그를 보고 혀를 차며 오크가 나오길 기다렸다. 일단 오크부터 끝내놓고 장종현을 찾기로 했다.

"이 숲에서 뛰어봐야 부처님 손바닥 위에 손오공이지, 쯧쯧."

곧 오크 두 마리가 수풀을 헤치고 나오자마자 시현이 오크에게 달려들었다. 돌진하는 기세 그대로 한 마리를 몸통 박치기로 날려 버린 시현은 나머지 한 마리를 향해 맹공을 퍼부었다.

주먹부터 시작해서 팔꿈치, 어깨, 무릎, 발까지 온몸을 사용한 공격에 오크는 주먹질 한 번 제대로 해보지도 못하고 그 자리에 쓰러졌다.

"후우."

한 마리를 끝장내고 길게 심호흡을 해 숨을 가다듬은 시현은 나머지 한 마리도 마저 처리하기 위해 처음에 날려 버렸던 오크가 있는 곳을 쳐다보았다.

"응?"

하지만 그 오크는 처음 몸통 박치기로 절명해 버린 상태였다.

"쌔져도 너무 쌔진 것 같은데, 흐흐."

우두둑 우둑.

예전 조폭 영화에서 본 주인공처럼 시현은 좌우로 목을 꺾으며, 장종현이 도망간 쪽을 쳐다보았다.

"흐흐, 복수의 시간이다."

그리고 그와 동시에 숲 속으로 뛰쳐나가는 시현의 움직임은 사냥감을 앞에 둔 표범의 그것과도 같았다.

장종현을 쫓아간 지 얼마 지나지 않아 시현은 멀리서 들려오는 장종현의 비명 소리를 들을 수 있었다.

"아아아악. 저리 가, 저리 가!"

겁에 질린 필사적인 외침. 어제 장종현에게 복수할 때에도 이런 필사적인 외침은 들은 적이 없는 시현은 도대체 무슨 일인가 궁금해 좀 더 다리에 힘을 주었다.

"풉!"

잠시 후, 장종현이 처한 상황을 보게 된 시현은 실소를 흘렸다. 장종현이 거미줄에 거꾸로 동동 매달려 있었기 때문이었다.

'아니지, 내가 웃을 처지가 아니지.'

예전 똑같이 거미에게 당했던 기억이 떠오른 시현이 얼굴을 찡그리며 장종현을 내려주기 위해 다가가자, 장종현에게 접근하던 거미가 겁을 먹고 뒤로 물러났다.

"야, 이 새끼야. 빨리 안 내려 주고 뭐 해!"

그 순간 장종현을 향해 손을 뻗던 시현의 움직임이 멎었다.

"내 참, 상황 파악을 못하네. 지금 네가 나한테 그런 말할 처지야?"

“뭐? 이 새끼가!”

아직까지도 상황 파악 못하는 장종현을 보고는 시현은 구해
주지 않기로 결심을 굳혔다. 예전 자신도 저 거미에게 당할 뻔
했기 때문에 자신이 직접 손봐주는 것보다 거미에게 맡기는
게 나을 듯 싶어서였다.

“그래, 그 거미랑 한 번 잘 해봐라.”

시현은 그 말을 남기고 뒤로 돌아 장종현에게서 멀어지기
시작했다. 남아서 거미에게 장종현이 당하는 모습을 볼까 생
각해 봤지만, 사람이 거미에게 쭉쭉 빨려 말라가는 모습을 보
았다가는 그날 하루 식사도 제대로 못할 것 같았다.

“그럼, 수고하라고.”

수고하라는 말 한마디를 남기고 장종현의 시야에서 시현이
사라지자, 거미가 그제야 장종현에게 다가오기 시작했다.

“내가 잘못했어. 살려줘! 유시현, 내가 잘못했다니까!”

거미가 다시 다가오자 장종현이 겁에 질려 애원하기 시작했
지만, 그를 구해줄 시현은 이미 저 멀리 사라지고 없었다. 곧
거미의 날카로운 독니가 장종현의 목뒤 부분에 박혀 들었다.

“으아아아악!”

새벽 2시 내무실에 다시 비명이 울려 퍼졌다.

“아휴, 저 새끼 또야?”

이제 비명 소리에 놀라는 사람도 없었다. 그저 자리에서 상
체를 일으켜 비명의 주인공으로 짐작되는 장종현 쪽을 쳐다볼

뿐이었다.

역시나 비명의 주인공은 장종현이었다. 꿈에서 온몸의 체액이 거미에게 빨리는 일생에 단 한 번도 경험하기 힘든 진귀한 경험을 하고 나서 잠에 깬 것이다. 물론 비명과 함께.

이번에는 먼젓번보다 강도가 심했는지, 온몸에 식은땀 투성이로 잠에서 깬 장종현은 한참 동안 헉헉거리더니 급기야 울기 시작했다.

"흑흑흑흑흑, 엉엉."

'디쳤군.'

'디쳤어.'

'끝좋다.'

한결같은 소대원들의 반응, 그만큼 장종현은 소대원들에게 미움을 받고 있었다.

"흐윽, 흐극, 흑."

통곡하다시피 울던 장종현이 슬슬 진정이 되어가는지 울음소리를 그치기 시작했다. 아직까지 그 여파가 남아 있었지만, 제법 진정이 된 듯했다.

장종현은 시현을 쳐다보았다. 그리고 새근새근 숨소리까지 내며 잠을 자고 있는 시현의 모습에 화가 폭발했다.

"이 새에에에에끼!"

"야, 잡아! 저 새끼 또 시작이야!"

"잡아, 잡아!"

계속 장종현을 예의 주시하고 있던 고 병장과 다른 고참들이 달려들었다.

"이거 놔, 이 새끼들아! 놓으란 말이야!"

어제처럼 3명의 소대원들이 장종현을 붙들자, 장종현은 몸부림치며 소리쳤다.

"후암, 무슨 일 있습니까?"

그제야 잠을 깬 것처럼 하품을 하며 일어나는 시현, 그 모습에 장종현은 다시 한 번 몸부림쳤다.

"아, 도대체 이번엔 또 뭔데?"

고 병장이 짜증난다는 말투로 외치자 장종현이 시현을 바라보면 악을 썼다.

"이 새끼야! 나를 거미에게 던져 줘! 이 개놈아!"

'내가 던져 줬냐? 네가 거미줄에 달려든 거지?'

"이번엔 거미냐? 거미가 그렇게 그리웠어? 내가 한 마리 잡아줄까?"

고 병장이 비꼬자, 장종현보다 기수가 높은 소대원은 모두 킥킥거리며 웃었다. 다른 대원들도 웃음이 나왔지만, 장종현의 눈초리가 무서워 속으로만 웃을 뿐이었다.

"이이!"

자신을 비웃는 고 병장을 쳐다보며 장종현이 주먹을 쥐었다. 그것을 본 고 병장은 아예 장종현의 앞에 얼굴을 갖다대었다.

"때려, 때려 봐. 아무리 네 아버지가 사단장이라고 해도, 하극상을 무마하긴 힘들 걸. 때려 봐~"

어느새 장종현을 잡고 있던 소대원들도 고 병장을 때려보라는 듯이 손을 떼었다.

"자아~ 때려주세용~"

고 병장이 한술 더 떠, 두 손으로 얼굴을 떠받치고 애교있는 목소리로 말하자, 소대원들 전부가 웃음을 참지 못하고 내무실이 떠나가게 웃었다.

"하하하."

쾅!

순식간에 놀림감이 된 장종현은 분노에 몸을 부들부들 떨다가 내무실 문을 박차고 나갔다.

"아, 시원하다!"

"그러게 말입니다."

"고 병장님 나이샷~"

모처럼 장종현에게 한 방 먹이자 내무실의 분위기가 떠들썩했다.

"그런데 저놈 왜 저러는 거야?"

"그러게요?"

"야, 지금 몇 시냐?"

고 병장의 질문에 불침번을 서고 있던 소대원이 대답했다.

"새벽 2시 23분입니다."

"2시?"

그 순간 시현의 윗 기수들의 시선이 시현에게로 모아졌다. 모두 새벽 2시의 저주가 실제로 있었던 상황이라는 것을 알고 있는 소대원들이었다.

"설마?"

"아니, 맞는 거 같은데. 저번에도 새벽 2시쯤에 발작했어."

"야, 그제 종현이가 발작할 때 불침번이 누구냐?"

"이병 김현호, 제가 불침번이었습니다."

"그때가 몇 시인지 기억나냐?"

"예, 기억납니다. 새벽 2시쯤이었습니다."

순간 소대 전체에 싸늘한 침묵이 감돌았다.

"이거 굿이라도 해야 하나?"

"설마?"

"야, 설마가 사람 잡는다잖아!"

"그래도 종현이만 그렇잖아. 다른 사람은 안 그러고, 게다가 거미라고 했잖아. 새벽 2시의 저주는 오크 아냐?"

"그렇겠지?"

"요즘 악몽 꾸는 사람 손들어 봐!"

아무도 손을 드는 사람이 없자, 고 병장과 다른 고참들은 그제야 안심이 되는지 가슴을 쓰다듬었다.

하급기수들은 고참들이 왜 그러는지 어리둥절할 뿐이었다.

Chapter 4
마나

"해방이다!"

"야호!"

식사를 마치고 모여서 걸레를 빨고 있던 하급기수들이 만세를 외쳤다. 장종현이 휴가를 떠났다는 소식이 들려왔기 때문이다.

'그런데 그 파파보이 상병 휴가 다 쓰지 않았나?'

이상하게 생각한 한 명이 묻자 모두 고개를 끄덕였다.

'그러네?'

'혹시 어제 일이 쪽팔려서 휴가 땡긴 거 아냐?'

'크크크, 그렇지도 몰라.'

소대원들의 예측대로는 아니지만 장종현은 휴가를 떠났다.

중대장에게 부탁해 특박을 받아 4박 5일로 떠난 것이다.

시현은 대충 장종현이 떠난 이유를 짐작하고 있었다. 아마 자신도 거미에게 그런 꼴을 당하면 견디기 힘들 터였다. 하물며 별다른 경험도 없는 장종현은 그런 종류의 일을 견딜 수 있을 리가 없었다.

"이번 기회에 안 돌아왔으면 좋으련만."

"맞아. 그냥 차에 치여서 꽉 죽어버렸으면 좋겠다."

"아니야, 그 정도로는 성에 차지도 않아. 죽지 말고 평생 반신불수가 되어서 살아야 해."

시현이 자신도 모르게 내뱉은 말에, 걸레 빨던 대원들이 동조해 악담을 해대기 시작했다. 그만큼 장종현은 소대원들의 원한을 사고 있었다.

장종현이 도망치듯 휴가를 떠나자, 시간적으로 여유로워진 시현은 새로 얻은 힘에 익숙해지기 위해 신경을 쏟았다.

"후우, 후우."

한두 차례 심호흡을 하고 눈을 반개한 채, 몸 내부에 온 신경을 집중하자, 시현은 확연히 느낄 수 있었다. 몸 안에 충만한 따스한 기운을 말이다.

예전에는 느껴보지 못한 기운들, 생소한 기운임에도 불구하고 시현은 그 기운들에 친숙함이 느껴졌다.

시현은 여전히 그 상태를 유지한 채 가만히 주먹을 뻗어보았다. 하지만 몸 안에 기운은 별다른 반응이 없었다.

'흠, 이 정도로는 안 되나.'

숙.

이번에는 좀 더 강하게 주먹을 뻗자 바람을 가르는 소리가 울렸다. 하지만 여전히 몸속의 기운은 움직일 줄 몰랐다.

시현은 며칠 전에 기운을 처음 느꼈던 때를 떠올렸다.

그때까지는 느껴보지 못했던 기운들, 온몸에 넘쳐 오르는 힘 덕분에 약간 흥분한 상태였다. 그리고 겁을 먹었는지 몸을 움츠린 오크.

'그래, 그때 그놈이 처음으로 겁을 먹었었지'

시현의 입가에 미소가 떠올랐다. 자신의 맞수이던 오크가 겁먹을 정도로 성장했다는 생각이 들어서였다.

'그래, 그다음에 내가 일격을 먹였지. 정말 깨끗한 일격이었어.'

자연스럽게 쥐여진 오른손, 그리고 발돋움. 그와 동시에 돌아가는 허리와 뻗어지는 주먹, 그리고 온몸의 힘이 주먹으로 쏠리는 듯한 느낌.

어느새 시현은 자신도 모르게 그때의 상황을 재연하고 있었다.

퐝!

공기를 치는 소리가 내무실에 울려 퍼졌다.

"뭐! 뭐야!"

벌떡.

"습격이다!"

“무슨 일이야!”

갑자기 내무실에 폭탄 터지는 비슷한 소리가 들리자, 자고 있던 소대원들이 놀라 벌떡 일어났다.

잠들어 있던 고참들까지 몽땅 깨워 버리는 만행을 저질렀음에도 불구하고 시현은 조금 전의 느낌을 놓칠세라 가만히 눈을 감고 그때의 느낌을 되새기고 있었다.

“불침번 누구야? 야! 불침번?”

갑작스런 소리에 놀라 잠을 깬 1분대장 고 병장은 어찌 된 것인지 알아보기 위해 불침번을 불렀다. 하지만 좀 전의 느낌을 되새기고 있던 시현에게는 그 어떤 소리도 들리지 않았다.

“불침번 누구냐니까!”

한참을 불침번을 찾다 소리까지 지르는 고 병장의 눈에 한쪽 구석에 주먹을 내질렀던 자세로 가만히 눈을 감고 있는 시현의 모습이 들어왔다.

고 병장의 시선이 한쪽으로 고정되자, 잠을 깬 다른 소대원의 시선도 자연히 고 병장의 시선을 따라 이동했다.

전 소대원의 시선이 자신에게 향하는 것도 모르고 시현은 좀 전의 느낌을 음미하며 이제는 얼굴에 미소까지 짓고 있었다.

“서서 자네?”

“게다가 정권 찌르기 자세로.”

“허, 참.”

“자면서 쪼개기까지 하네.”

"가지가지 한다."

모두 어이가 없어 시현을 가만히 쳐다보고 있는 가운데, 한 소대원이 시현을 깨우기 위해 자리에서 일어나자, 고 병장이 그것을 말렸다.

"냅둬라."

모두의 시선이 고 병장에게 향하자 고 병장은 그 이유를 설명했다.

"얼마나 그놈에게 시달렸으면 저러겠냐. 교대 시간도 거의 된 것 같은데 그냥 냅둬라."

고 병장이 말한 그놈이라는 것은 당연히 장종현을 말함이었다. 소대원들 모두 그 뜻을 알았는지 고 병장의 말에 동의한다는 듯 고개를 끄덕였다.

'자, 모두 이만 자라. 다음 불침번은 준비하고.'

그 병장의 말에 시현의 다음번 불침번인 김 이병이 속으로 투덜거렸을 뿐, 곧 모두 다시 자리에 누워 잠을 청했다.

시현이 눈을 뜬 것은 잠시 후 불침번 교대 시간이 다 되어서였다. 시현 스스로 깨기를 기다리던 김 이병이 교대 시간이 다 되어오자, 더 이상 기다리지 못하고 조심스럽게 시현을 부른 것이다.

"유 일병님, 유 일병님."

몇 차례 계속되는 부름에 시현의 눈이 서서히 떠졌다. 하지만 눈을 다 떴음에도 조금 전의 느낌을 담아놓으려는 듯 잠시 동안 자세를 유지하고 있었다.

"유 일병님, 시간 다 되었습니다."

보다 못한 김 이병이 시현의 몸을 살짝 흔들며 재촉하자, 그제야 시현은 완전히 깨어날 수 있었다.

"응? 일현아, 왜 벌써 일어났냐?"

불침번 복장으로 자신 앞에 서 있는 김 이병을 보고 시현이 어리둥절한 표정으로 묻자, 30분이나 먼저 일어나 대신 불침번을 서준 공로를 알아주지 못하는 시현의 태도에 김 이병의 언성이 약간 높아졌다.

"유 일병님, 벌써 교대 시간 다 되었습니다. 유 일병님이 요상한 자세로 주무시는 바람에 제가 30분이나 일찍 일어나서 대신 불침번을 섰다구요."

김 이병의 말을 듣고, 곧 상황을 파악한 시현은 여전히 주먹을 뻗고 있는 자세를 취하고 있는 것을 깨닫고는 얼굴을 붉히며 자세를 바로 잡았다.

"윽!"

한참 동안 주먹을 뻗고 있어서인지 자세를 바로 잡자 시현의 팔에 통증이 몰려왔다.

"괜찮습니까?"

"응, 괜찮아. 그보다 미안하다. 내가 나중에 한턱내마."

"그보다 빨리 보고하고 오십시오. 늦었습니다."

약간 늦었지만, 무사히 당직관에게 보고하고 온 시현은 침상에 누웠음에도 불구하고 조금 전 겪었던 그 기이한 경험이 떠나지 않아 쉽사리 잠을 이루지 못했다.

5개의 거석이 원형을 이루고 있는 숲 속.

시현은 꿈속에 들어오자마자, 조금 전의 감각을 되새기며 주먹을 뻗었다.

숙 숙.

바람을 가르는 제법 위력적인 소리가 숲에 울려 퍼졌지만, 시현은 마음에 들지 않는지 얼굴을 찡그렸다. 그때 자신이 느낀 것은 이런 것이 아니었기 때문이었다.

시현이 주먹을 내지르며 그때의 감각을 살리려고 노력하기 시작한 지 얼마 지나지 않아 오크 한 마리가 수풀을 헤치고 나왔다.

크아아앙.

딴에는 겁이라도 줘보겠다고 오크가 힘껏 포효했지만, 새로운 경지로 발을 디디고 있는 시현의 눈에는 그저 돼지가 재롱을 떠는 것으로밖에 안 보였다.

'그래! 직접 몸으로 다시 한 번 부딪쳐 보면 될지도 몰라.'

"덤벼!"

시현이 손가락을 까닥거리며 오크를 도발했지만, 시현이 만만치 않은 상대라는 것을 본능적으로 느끼고 있는 오크는 쉽사리 덤벼들지 않았다.

"야! 덤비라니까!"

시현이 소리치며 한 걸음 다가가자 오크가 멈칫하며 한 걸음 물러섰다.

오크가 쉽사리 덤빌 것 같지 않자, 시현은 주위에 떨어져 있는 돌멩이를 하나 집어 던졌다.

픽.

가볍게 던졌음에도 불구하고 제법 힘이 실렸는지 돌멩이는 오크의 이마에 명중하며 제법 큰 소리를 내었다.

크아아아.

이마에서 강렬한 통증과 함께 녹색의 피가 흘러내리자, 그제야 오크가 괴성을 지르며 시현에게 덤벼들었다.

이미 피를 보아 흥분한 상태였기에 오크의 공격은 거침이 없었다. 제법 위력적인 공격이 시현에게 퍼부어졌지만, 시현은 마음을 차분히 가라앉히고 그 공격들을 하나하나 막아내며 몸 안의 기운이 어떻게 움직이는지 관찰했다.

얼굴을 향해 날아오는 커다란 녹색 주먹, 예전 같았으면 막을 엄두도 못 낼 정도로 위력이 있는 주먹이었으나, 시현은 손바닥으로 그 주먹을 가볍게 받아냈다.

계속 이어지는 오크의 공격, 몇 번 반격의 틈이 보였지만 시현은 반격을 하지 않고 몸 안의 기운이 어떻게 움직이는가에만 집중했다.

하지만 쉽사리 기운들의 움직임을 파악할 수는 없었다. 한참 동안 별다른 성과 없이 오크의 공격을 받아내던 시현은 오늘은 안 될 것 같다는 생각에 그만 오크를 때려눕히기로 마음먹었다.

그때였다!

기운의 움직임을 관찰하려는 것을 막 관둔 그때, 기운의 움직임이 갑자기 뚜렷이 느껴졌다.

시현은 그 움직임을 놓칠세라, 그 기운에 집중했다. 오크가 계속 공격한다는 것도 까먹을 정도로 말이다.

퍽.

오크의 주먹이 시현의 어깨를 내려쳤다. 뼈를 울리는 듯한 통증이 있었지만 시현은 굳이 오크의 공격을 막으려 하지 않았다. 확연히 느껴지는 이 기운의 움직임을 놓치고 싶지 않아서였다.

퍽. 퍽. 퍽.

오크의 공격이 몇 차례 더 시현의 몸에 꽂혔다. 곧이어 따라오는 극심한 고통, 그 와중에 시현은 그 몸 안의 기운들이 오크의 공격에 당한 부분으로 활발하게 모여드는 것을 느낄 수 있었다.

'아!'

기운이 모이자 고통의 강도가 차차 옅어지기 시작했다. 마치 기운이 몸의 상처를 치료하는 것 같았다. 아니, 분명히 치료하고 있었다.

계속 이어지는 오크의 공격에 몸 안의 기운들은 더욱 활발히 움직이며 상처를 치료하기 시작했다.

시현은 그 기운들을 관찰하는 것에 그치지 않고, 자신의 의지대로 움직이기 위해 신경을 쏟아 붓기 시작했다.

다시 몇 차례 오크의 공격이 시현의 몸에 꽂혔다. 시현은 맞으면 치명적인 부분은 양손으로 가린 채 그대로 몸으로 오크의 공격을 받아내었다.

다시 움직이는 기운들. 시현은 그 기운들을 가만히 지켜보지 않고, 기운들이 상처 부위로 모이게 강하게 염원했다.

그 염원이 통했음인가? 아까 보다 조금이나마 많은 기운들이 움직이기 시작했다.

'좋았어.'

기운이 조금이나마 자신의 의도대로 움직이자, 시현은 속으로 쾌재를 불렀다.

그렇게 몇 번 같은 상황이 되풀이되자, 시현은 점차 기운들의 움직임을 통제해 나갈 수 있었고 이제는 다른 바법을 시도하기로 했다.

그것은 오크가 공격하는 부위에 미리 기운을 모으는 것이었다.

'어깨? 좋아.'

시현은 오크가 공격하려는 곳을 포착하고는 몸 안의 기운을 어깨 쪽으로 모아갔다.

"윽!"

하지만 미쳐 기운을 모으기도 전에 오크의 공격이 시현에게 명중했다.

'쉽지 않은데.'

시현은 살짝 뒤로 물러나 오크와의 거리를 두었다. 아무래도 거리를 두는 편이 공격을 예측하기도 쉽고, 기운을 모으는 시간을 벌기도 쉽기 때문이었다.

시현은 오크를 쳐다보았다. 쉬지 않고 공격을 퍼붓느라 오크는 꽤나 지쳐 있어 움직임이 전처럼 민첩하지 못했다.

'딱이군.'

어느 정도 벌어진 거리, 지쳐서 움직임이 느려진 오크, 그리고 활발히 움직이고 있는 몸 안의 기운들, 시현은 이번에야말로 성공할 거라고 의심치 않았다.

일부러 어깨를 때려 보라는 듯이 내밀자 곧 오크가 시현의 어깨를 노리고 공격해 왔다. 목표를 향해 단순히 주먹을 내뻗는 단순 무식한 공격, 그러나 그 위력은 무시 못 할 수준이었다.

시현은 필사적으로 기운을 어깨로 모으기 시작했다.

'모인다!'

어깨로 따스한 기운들이 모이기 시작하자, 시현의 얼굴에 미소가 떠올랐다. 그리고 곧 오크의 주먹이 시현의 어깨를 강타했다.

그 순간, 시현의 어깨에서 기묘한 반탄력이 생기며 오크의 주먹을 튕겨냈다. 공격했던 것보다 더한 기세로 튕겨 나가자 오크는 그 힘을 이기지 못하고 뒤로 나둥그러졌다.

"여쓰!"

약간의 충격만이 있었을 뿐 별다른 피해도 없고, 또 예상외로 공격했던 오크가 오히려 나가떨어질 정도로 강한 반탄력을 보이자, 시현은 자신도 모르게 외쳤다.

시현은 흥분을 감추지 못하고 오크를 바라보며 외쳤다. 다시 한 번, 그 힘을 확인하고 싶은 마음에서였다.

"덤벼!"

하지만 오크는 시현의 외침에 움찔하며 뒷걸음질치기 시작했다. 여러 차례 공격을 성공했음에도 불구하고 팔팔한 상대의 모습에 오히려 겁을 집어먹은 것이다.

"야! 멈춰!"

급기야 몸을 돌려 도망치기 시작하는 오크의 모습에 시현이 급히 오크를 불러보았지만, 오크가 그 말을 알아들을 턱이 없었다.

좀 더 연습을 하고 싶었기 때문에, 시현은 재빨리 오크를 쫓았다.

이미 그 따스한 기운의 영향으로 신체 능력이 상당히 향상되어 있었던 터라 얼마 지나지 않아 시현은 오크의 앞을 가로막을 수 있었다.

"어딜 도망가려고."

시현이 앞을 가로막자, 오크는 방향을 돌려 다시 도망치기 시작했지만, 이내 시현에게 도주로를 차단당했다.

크아아앙!

결국 도망쳐 봐야 소용없다는 것을 깨닫기라도 한 것인지, 오크는 괴성을 지르며 시현에게 달려들었다.

온몸으로 달려드는 오크를 본 시현의 얼굴에 미소가 맺혔다. 양다리를 가슴 넓이로 벌려 굳건히 자세를 잡고 가슴 부위로 그 기운들을 모으기 시작했다.

시현은 온몸으로 덤벼드는 오크의 공격을 가슴으로 받아낼 생각이었다. 실패해도 상관없었다. 이것은 꿈, 몇 번이고 죽어도 실제로는 아무런 피해도 입지 않으니까 말이다.

곧 필사의 기세를 담은 오크의 몸통 박치기가 시현의 가슴에 작렬했다.

"컥!"

크워억!

결과는 무승부, 양쪽 다 단발의 비명을 지르며 반대 방향으로 나가떨어졌다. 오크는 시현의 가슴에서 일어나는 반탄력에 튕겨져 나가며 상당한 중상을 입었고, 그것은 시현도 마찬가지였다. 오크의 공격에 입에서 피를 토할 정도로 중상을 입은 것이다.

시현은 가슴에서 느껴지는 통증에 숨도 제대로 쉴 수가 없었다. 다행히 뼈가 부러진 것 같진 않지만, 몇 군데 금이 간 것 같았다.

'으… 모여라 모여!'

몸 안의 그 기운을 최대한 가슴으로 모으려 했지만 통증이 극심한 탓인지 모이는 양이 상당히 적었다. 그리고 시간이 어느 정도 지나 꽤 많은 기운들이 가슴에 모였지만 통증은 사라지지 않았다. 상처가 너무 큰 탓이었다.

"으윽!"

시현은 고개를 힘겹게 들어 오크를 쳐다보았다. 몸을 움직이자 가슴에 통증이 더욱 심화되었지만, 이렇게 가만히 누워 있다가 죽는 경험을 한 번 더 하는 것보다는 나았다.

다행히 오크 또한 시현과 별다를 것 없는 상태였다. 아니, 몸 안의 기운으로 조금이나마 상태가 호전되어 가는 시현과 달리 오크는 점차 상태가 악화되어 가고 있었다.

'다행이군.'

오크가 더 이상 위협이 되지 않는다는 것을 확인한 시현은 가만히 눈을 감았다.

다음날 아침.

아침 일찍 일어나 교육 준비를 하는 소대원들의 얼굴에 웃음꽃이 활짝 피었다. 소대 최고, 최악의 악질 장종현이 휴가를 가 소대에 없는 날이면 늘 볼 수 있는 풍경이었다.

그중 시현의 얼굴에 핀 웃음꽃은 더욱 화려했다. 새로운 힘까지 생긴 데다가, 비록 며칠간이지만 그 지긋지긋한 장종현의 얼굴을 보지 않아도 되니, 입이 귀까지 찢어질 정도로 웃어재끼는 것은 당연했다.

'크… 미치겠다.'

시현은 당장이라도 새로운 힘들을 사용해 보고 싶어 몸이 근질근질했다. 하지만 시현은 그 욕망을 꾹 참아야 만했다.

새로운 힘을 사용하다가 들켜 문제가 되는 것은 둘째 치고, 아직 익숙지 않은 그 힘을 사용하다가 탈이라도 난다면? 그 즉시 행복 끝, 불행 시작이었다.

시현은 대충이나마 몸 안에 감도는 기운들이 기 또는 마나라고 짐작하고 있었다. 신체의 능력을 향상시켜 주는 것이나, 치유의 효과가 있는 것 등 이 기운으로 인해 일어나는 효과가 기나 마나의 효과와 비슷했기 때문이었다.

그렇기 때문에 더더욱 시현은 현실에서 이 기운을 사용하기가 꺼려졌다. 소설책에서 주화입마라던지, 마나의 폭주에 대한 이야기가 심심찮게 나왔기 때문에 익숙지 않은 상태에서 잘못 사용하기라도 하면 그 뒤는 상상도 하기 싫었다.

그렇기 때문에 시현은 어떤 일이 일어나도 탈이 없는 꿈속에서 확실히 사용법을 익히기로 했다.

'어서 빨리 밤이 왔으면 좋겠네.'

기다리면 시간이 오히려 안 가는 법이지만 어김없이 밤은 찾아왔다.

낮 동안 소대 책장에 있는 무협지를 모두 독파한 시현은 꿈에 들어오자마자 생각해 놓은 것들을 하나하나 해보기 위해 나무 앞에 섰다.

"좋아, 기운들을 주먹에 모아서."

시현은 조금이라도 더 집중이 잘되게 하기 위해 눈을 감고 오른쪽 주먹에 집중했다. 낮 동안 기운을 사용하지 않아서인지, 모이는 게 상당히 더뎠지만, 얼마 지나지 않아 주먹에 적당하다고 생각되는 양의 기운을 모을 수 있었다.

"후우."

한차례 심호흡을 하고 자세를 가다듬은 뒤, 시현은 나무를 향해 주먹을 뻗었다.

퍼억.

둔탁한 소리와 함께 시현의 주먹이 꽂힌 자리가 마치 쇠망치로 있는 힘껏 때린 것처럼 움푹 패여나갔다. 이 정도의 위력이라면 시현의 주먹도 무사하지 못할 법하건만, 시현의 주먹에는 작은 생채기 하나 보이지 않았다. 주먹에 모인 기운이 파괴력의 증강은 물론 시현의 주먹도 보호해 준 것이었다.

"하하!"

이렇게 간단히 성공할 줄은 몰랐던 터라 시현의 입에서 헛웃음이 흘러나왔다.

'이럴 줄 알았으면 아까 낮에 한 번 해볼 걸.'

괜히 주눅이 들었다는 생각에 시현은 분풀이라도 하듯, 오른쪽 주먹을 다시 뻗었다.

퍼억.

다시 한 번 주먹에 나무가 패였다. 일반 망치가 아닌 콘크리트를 부술 때, 쓰는 것 같은 제법 커다란 망치로 있는 힘껏 휘둘러야 할 수 있는 일, 그제야 자신이 어떤 일을 할 수 있게 되었는지 깨달은 시현은 조금 전까지의 불쾌한 기분은 싸악 사라졌다.

"정말 대단한데."

믿을 수 없다는 듯 다시 한 번 시현은 나무에 주먹을 날렸다.

그러자 다시 한 번 '퍽' 소리와 함께 나무가 패어져 나갔다.

"하핫!"

주먹을 뻗을 때마다 여지없이 나무가 패어져 나가자 시현은 신이 나서 몇 번이고 주먹질을 되풀이했다.

퍼억! 퍽! 퍽! 퍽!

계속되는 주먹질에 나무가 점차 패여 가는 가운데, 시현은 주먹이 나무를 때릴 때마다 조금씩 손에 모인 기운들이 사라져 가는 것을 느낄 수 있었다.

"윽!"

갑작스레 주먹에 고통이 느껴지자 시현은 주먹질을 멈추고 손을 쳐다보았다. 손에 모은 기운이 주먹질을 할 때마다 조금씩 소모됨에 따라 손을 보호하던 힘도 약해져 고통을 느낀 것이다.

"좋아, 이번에는 왼손을."

이번에는 왼손에 기운들을 모으기 위해 아까처럼 눈을 감고 집중하기 시작했다. 하지만 오른손처럼 쉽게 기운들이 모이지 않았다.

'내가 오른손잡이여서 모으기가 힘든 것인가?

오른손잡이인 만큼 오른손의 감각이 뛰어나 기운을 비교적 쉽게 모을 수 있었던 반면, 왼손은 오른손에 비해 감각이 더딘 편이었으므로 그만큼 잘 모이지 않는 것이었다.

시현은 그 이외에는 딱히 이 상황을 설명할 방법을 찾지 못했다.

‘그래도.’

시현은 왼쪽 주먹을 오른손으로 잡고 이마에 갖다댄 채, 정신을 집중했다. 마치 온몸에 힘을 왼손으로 보내자는 일념으로 온몸을 왼손으로 쥐어짜내듯 집중했다.

‘모인다!’

오른손에 모았을 때와 비교하면 반 정도밖에 안 되는 양이었지만, 이 정도라도 모인 게 다행이라고 생각한 시현은 천천히 눈을 뜨고는 나무를 쳐다보았다.

아까의 주먹질로 움푹 파여 버린 부분을 향해 시현은 왼쪽 주먹을 날렸다.

“크윽!”

오른손 정도의 위력을 기대한 것은 아니었지만, 기운을 모은 것치고는 결과가 너무 형편없었다. 나무를 패이게 하기는커녕, 나무를 친 왼쪽 주먹에서 느껴지는 고통에 손을 부여잡고 뒤로 한 걸음 물러나야 했으니 말이다.

시현은 조금 전의 상황이 이해가 되질 않는지 이번에는 오른손에 왼손에 담겨진 만큼만의 기운을 모아 주먹을 날렸다.

퍽!

아까처럼 나무가 패이거나 한 것은 아니었지만 둔탁한 소리가 울렸고, 고통 또한 없었다.

“왜 이러지?”

비슷한 양의 기운이었지만, 왼손으로 쳤을 때와는 전혀 다른 결과가 나오자 시현은 곰곰이 생각했다.

“에잇! 다시 한 번 해보자!”

다시 왼손에 기운을 모으고 나무를 향해 주먹을 날렸다.

“크윽!”

왼손에서 느껴지는 고통에 흘러나오는 신음 소리, 하지만 시현은 무언가를 알아차리기라도 한 듯 얼굴을 찡그리는 와중에도 미소를 지었다.

“그렇게 된 것이었구나.”

시현은 왼손을 쳐다보며 조금 전의 느낌을 떠올렸다. 기운을 모아 주먹을 날리는 순간, 주먹에 모았던 기운들이 흩어져 가는 것을 느끼고는 주먹의 힘을 빼어 손을 보호했다.

오른손으로 할 때에는 나타나지 않는 현상, 대충이나마 그 의미를 알아차린 시현은 고개를 끄덕이며 중얼거렸다.

“결국 양손잡이가 아닌 게 문제네.”

모두 다 알다시피, 오른손잡이에게 왼손이란 마치 타인의 손 같은 어색함이 존재했다. 글을 쓸 때도, 밥을 먹을 때도, 또 다른 일을 할 때도, 왼손은 제대로 따라주지 않는다.

현재 시현이 겪는 문제도 이와 같은 맥락의 문제였다. 익숙한 오른손으로 기운을 모았을 때는 끝까지 기운을 유지한 채로 나무를 가격할 수 있었던 반면, 서투른 왼손으로 모았을 때는 주먹을 날리는 순간 모아두었던 기운들이 흐트러지는 것이었다.

“이제 오른손을 묶어두고 생활해야 하나?”

시현은 예전에 민간인이었을 때 보았던 권투 영화를 떠올렸다.

필살의 왼손 펀치를 익히기 위해, 오른손을 붕대로 몸에 칭칭 동여맨 채 생활을 하던 부분이 인상적인 영화였다. 사회라면 정말 한 번 해볼 만하다는 생각이 들었지만, 현재 이곳은 군대였다. 군대에서 그런 짓을 했다가는…….

시현은 고개를 좌우로 절레절레 흔들었다.

"하지만, 노력은 해봐야겠지."

시현의 머릿속에 몇 가지 방법들이 떠올랐다. 비록 영화처럼 오른손을 몸에 동여맬 수는 없었지만, 식사나 청소 또 다른 일상생활에서 하는 일들을 왼손으로 하고, 현실에서 틈틈이 하는 운동들도 왼손 위주로 하면 제법 성과가 있을 법도 했다.

나무는 대략 1/3가량 패여 있었다. 그 모습을 보니 시현은 왠지 아깝다는 생각이 들었다.

'기왕 팬 거, 완전 쓰러뜨려 봐?

한동안 나무와 오른손을 번갈아 보며 쳐다보던 시현은 마침내 결정을 내린 듯 주먹을 꽉 주며 외쳤다.

"좋아. 사나이가 칼을 뽑아 들면 무라도 썬다고 했는데, 기왕 팬 거 연습할 겸 한번 끝까지 가보자."

곧 퍼억, 퍼억 둔탁한 소리가 숲을 울렸다. 아직 왼손은 무리였고, 오른손으로 시현이 나무를 치기 시작한 것이었다.

그러기를 스무여 차례, 겨우 스무여 번의 주먹질이었지만, 어느새 시현은 땀으로 흥건히 젖어 있었다.

"핵, 핵, 이거 예상외로 상당히 체력이 소모되는데."

아무래도 몸 안의 기운을 사용하는 것은 꽤나 많은 체력소모가 뒤따르는 모양이었다.

"좋아. 이번 한 번 더!"

이미 나무는 상당히 깊게 패여 언제라도 부러질 것 같은 모습이었다. 그곳에 다시 시현의 주먹이 작렬하자, 나무에서 뚜뚝 부러지는 소리가 들려왔다.

"엇!"

심상치 않은 소리가 들려오자 시현은 옆으로 물러났다. 그 순간 예전 만화에서 도끼로 나무를 쓰러뜨리면서 외치던 장면이 시현의 뇌리에 떠올랐다.

"넘어간다~"

그때 장면을 흉내내며 한껏 외치는 소리와 함께 나무가 시현이 서 있었던 쪽을 향해 쓰러졌다.

우두둑 쿵.

드아아압!

"훙?"

이상한 외침 소리가 나무가 쓰러지는 소리에 석여 들려오자, 시현은 그 소리가 어디서 들려왔는지 찾기 위해 두리번거렸다. 그리고 곧 쓰러뜨린 나무 옆에 얼어붙기라도 한 듯, 움직임이 멈춘 채로 자신을 쳐다보고 있는 오크를 볼 수 있었다.

시현이 새로운 힘을 사용해 보려고 열중하는 동안 수풀에서 걸어나온 오크는 눈앞에 인간이 보이자 늘 그래왔듯이 위협을 하기 위해 크게 고함을 지르려 했다.

크읍.

한껏 깊게 숨을 들이켠 오크는 곧 있는 힘껏 숨을 내뱉으며 고함을 질러, 자신이 강하다는 것을 상대에게 알리려고 했다. 앞에 인간이 하는 짓을 보기까지는 말이다.

인간이 뻗어대는 주먹에 나무가 푹푹 패이는 것을 본 오크는 놀란 나머지 급히 양손으로 입을 막았다.

크룩, 크읍.

막 고함을 내지르려던 것을 손으로 막아 억지로 멈추었기에 기침이 흘러나왔지만 다행히 앞의 인간은 알아채지 못한 듯했다.

앞에 인간이 하는 짓을 보고 덜컥 겁이나 아직 알아차리지 못하고 있을 때, 도망가려던 오크는 인간이 갑자기 손을 부여잡으며 아파하자, 도망치려던 마음을 접고 조심스럽게 인간을 관찰했다.

인간이 한 손을 다친 것 같자, 오크의 마음속에서는 다시 자신감이 무럭무럭 피어올랐다. 다시 힘껏 고함을 지르려고 숨을 들이켜던 오크는 다시금 양손으로 입을 막아야 만했다.

퍼억! 퍽! 퍽!

다시 숲을 울리는 둔탁한 소리에 겁을 집어먹은 것이다. 하지만 전처럼 도망치려고 하지 않았다. 인간이 한 팔을 다쳤으니 승산이 있다고 생각했기 때문이었다.

나무를 때리느라 정신이 없는 이상한 인간을 향해 오크는 최대한 기척을 죽이며 다가가기 시작했다.

자신이 다가가는 것도 눈치 채지 못한 채, 나무를 치다가 인간이 숨을 헐떡이자 오크는 승리의 확신이 섰다. 아무리 괴물 같은, 인간 같지 않은 인간이라지만, 한 손을 다친 데다가 저렇게 지쳐 있으면 충분히 이길 것이라는 생각이 들었다.

이길 거라는 생각에 오크는 있는 힘껏 숨을 들이켠 후 드디어 고대하고 고대하던 포효를 내질렀다.

크아아!

뿌드득 쿵.

압!

그와 동시에 오크의 옆으로 아슬아슬하게 쓰러지는 나무에 막 포효를 내지르던 오크는 그 자세 그대로 얼어버렸다.

"그러고 보니 생각을 못했네."

시현은 자신이 쓰러뜨린 나무 바로 옆에서 한껏 입을 벌리고 얼어 있는 오크를 보며 머리를 긁적였다. 기운을 사용하는 것에 정신이 팔린 터라 오크가 나올 것이라는 것을 까먹고 있었던 것이었다.

예전 같으면 기겁할 상황이었으나, 새로운 힘을 깨달은 시현에게는…….

오크와 한판하기 전에 몸이라도 풀려는 듯 시현은 간단한 스트레칭으로 몸을 풀었다.

“덤벼!”

몸을 다 푼 시현이 손가락을 까닥이며 오크를 도발하자, 오크는 자신의 옆에 쓰러져 있는 나무와 시현을 번갈아가며 쳐다보았다. 그리고…….

크워어어!

비명 소리와 함께, 몸을 돌려 도망쳐 버렸다.

“저게 또.”

오크가 뒤도 안 돌아보며 도망치기 시작하자, 시현은 오크를 따라잡을 생각으로 발을 박차다가 움직임을 멈추었다.

'잠깐, 이 기회에 발에도 한번 기운을 모아볼까?

기운을 느끼기 시작했을 때부터 달리기가 꽤 빨라진 터라 당장이라도 오크를 붙잡을 수 있었지만, 시현은 도망가는 오크를 보며 이 기회에 주먹에 기운을 모은 것과 같이 다리에도 모아서 오크를 쫓아 보기로 결심했다.

주먹에 기운을 모았을 때처럼, 눈을 감고 다리에 집중하자 양다리에 서서히 기운이 모이기 시작했다. 이미 한차례 기운을 소모해서인지 다리에 모이는 기운은 팔에 보인 것보다 적었다.

'이 정도면 될까?

좀 더 모으고 싶었지만 오크가 시야에서 사라지려고 하자 시현은 있는 힘껏 땅을 박찼다.

탓!

힘차게 땅을 박차는 소리와 함께 시현의 신형이 쏜살같이 앞으로 나아갔다. 마치 오토바이를 탄 듯 강한 바람에 머리가 날렸고, 주위 풍경들이 순식간에 뒤로 움직였다.

족히 10여 미터에 이르는 거리를 한 번의 도움닫기로 좁혀 가자, 시현의 눈이 놀라움으로 가득 떠졌다.

그리고 착지의 순간.

'좋아, 다시 한 번.'

"엇?"

지면에 발이 닿는 순간 다시 한 번 발을 구르려고 했던 시현은 디쳐 발을 구르지 못하고 균형을 잃어, 달려가던 기세 그대로 앞으로 넘어졌다.

"크아아악!"

간만에 시현의 입에서 비명이 흘러나와 숲에 울려 퍼졌다.

땅에 얼굴을 그대로 갈아버린 고통에 신음하며 소리를 지르던 시현은 오랜 시간이 지나서야 진정할 수가 있었다.

시현의 얼굴은 마음 약한 사람이 보면 바로 기절해 버릴 정도도 끔찍하게 변해 있었다.

"크으윽. 이 오크 새끼 두고 보자!"

자신의 잘못이라 딱히 원망할 때가 없던 시현은 애꿎은 오크만 탓하며 좀 전의 상황을 돌이켜 보았다.

'그래, 처음이라서 그 정도로 뛸 수 있을 거라고는 생각도 못했고, 기운의 소모도 컸어.'

얼마 지나지 않아, 땅에 얼굴이 갈리는 끔찍한 경험을 하게 된 원인을 분석한 시현은 몸 안에 담긴 기운이 거의 다 소모되었다는 것을 알 수 있었다.

다행히 조금씩 기운이 차고 있었지만 너무 더뎠다. 이 정도라면 족히 하루는 걸려야 예전의 상태로 돌아갈 듯했다.

"후아, 후아."

아픔을 참으려는지 여러 차례 심호흡을 하며 시현은 몸을 일으켜 가부좌를 틀고 앉았다.

'이럴 때는 역시 운기조식이지.'

딱히 운기조식이란 게 어떻게 하는 것인지 정확히 아는 건 없었다. 다만 나름대로 도인술이라던지, 무협지에 나온 내용들을 보고 대충 이렇게 하면 되겠다 하고 생각해 둔 것이었다.

시현은 가부좌를 튼 상태에서 눈을 반개한 채, 천천히 숨을 들이마시기 시작했다.

"후으으으으읍!"

아주 천천히 그리고 될 수 있는 한 오래도록 숨을 들이마시며, 시현은 몸 상태를 관조해 보려고 노력했다. 하지만 그게 쉽사리 될 리가 없었다.

"후우우우우우!"

더 이상 숨을 들이마실 수 없는 상태까지 가자, 이번에는 천천히 숨을 내쉬었다.

그렇기를 여러 차례 반복하는 가운데 시현은 몸 안에서 움직이는 기운의 움직임을 조금이나마 느낄 수 있었다.

"후으으으으읍!"

깊게 그리고 천천히 숨을 들이마시자, 그 숨을 통해 예의 그 기운들이 적은 양이지만 몸 안으로 들어오고 있었다. 그 기운들은 점차 숨을 들이켜 감에 따라 가슴으로 그리고 아랫배로 이동해 갔다.

"후우우우우우!"

한껏 숨을 들이마신 뒤 이제 천천히 숨을 내쉬자, 아랫배로 이동한 기운들이 등골을 타고 목에까지 올라가 다시 코로 빠져나왔다. 하지만 다행이도 빠져나간 기운들은 들어온 기운들에 비해 적었다.

'아, 이렇게 되는 거였구나.'

직접 몸으로 운기조식이라는 것을 비슷하게나마 체험하게 되자, 시현은 앞으로 어떻게 해야 할지를 짐작할 수 있었다.

'숨을 내쉴 때 기운을 내보내지 않고, 숨만 내쉬는 방법은 없을까? 그렇지 백회혈.'

혈도에 관해 별다른 지식이 없었지만, 시현은 백회혈만큼은 알고 있었다. 무협지에 가장 자주 등장하는 혈이었고, 또 그 브위 또한 머리의 중앙인 정수리였기에 쉽게 기억할 수 있었다.

'맞아! 무협지 같은 곳에 보면 항상 백회혈을 지난다고 나와 있으니까. 숨은 그대로 보내되, 기운은 백회혈을 거쳐 다시 몸 안으로 내려 보내는 거야.'

"후으으으으읍, 후우우우우우!"

시현은 다시 숨을 길게 들이마시고 내쉬며 이번에는 기운이 그대로 목을 통해 코로 나가지 않게끔 하기 위해, 의식적으로 머리 위까지 올라가게 한 뒤 아래로 내려 보내려고 했다.

당연한 이야기지만 시현이 의도한 대로는 되지 않았다. 손과 발에 기운을 모을 수 있는 시현이었지만, 몸 안에 자연스럽게 움직이고 있는 기운의 움직임을 변화시키는 것은 쉽사리 해낼 수 있는 게 아니었다.

백여 차례 호흡이 계속되는 가운데, 몇 번이나 졸음이 찾아왔다. 하지만 시현은 정신을 곧추세우며 계속 호흡을 계속했다.

그러나 시간이 지나면 지날수록 졸음은 거세져 갔고, 반개했던 눈은 점차 감겨 갔다. 어느새 길게 의식적으로 들이켜고 내쉬던 호흡도 점차 잦아들기 시작했다. 그리고는 그대로 잠들고 말았다.

Chapter 5

이계로의 도주

　시현과 다른 소대원들의 바람과는 다르게 장종현은 멀쩡히 돌아왔다. 그 정도 소대원들의 저주를 받았으면 마른하늘에 날벼락이라도 칠 법했지만 아직까지 정성이 부족한 모양이었다.

　"여～ 유 일병, 오래간만이야."

　손을 흔드는 장종현의 모습에 놀란 시현의 눈이 크게 떠졌다.

　'미쳤나?

　"장 상병님, 다녀오셨습니까?"

　180도 달라져 버린 장종현의 모습에 시현은 왠지 모르게 불안감을 느꼈다.

"그동안 내가 너무 많이 괴롭혔지?"

"아닙니다."

'이놈이 무슨 꼬투리를 잡으려고 이렇게 친한 척하는 거야?'

"에이, 나도 내가 어떤 놈이었다는 것쯤은 알아. 그동안 고달팠지, 내가 사과할게. 나 앞으로는 착한 사람이 될 거야. 앞으로 잘 부탁해."

장종현이 앞으로 잘 부탁한다며 손을 내밀었지만, 시현은 갑자기 달라진 태도에 언뜻 손을 잡지 못했다.

'개과천선한 건가?'

"이렇게 사람 무안하게 할 거야?"

그제야 시현이 손을 잡자, 장종현은 시현의 어깨를 툭툭치며 웃었다.

"앞으로 잘해보자."

그 순간 장종현의 입꼬리가 슬쩍 말려 올라갔다. 하지만 시현은 그것을 보지 못했다.

그날 밤. 시현은 잠자리에 들기 전 옆에서 곤히 자고 있는 장종현을 쳐다보며 갈등하고 있었다. 오늘 보여준 모습은 마치 천사나 다름이 없었다. 돌아오면 다시 한 번 꿈속으로 끌고 들어가 한껏 혼내주려고 했던 시현에게는 원치 않는 일이었다.

'이걸 끌고 들어가? 아니면 말어?'

머리를 쥐어뜯으며 한참 동안 고민하던 시현은 결국 끌고 들어가지 않는 쪽을 택했다. 만약 장종현이 무슨 꿍꿍이가 있어 이러는 거라면 그때 끌고 들어가도 늦지 않겠다는 생각에 서였다.

'다 신 강도는 더욱 강하게 해야지.'

시현은 장종현이 본색을 드러냈을 때, 어떻게 할지를 상상하며 잠에 들었다.

*　　　*　　　*

며칠 전부터 기운을 본격적으로 수련함에 따라 단순히 기운이라고 부르기에는 어색하다고 생각한 시현은 고민에 빠졌다. 그것은 바로 호칭의 문제였다.

마나라고 불러야 하나? 아니면 기라고 불러야 하나?

시현이 생각하기에는 둘 다 같은 것이었지만, 명칭을 명확하게 할 필요가 있었다.

'그때그때 다르게 부르면 헷갈리잖아.'

기냐. 마나냐 한참을 고민할 것 같았지만, 의외로 시현은 금세 결정을 내렸다.

"마나로 하자!"

그렇게 쉽게 결정을 내리게 된 데에는, 꿈의 역할이 컸다.

꿈에서 등장하는 오크, 그리고 여러 가지 판타지 세계의 나올 법한 몬스터들.

'판타지라면 역시 마나지.'

그런 이유로 몸 안의 기운을 마나라고 부르기로 한 시현은 오늘도 어김없이 마나를 단련하기 위해 준비 중이었다.

꿈에 들어온 시현은 일단 가벼운 스트레칭으로 몸부터 풀기 시작했다. 요즘 들어 마나를 수련함에 따라서 생긴 버릇이었다.

"자자, 어서 나오라고 일찍 끝내고 본격적으로 연습이나 할랑깨."

아직까지 마나를 백회혈을 거쳐 다시 몸 안으로 들여보내는 방법을 성공하지 못했지만, 간단히 숨을 천천히 깊게 들이마시고 내뱉는 것만으로도 제법 효과를 보았기에 시현은 조금이라도 빨리 그 방법을 완성하고 싶었다.

'완성하면 지금과는 비교도 안 되겠지.'

시현이 준비운동을 한 지 얼마 지나지 않아, 드디어 오크가 나오려는지 수풀의 움직임이 있었다.

스스스스스스스.

하지만 평상시와 다른 수풀의 움직임에 준비운동을 하고 있던 시현의 움직임이 머졌다. 어느새 시현은 수풀에서 멀찌감치 떨어져 양 주먹을 굳게 쥐고 수풀이 흔들리는 쪽을 바라보고 있었다.

스스스스스숫.

수풀의 움직임이 점차 커져감에 따라 굳게 쥐어진 양손에 땀이 맺혔다. 시현은 이 수풀의 움직임을 기억하고 있었다. 그것은 다름 아닌……

"역시."

족히 자신보다 3미터는 되어 보이는 키에 곰보를 연상케 하는 우둘투둘한 어두운 진회색의 피부, 사람 몸통만 한 다리와 비정상적으로 긴 팔, 얼기설기 돋아 있는 이빨로 인해 더욱 흉측해 보이는 얼굴, 그리고 불룩 튀어나와 있는 배. 예전에도 등장한 적이 있었던 트롤이었다.

시현은 트롤을 보자 얼굴을 찡그렸다. 처음 트롤을 만났을 때의 기억이 떠올랐기 때문이었다.

"이번에는 그때와는 다를 거다."

마치 자신에게 다짐이라도 하려는 듯이 시현은 트롤에게 외쳤다.

크아아아!

그 외침을 도발이라고 생각했는지 트롤이 괴성을 질러대며 시현에게 성큼성큼 가다갔다. 그 커다란 덩치가 위압감을 풍기며 다가오자 시현은 덜컥 겁이 들었지만, 몸 안에 가득 차 있는 마나를 떠올리고는 지지 않겠다는 의지의 표시로 트롤의 얼굴을 올려다보았다.

마침내 트롤이 시현의 앞에 섰다. 한동안 둘 사이에는 움직임이 없었다. 다만 서로를 뚫어져라 쳐다볼 뿐.

'좋아, 예전 같았으면 어림도 없겠지만, 이제 나에게는 마나가 있다. 마나를 담은 주먹이라면 트롤에게도 통할 거야.'

시현은 곧 있을 트롤과의 결전에 대비하기라도 하듯 다시 한 번 주먹을 굳게 고쳐 쥐었다.

그것이 신호라도 되었음일까? 시현이 주먹을 고쳐 쥐자마자 트롤의 팔이 머리 위로 올라갔다. 그리고 흉폭한 기세로 떨어져 내리는 트롤의 주먹, 그 목표는 당연히 시현이었다.

쾅!

트롤의 주먹이 땅에 떨어지자 굉음과 함께 먼지가 일었다. 트롤의 팔을 피하는 동시에 옆으로 이동한 시현은 훤히 드러난 트롤의 옆구리를 보며 오른쪽 주먹에 마나를 모았다.

순식간에 몸 안의 마나가 오른쪽 주먹에 모여들자 시현은 이를 꽉 물고 있는 힘을 다해 주먹을 날렸다.

"받아라!"

강력한 힘이 담긴 주먹이 트롤의 옆구리에 작렬했다. 그 힘을 견디지 못하고 피부가 터져 나가자 그곳에서 녹색 피가 흘러나왔다.

크아아앙!

고통에 찬 울음소리, 트롤은 고통에 괴성을 질러대며 땅을 친 주먹을 그대로 쓸 듯 시현을 향해 휘둘렀다.

저런 상처를 입고도 이렇게나 빨리 반격을 해올 줄은 생각도 못한 터라 시현은 트롤의 주먹을 미처 피할 수가 없었다.

'제길!'

속으로 욕설을 내뱉으며 뻗었던 손을 몸에 재빨리 붙이며 트롤의 주먹을 막아내었다. 트롤이 자세가 불안정한 상태에서 팔을 휘두른 데다가, 오른손에 아까 모은 마나가 제법 많이 남아 있어 시현은 별다른 피해 없이 그 두꺼운 트롤의 팔을 막아낼 수 있었다.

하지만 둘 사이에 힘의 차이가 너무 났기 때문에, 뒤로 밀려나는 것까지는 막아내지 못하였다.

지이이이익.

땅에 발이 끌린 자국을 내며 3미터가량이나 뒤로 밀려나서야 시현은 몸을 가다듬을 수 있었다.

"휴우, 정말 엄청나군!"

트롤의 팔을 받아낸 부분에 제법 충격이 있었는지, 시현은 왼팔로 그 부분을 주무르며 자신을 그대로 뒤로 밀어버린 트롤의 엄청난 힘에 감탄사를 내뱉었다.

"응? 이런!"

그리고 시현은 볼 수 있었다. 조금 전 자신이 주먹으로 상처를 내어놓은 부분이 급속도록 아물어가는 것을 말이다.

'트롤 하면 재생력, 재생력 하길래 어느 정도 예상은 했지만 저 정도일 줄이야. 도대체 저런 놈을 어떻게 이기라는 거야.'

시현이 속으로 불평하고 있는 사이, 상처를 모두 회복한 트롤은 다시 팔을 들어 시현을 향해 내려찍었다. 위력은 그 힘만큼이나 대단했지만, 속도 면에서는 조금 손색이 있는 편이어서 시현은 손쉽게 그 공격을 피하며 저 재생력 괴물을 어떻게 처리할 것인가 생각했다.

'흠. 책에서 보면 재생력 있는 놈은 불로 지지거나, 얼리거나 하던데.'

시현은 주위를 둘러보았다. 깊은 숲 속, 딱히 저 괴물을 얼리거나 태울 거리가 없었다. 재차 날아오는 트롤의 공격을 피하며, 다른 방법은 없는지 시현은 기억을 되살리려 노력했다.

'그래, 머리를 잘라 버리는 방법도 있었어.'

자연스럽게 시현의 시선이 트롤의 목 쪽으로 향했다. 사람 몸통만큼 두터운 목. 제법 날이 잘 드는 칼이 있다고 해도 저걸 단숨에 자르기란 불가능할 듯했다.

'게다가 군대에서는 칼도 구할 수 없잖아.'

사회라면 모르겠지만, 이곳 군대에서는 역시 불가능했다. 시현이 이것저것 생각하는 가운데, 몇 차례 트롤의 공격이 이어졌다. 단순히 긴 팔을 이용해 찍고, 휘두르고, 찌르는 단순한 공격들이라 다른 생각을 하는 와중에도 시현은 여유롭게 그 공격들을 피할 수 있었다.

'뇌에 손상을 줘보면 어떨까?'

일반적으로 뇌라는 부분은 신체 중 가장 중요한 부분이었고, 또 손상을 입으면 회복되지 않기 때문에 시현은 자신이 생각한 것이지만 꽤 좋은 생각이라고 판단했다.

시현은 트롤의 머리를 노려보았다. 깨금발을 하고 손을 들어야 건드릴 수 있을 정도의 높이에 위치해 있지만, 단순하고 비교적 느린 트롤의 움직임을 생각해 보면 가능할 것도 같았다.

"그래, 한번 해보자."

외침과 동시에 지금까지 공격을 피하기만 했던 시현의 움직임이 변화하기 시작했다. 몸을 좌우로 움직이며 트롤에게 접근해 상처를 입히고는 뒤로 빠지기를 반복하며 트롤의 화를 돋구었다.

그렇게 몇 차례 계속 치고 빠지기를 하자, 트롤은 성이 나는지 점점 움직임이 거칠어졌고, 좌우로 이리저리 움직이며 얄밉게 치고 빠지는 시현을 쓸어버리기라도 하려는 듯 오른팔을 들어 강하게 휘둘렀다.

'좋아.'

이 공격을 기다렸다는 듯이 시현의 눈이 번뜩였다.

시현의 몸통을 향해 그 긴 팔을 휘두르는 공격. 시현은 살짝 무릎을 굽혔다가 땅을 박차며 트롤의 품을 향해 점프했다.

휘이이잉.

시현의 발밑으로 트롤의 주먹이 바람을 가르며 지나갔다. 몇 번의 공격으로 상당히 흥분해 있는지 조금 전의 공격들보다 더 위력적이었지만 그만큼 빈틈이 많았다.

'좋아, 이대로.'

단숨에 트롤의 머리 쪽까지 뛰어오른 시현은 그대로 트롤의 관자놀이를 향해 주먹을 날렸다.

퍼억!

한쪽 눈이 터져 가며 트롤의 얼굴이 옆으로 꺾였다. 충분히 효과적인 공격이었지만, 시현의 안색은 좋지 못했다.

'제길 공중에 떠 있어서 위력이 제대로 안 나왔어.'

시현의 생각을 대변이라도 하듯이 어느새 옆으로 꺾인 트롤의 얼굴이 시현을 향해 있었다. 그리고 시현을 향해 무서운 기세로 다가오는 트롤의 손바닥, 공중에 떠 있어 움직임이 제한된 시현으로서는 그것을 피할 수 있는 방법이 전혀 없었다.

"큭!"

시현은 양손을 몸에 최대한 붙이고 이를 악물은 채 곧이어 있을 충격에 대비했다.

'커억!'

엄청난 충격에 제대로 비명도 못 지르고 시현은 옆에 나무가 울창한 곳으로 나가떨어졌다. 온몸을 아우르는 고통에도 이대로 머리부터 나무에 처박히며 끝장이라는 것을 깨달은 시현은 있는 힘을 다해 허공에서 몸을 비틀었다.

"컥!"

다행이 시도가 성공했는지 시현은 등으로부터 나무에 처박혔다. 하지만 그렇다고 해서 피해가 없는 것은 아니었다. 트롤의 공격을 직접적으로 받은 왼팔은 커다란 충격에 뼈가 잘게 부스러져 너덜너덜해져 있었고, 그대로 나무에 처박힌 탓에 내상이라도 입었는지 입에서는 피를 토해내었다.

"으으으으!"

전신 특히 왼팔에서 느껴지는 고통에 시현은 몸을 부들부들 떨었다.

"으으, 일어나야 해."

그 고통의 와중에도 시현은 본능적으로 몸을 일으키려 했다. 그동안 오크와 싸우면서 몸에 밴 행동이었다. 하지만 몸을 움직일 때마다 느껴지는 지독한 고통이 그것을 방해했다. 다행히 몸 안의 마나들이 활발히 움직이며 몸의 고통을 줄여주며 몸을 치료하기 시작했지만, 상태가 너무 심각했기에 몸을 움직일 수 있을 정도로 회복되려면 몇 시간은 필요했다.

드아아앙!

한편 트롤은 시현을 쳐내고, 손으로 눈을 감싸 안은 채 고통에 을부짖고 있었다. 다친 부분이 눈, 그것도 아예 터져 나가 버려서인지 재생이 상당히 느렸다.

"크크크, 셈통이다. 큭!"

시현은 고통에 몸부림치는 트롤을 보면서 씨익 웃었다. 그리곤 다시 느껴지는 고통에 얼굴을 찡그렸다.

'하필 왼쪽이라니.'

트롤의 공격을 왼손으로 받아내었기에 미쳐 마나를 모으질 못했던 시현은 만약 오른쪽이었다면 충분히 그 공격을 받아낼 수 있었을 거라고 생각했다.

'결국 한시바삐 왼쪽도 오른쪽처럼 사용할 수 있도록 해야겠군.'

시현이 나무에 처박힌 채 이것저것 생각하는 동안, 트롤은 고통이 어느 정도 가셨는지, 울부짖음을 멈추고 여전히 한쪽 눈을 손으로 감싸 않은 채, 자신의 눈을 이렇게 만들어놓은 시현을 찾아 두리번거렸다. 그리고 얼마지 나지 않아 나무 밑에 쓰러져 있는 시현을 찾아낼 수 있었다.

크르르르.

시현을 발견한 트롤의 입에서 분노에 찬 으르렁거림이 흘러 나왔다. 당장이라도 내버려 두지 않겠다는 듯이 시현을 향해 그 육중한 몸을 움직였다. 시현의 바로 앞까지 걸어온 트롤은 왼손을 높이 쳐들었다.

"두고 보자!"

두고 보자 라는 말을 남기고 시현은 가만히 눈을 감았다. 곧 시현의 머리 위로 트롤의 주먹이 무서운 속도로 떨어져 내렸다.

"헉!"

오랜만의 꿈에서 죽음을 당한 시현은 짧은 비명 소리와 함께 잠에서 깼다. 예전에 많이 당해보았음에도 죽는 것은 여전히 익숙해지지 않는 경험이었다.

"정말 오랜만인데."

얼굴에 흐르는 식은땀을 손으로 훔쳐 내며 시현이 작게 중얼거렸다.

"유 일병님, 괜찮으십니까?"

불침번을 서던 김 이병이 시현이 잠에서 깨는 모습을 보고 걱정스런 표정을 지으며 다가왔다.

"아, 괜찮아. 그보다 일현아, 미안하지만 물 한잔 좀 갖다 줄래?"

"예, 알겠습니다."

곧 김 이병이 냉장고에서 시원한 물이 담긴 물통을 꺼내 한

컵 가득 담아와 시현에게 건넸다.

"여기 있습니다."

시현은 무의식적으로 컵을 향해 오른손을 뻗으려다가 멈칫했다. 그리고는 오른손을 내리고 왼손으로 컵을 받아들었다.

'조금이라도 왼손에 익숙해져야지.'

조금이라도 빨리 왼손에 익숙해져야 한다는 생각을 하며 시현은 받아든 물을 단숨에 들이마셨다. 비록 꿈에서라지만 한바탕 하고 나서인지 물맛이 한층 시원하게 느껴졌다.

"커험, 시원하다."

다음날 밤.

시현과 트롤과의 2차전이 한창이었다. 시현은 이번에는 좀 더 트롤에 관하여 알아보기 위해 무리한 공격을 하지 않고 가볍게 치고 빠지며 안정적으로 트롤을 상대해 나갔다.

반면, 트롤은 시현의 치고 빠지는 공격에 한껏 흥분해 앞뒤 가리지 않고 시현을 공격해 나가고 있는 중이었다.

트롤이 힘차게 휘두르는 주먹을 옆으로 물러나며 피하자, 시현의 뒤쪽에 있던 나무가 트롤의 주먹에 산산이 부서져 나갔다.

부서진 나무 파편이 사방을 향해 비산했다. 시현은 자신에게 날아오는 나무 파편 중 제법 커다란 놈을 잡아챔과 동시에 아슬아슬하게 자신의 앞을 빠른 속도로 지나가는 트롤의 주먹에 그대로 찔러 넣었다.

주먹에 커다란 나무 파편이 박혔지만, 트롤은 그런 것 따위
는 신경 쓰지 않는다는 듯, 파편이 박힌 채로 다시 한 번 시현
을 향해 주먹을 휘둘렀다.

'진짜 둔하네. 나라면 아파서 눈물이 찔끔 나올 텐데.'

트롤과 제대로 싸우기 시작한 게 겨우 2번째이었지만 시현
은 나름대로 트롤에 대해서 어느 정도 정의를 내릴 수 있었
다.

몬스터 계의 둔치, 웬만한 공격으로는 고통도 느끼지 않는
둔한 감각, 그 둔한 감각과 사기적인 재생력으로 방어는 전혀
하지 않고, 오로지 공격 일변도인 몬스터.

전혀 방어는 안 하고 자기가 어떤 상처를 입던 오로지 공격
만 하는 습성 때문에 그 단순하고 비교적 느린 움직임에도 불
구하고, 상대하기가 너무나도 까다로웠다.

'아무리 다른 곳을 때려봐야 금세 재생되어 버리니. 결국 뇌
쪽밖에는 없으려나?'

시현의 시선이 트롤의 머리 쪽으로 향했다. 족히 3미터 가
까이 되어 보이는 높이가 문제였다.

'문제는 점프하지 않으면 손에 닿지 않는다는 것인데.'

시현의 머릿속에 어제의 기억이 떠올랐다. 공중에서는 힘이
제대로 실리지 않기 때문에 한 방에 끝내지 못하고 오히려 역
습을 당한 게 바로 어제이기 때문에 머리를 공격하기 위해 점
프하는 것은 사양하고 싶었다.

'다가갈 수 없으면 다가오게 만들면 되지.'

이기 이점에 대해서는 낮 동안 고민에 고민을 거듭해 어느 정도 결정을 내려놓은 터라 시현은 망설이지 않고 바로 실행하기로 마음먹었다.

계속되는 트롤의 공격을 피하며 시현은 트롤에게 접근하기 시작했다. 언제나 트롤은 '칠 테면 쳐봐라'라는 식으로 방어에는 전혀 관심을 두지 않았기에 원하는 곳에 쉽게 접근할 수 있었다.

바로 트롤의 다리 옆에까지 접근한 시현은 아래로 내려치는 트롤의 주먹을 가볍게 피한 뒤 트롤의 무릎을 주먹으로 내리찍었다.

섬뜩한 파열음과 함께 트롤의 무릎이 굽혀지며 땅에 닿았다. 시현의 주먹에 무릎이 망가지자 미처 버티지 못하고 무릎을 꿇은 것이었다. 한쪽 무릎을 꿇자 시현의 눈에 트롤의 머리가 훤히 들어왔다. 바로 주먹이 닿는 거리까지 말이다.

크아악!

무릎이 부서지는 고통에 트롤이 괴성을 지르며 팔을 휘둘렀다.

시현은 그 공격을 간단히 상체를 뒤로 빼는 것만으로 피한 뒤, 그대로 주먹에 마나를 모아 트롤의 머리를 향해 주먹을 날렸다.

퍼억!

머리가 터져 나갔고 그 사이로 허연 뇌수가 녹색 피와 섞인 채 흘러내렸다. 구역질이 날법한 장면이지만, 시현은 그 모습을 보고 미소를 지었다.

'이겼다!'

몇 달이나 걸린 오크 때와는 달리 단 두 번만에 트롤을 이겼다는 생각에 빠져 상황을 제대로 파악하지 못한 시현은 곧 그 대가를 치러야 만했다. 어느새 트롤의 손이 그의 몸을 움켜잡은 것이다.

"헛!"

머리를 부숴 버려 이겼다고 생각했는데 트롤이 움직이자 놀란 나머지 헛바람을 내쉬었다. 트롤은 시현이 놀라 주춤하는 것을 놓치지 않고 남아 있는 다른 한 손으로 시현을 움켜잡았다.

순식간에 트롤의 양손에 잡힌 시현은 그제야 자신이 처한 상황을 알아채고는 트롤의 손아귀에서 빠져나오기 위해 몸을 흔들었다.

"이 괴물 같은 자식!"

하지만 트롤의 힘은 이미 잡은 먹이를 놓아줄 정도로 만만한 것이 아니었다. 곧 트롤의 양손이 시현을 강하게 압박해 오기 시작했다.

"크윽!"

시현은 마나를 최대한 모아 트롤의 힘에 대항하기 시작했지만 그것도 잠시 점점 마나가 소모되어 가면서 고통이 가중되기 시작했다.

뚜둑! 뚜뚜둑!

시현의 몸속에서 뼈가 어긋나는 소리가 들려왔다.

온몸에 느껴지는 고통과 뼈가 뒤틀리며 어긋나는 섬뜩한 소리들. 시현의 뇌리에는 실로 오랜만에 공포로 가득 채워졌다.

"으아아악!"

공포에 질린 시현이 비명을 지르며 트롤의 손에서 빠져나가기 위해 몸부림을 쳤다. 하지만 공포에 질리면 질릴수록 마나에 대한 통제력을 잃어갔기에 오히려 상황은 더욱더 악화되어 갔다.

우두둑! 뿌두둑!

결국 몸 안의 뼈들이 압력에 견디지 못해 부러지기 시작했다.

"으아아악!"

새벽 2시, 내무반에서 들려오는 비명 소리에 모두가 놀라 잠에서 깨었다. 며칠 전에 비슷한 경험을 했던 소대원들이라 자연히 시선이 며칠 전 비명을 지른 장종현에게 향했다.

하지만 장종현은 막 잠에서 깬 듯 눈을 비비고 있었다. 비명을 지른 사람이라고 보기에는 너무나도 평화로운 모습이었다.

"헉! 헉! 헉!"

거친 숨소리가 들려오자 소대원들의 시선은 소리가 들려오는 장종현의 옆 자리로 이동했다. 그곳에는 땀에 흠뻑 젖은 채로 숨을 가다듬고 있는 시현이 있었다.

"괜찮냐?"

　시현의 상태가 심상치 않아 보였기에, 고 병장이 걱정스러운 얼굴로 시현에게 물었다. 고 병장이 물었음에도 불구하고 시현은 그 소리를 듣지 못했는지 여전히 숨을 가다듬고 있었다.

　그 모습에 소대원들이 서로 수군거리기 시작했다.

　"이거 정말 2시의 저주 아냐? 저번에는 종현이더니 이제는 시현이잖아."

　"진짜 생각해 보니 그렇네. 이거 잘못하면 우리까지 비명 지르는 거 아냐?"

　"그만!"

　소대 분위기가 점차 공포 분위기로 물들어가자 고 병장이 그것을 끊으려는 듯 외쳤다. 소대가 다시 조용해지자, 고 병장은 다시 한 번 시현에게 물었다.

　"유시현, 괜찮냐?"

　"예. 괜찮습니다."

　"도대체 무슨 일이냐? 갑자기 비명을 지르고, 진짜 새벽 2시의 저주라는 게 부활이라도 한 거냐?"

　고 병장도 그게 걱정이 되었는지 조심스럽게 물었다.

　"어렸을 때 안 좋은 일이 있었는데 그게 꿈으로 나타나는 바람에 그랬습니다. 저주 같은 건 확실히 아닙니다. 죄송합니다."

　시현은 사실대로 말할 수 없기에 대충 꾸며서 대답했다.

　"그래, 저주라면 그때 당사자인 네가 더 잘 알겠지. 자, 모두

들었지 별거 아니니까 다시들 자라.”

고 병장의 말에 소대원들은 다시 잠이 들었다. 몇몇 소대원
들은 잠이 깨버렸는지 담배를 피우러 밖으로 나갔다. 소대원
들의 관심이 시현에게서 떠나가자 시현은 양손으로 자신의 몸
을 껴안았다. 좀 전의 꿈에서 당한 고통과 몸속의 뼈들 하나하
나가 뒤틀리며 부러지던 그 느낌들이 여전히 느껴지는 것 같
아서였다.

＊ ＊ ＊

시현이 트롤과의 사투로 하루하루를 힘겹게 보내고 있는 가
운데, 장종현은 소대원들과 조금씩 조금씩 친해져 가고 있었
다. 처음에는 모든 소대원들은 믿지 않았다. 장종현이 개과천
선했다는 것을 말이다.

4박5일의 특별 휴가를 다녀온 장종현이 소대원들에게 일일
이 찾아가 사과를 했지만, 아무도 그 말을 믿지 않았다.

하지만 하루하루 시간이 지나감에 따라, 하나둘 장종현이
개과천선했다는 것을 믿기 시작했다. 그만큼 그의 행동이 변
했기 때문이었다.

어느 사이엔가 장종현의 앞에 붙던 파파보이, 악마, 찌질이,
쓰레기, 개차반 등의 수식어는 천사, 멋쟁이 등등 좋은 쪽으로
변해갔고, 들어온 지 얼마 되지 않은 이병들은 그를 형처럼 따
르기 시작했다.

"허 참, 사람이 저렇게 변하나."

완전히 변해 버린 장종현의 모습에 시현은 혀를 내둘렀다. 인간이 저렇게 변할 수 있다는 게 믿기지가 않아서였다.

"뭐 좋은 게 좋은 거지."

어느 사이엔가 시현도 장종현이 개과천선했다는 것을 믿기 시작했다. 그것이 오판이었다는 것도 모른 체.

"야호, 휴가다."

3박4일의 특별 휴가, 그동안 장종현이 미안했다며 사단장에게 부탁해 얻어준 휴가였다. 시현은 웬 떡이냐며 넙죽 받아먹었다.

깨끗이 다린 군복에, 번쩍번쩍 광을 낸 새 워커를 신고 위병소를 통해 밖으로 나온 시현은 마침 근처에 택시 한 대가 서 있자 의아한 표정을 지었다.

"응?"

'이 외진 곳에 웬 택시? 아! 누가 면회 오느라고 타고 왔나 보다. 마침 잘됐다.'

마침 잘되었다고 생각한 시현은 생각할 것도 없이 택시에 탔다.

"어서 오세요."

"아저씨, 가까운 역으로 가주세요."

"예."

뒷좌석에 편안히 앉아 목적지를 말하자 곧 택시가 출발하였다.

  '일단, 부모님부터 뵙고, 그리고 오랜만에 목욕탕에 가서 때나 좀 벗기고.'

  차근차근 휴가 계획을 세우고 있던 시현은 이상하게 자꾸 시선이 느껴지는 것 같았다. 그리고 곧 그 시선의 주인이 택시 기사라는 것을 알 수 있었다.

  '왜 저렇게 백미러로 자꾸 쳐다보지.'

  "아저씨, 제 얼굴에 뭐 묻었어요?"

  백미러를 두고 두 사람의 눈이 마주치자 시현이 물었다.

  "아, 아닙니다."

  당황하며 급히 눈을 돌리는 택시 기사의 모습에 시현은 무언가 잘못되어 가고 있다는 느낌을 받았다. 그러고 보니 택시는 아직도 시내로 접어들지 못했다. 이쯤이면 주변에 건물들이 즐비해야 하는데 주변은 온통 산이다.

  "아저씨, 여기 어디예요?"

  "조금만 가면 되요."

  "이 길이 아니잖아요!"

  "아, 조금만 가면 된다니까!"

  거칠어지는 목소리, 손님을 대하는 태도가 아니었다.

  '손을 쓸까? 그러다 잘못되면 사고가 날 텐데, 아니면 뛰어내려.'

  끼익!

  시현이 갈등하고 있는 사이, 택시가 멈추었다. 주위에 있는 것이라고는 나무들밖에 없는 산 중턱, 그곳에 몇몇의 남자들이 대기하고 있었다.

택시를 멈추자마자, 키를 뽑아 들고 택시 기사가 내려 그 남자들과 합류했다.

"야, 이 새끼야 네가 유시현 맞지. 어서 나와!"

총 5명. 그중 한 명이 택시 안에 타고 있는 시현에게 외쳤다.

시현이 택시에서 내렸다. 5명이면 해볼 만하다고 생각했는지 겁을 먹지 않고 남자들을 쓰윽 훑어보았다.

"어쭈, 이것 보게. 제법 깡이 있는데."

시현의 시선에 기분이 상했는지, 한 사람이 다가와 시현의 얼굴을 툭툭 치기 시작했다.

"네가 그렇게 쳐다보면 어쩔 거야, 응?"

그리고 시현의 주먹이 쥐어졌다.

퍽!

"이 새끼가!"

주먹 한 방에 동료가 나가떨어지자, 나머지 4명은 동시에 덤벼들었다. 하지만 시현은 그들의 공격을 그대로 몸으로 받아내며 차근차근 정리해 나갔다.

순식간에 모두 한 방씩 맞고 나가떨어지자, 남자들의 표정이 변했다. 그리고 그중 한 명이 품으로 손을 집어넣어 무엇인가를 꺼냈다.

'칼.'

그것은 작은 칼이었다. 칼날이 족히 8cm가량 되는 잭나이프. 남자는 그 잭나이프를 휘두르며 시현에게 덤벼들었다.

"이 새끼, 죽여 버리겠어!"

"윽!"

꿈에서 이보다 더한 위협도 당해보았지만, 이렇게 현실에서 시퍼런 칼날을 대하는 것은 처음이라 몸이 경직되었는지 미처 다 피하지 못하고, 시현은 손등에 상처를 입었다. 그리 깊지는 않았지만 베인 곳에서 제법 피가 흘러나왔다.

"킥킥! 아주 포를 떠주마!"

시현이 손을 잡고 주춤거리며 물러나자, 칼을 꺼내 든 사내는 피가 묻어 있는 나이프를 흔들어 보였다.

아침 햇살에 반사되어 시퍼렇게 빛이 나는 나이프의 칼날! 그것은 시현의 뇌리 깊숙이 박혀 있는 기억을 밖으로 꺼내었다.

몇 번이나 진검에 머리가 쪼개졌던 기억과 그때의 느낌. 그때의 일로 지금도 칼을 대하기가 껄끄럽다. 게다가 이것은 현실. 꿈과는 다르게 진짜로 죽는다.

'주, 죽는다!!'

시현의 얼굴이 공포로 물들었다.

"걱정 말라고! 죽이지는 않을 테니. 킥킥!"

겁에 질린 시현의 얼굴을 보며 사내가 말했다. 말 그대로 죽일 생각은 없었다. 그저 부탁대로 몇 군데 손을 봐주면 된다.

"그러니 가만히 있으라고 실수로 잘못되지 않게."

사내가 칼로 시현을 위협하며 천천히 다가왔다. 하지만 시현은 사내의 말에 기울일 정신이 없었다. 칼날이 주는 공포와 기억들, 그리고 진짜 죽을지도 모른다는 생각으로 인해 시현은 제정신이 아니었다.

시현이 주먹을 내뻗었다. 하지만 그 주먹은 좀 전까지 사내들을 상대하던 주먹이 아니었다. 트롤을 상대하던 마나를 잔뜩 머금은 주먹.

방심하고 있던 사내는 그대로 시현의 주먹에 맞았다. 아니, 설사 방심하고 있지 않더라도 사내가 피할 수 있는 방법 같은 것은 없었다. 마나를 다루게 된 시현이 혼신의 힘을 다해 내뻗은 주먹이었기 때문이다. 그건 일반인인 사내가 피할 수 있는 성질의 것이 아니었다.

퍼억!

수박 깨지는 소리와 함께 시뻘건 액체가 사방으로 비산했다. 그리고 침묵이 감돌았다. 모두 눈앞의 처참한 광경이 믿기지 않는지 그저 멍하니 쳐다보고 있을 뿐이었다.

풀썩!

"히이익!!"

시현의 일격에 머리가 완전히 부서져 버린 사내가 그대로 힘없이 쓰러지자, 사태를 파악한 사내들이 비명을 지르며 자리에 주저앉았다. 모두 다리에 힘이 빠진 것이다.

시현은 주먹을 뻗은 그 자세로 움직이지 않고 있었다.

'내가 사람을… 죽였어?!'

시현은 자신의 손에 죽은 남자를 쳐다보았다. 폭력으로 남을 등쳐 먹고 살고 있는 조폭이었다. 자신보다 약자에게 한없이 잔인했을 인간, 살아 있어봐야 사회에 해만 끼치는 해충 같은 인간. 그런 인간이었기 때문이었을까? 의도하지는 않았지만 인간을 죽였음에도 별다른 감정은 없었다. 꿈에서 오크를 죽였을 때와 별다른 바가 없었다. 하지만 가슴속 깊은 곳에 느껴지는 이질적인 감정이 있었다.

"괴, 괴물. 도망가!"

"경찰을 불러. 경찰!"

조폭들이 경찰을 부르러 가자, 시현은 가슴이 덜컥 내려앉는 줄 알았다. 그리고 그 가슴속 깊은 곳에 느껴지는 감정의 정체도 알 수 있었다. 그것은 불안, 공포.

인간을 죽임으로 해서 앞으로 자신이 사회에서 지탄받는 범죄자가 되었다는 불안감, 그로 인해 부모님이 당해야 할 일들에 대한 공포, 여러 가지 생각들이 시현의 머릿속을 스쳐 지나갔다. 한참 동안 가슴속 깊은 곳에서부터 피어오르는 불안과 공포에 시현은 그 자리에서 한참 동안 멍하니 서 있었다.

삐뽀. 삐뽀. 삐뽀.

얼마 지나지 않아, 멀지 않은 곳에서 사이렌 소리가 들려왔다.

그 소리를 들은 시현은 정신없이 달리기 시작했다. 조폭들이 칼을 들고 덤볐다는 것도, 5:1의 싸움이었다는 것도, 아무것도 생각나지 않았다. 시현은 그저 이 자리를 벗어나고 싶었을 뿐이었다.

얼마나 달렸을까? 한참을 달리던 시현의 다리에 힘이 풀려 그대로 땅바닥을 굴렀다. 온몸에 느껴지는 통증에 시현은 정신이 번쩍 들었다.

그제야 시현은 첫 살인의 충격, 아니, 살인을 하게 된 공포로부터 자신을 돌아볼 수 있었다.

"어떻게 하지?"

그 깡패들은 자신이 누군지 알았다. 분명 경찰에게 이야기했을 것이었다. 자신이 이름이 유시현이라는 것과 군인이라는 것 그리고 주소 등, 하나하나 빠짐없이 이야기했을 것이다.

지금쯤이면 전국에 수배가 되어 있을지도 몰랐다.

"제길 도망가는 게 아닌데."

차라리 도망이라도 안 쳤으면 그 자리에서 그 상황을 이야기했으면 어쩌면, 정당방위로 풀려날지도 몰랐다.

"지금이라도 자수해서 잘 설명하면……?"

시현은 자수해서 그 상황을 설명하면 잘될지도 모른다고 생각했다.

"하지만 아니면 어떻게 하지."

그 순간, 눈물을 흘리며 슬퍼하실 부모님의 얼굴이 시현의 뇌리에 떠올랐다.

"제길!"

순간 슬픔과 분노가 치를 떨며 시현은 있는 힘껏 주먹을 뻗었다.

우스스.

시현의 주먹에 큰 나무가 흔들리며 낙엽이 떨어져 내렸다.

"여기는 어디지?"

정신없이 달려왔던 터라 이곳이 어딘지 시현은 감이 잡히지 않았다. 평소 시현의 체력으로 봐서 다리가 풀릴 정도로 달렸으니 꽤나 먼 거리를 달려온 것 같았다.

"숲인가?"

사방이 나무와 수풀로 둘러 쌓여 있는 숲, 아니 경사가 져 있으니 산 같았다.

삐뽀. 삐뽀.

저 멀리서 다시 경찰의 사이렌 소리가 들려왔다.

컹컹! 컹컹!

멀리서 경찰견의 울음소리도 들려오는 것을 보니, 경찰들은 시현이 이곳에 숨어 있다는 것을 알고 있는 모양이었다.

"어떻게 하지. 어떻게 하지."

겁에 질린 표정으로 마치 자신에게 묻듯 시현이 중얼거렸다.

컹컹, 컹컹.

"이쪽이다."

점점 경찰견의 울음소리가 가까이 들려왔다. 이번에는 사람의 목소리도 들렸다.

결국 시현은 다시 도망치기 시작했다. 산속 깊은 곳으로.

"헉! 헉! 헉!"

입에서 단내가 날 정도로 달리던 시현은 더 이상 달리지 못
하고 주저앉아 숨을 가누었다. 이제 더 이상 도망칠 수도 없을
것 같았다.

그대로 대자로 누워 한참 동안 숨을 돌린 시현은 주위를 살
폈다. 혹시 주위에 누군가라도 있나 걱정이 되어서였다.

"여긴?!"

주변을 살피던 시현의 눈이 경악으로 크게 떠졌다. 이곳은
전에 한 번 본 적이 있는 곳이었다.

원형으로 포진하고 있는 5개의 거석. 그리고 그 가운데에
있는 평평한 원판. 꿈에서 보던 그대로였다.

컹컹!

꿈에서 보던 광경을 직접 눈으로 보고는 정신을 못 차리고
있던 시현의 귀에 다시 경찰견들의 울음소리가 들려왔다.

그 순간 시현의 눈에 갈등이 어렸다.

'갈까? 하지만……'

시현의 뇌리에 부모님의 얼굴이 떠오르자, 눈에서 눈물이
흘러내렸다.

컹컹!

점차 경찰견들의 울음소리가 크게 들려왔다.

"제길!"

시현은 눈에서 흐르는 눈물을 닦으며 원판 위에 섰다. 그리
고는 손가락을 입으로 가져가 깨물어 피를 내었다. 순식간에
손가락에 피가 맺혀 방울졌다. 그리고 한 방울이 원판 위에 떨

어지는 순간 시현은 눈을 질끈 감았다.

'모두 안녕!'

한순간 세상이 빛으로 환하게 물들었다.

시현이 질끈 감았던 눈을 뜨자, 아까까지와 전혀 다른 광경이 눈에 들어왔다. 여전히 낮인 데도 불구하고 음침한 느낌을 주는 숲. 바로 시현의 꿈에 등장하는 그 숲이었다.

"흐윽."

시현은 그 자리에 주저앉아 흐느꼈다. 다른 세계로 와버렸다. 이제는 부모님과 친구들을 볼 수 없다. 시현의 머릿속에 어려가지 생각이 스쳐 지나가며 시현의 흐느낌을 부추겼다.

"흐으으흑, 그 자식들만 아니었어도. 아니, 장종현 그놈만 아니었어도. 으흑, 어어헝!"

급기야는 통곡을 하며 깡패들을 원망하기 시작했고 얼마 지나지 않아, 휴가를 보내준 장종현까지 원망하기 시작했다.

그 순간, 시현의 울음소리가 일순간 멈췄다.

"장종현!"

시현의 머릿속에 마치 주마등처럼 여러 가지 장면들이 빠르게 스쳐 지나갔다.

—4박5일의 특별 휴가를 마치고 돌아온 장종현.

—180도 변해 버린 태도.

—그동안 미안했다며 휴가증을 건네주던 모습.

—위병소를 나가자마자 기다렸다는 듯이 대기하고 있던

택시.

─그리고 자신의 이름을 알고 있는 다섯 조폭들.

생각이 조폭들까지 이어지자 시현은 곧 이게 어떻게 된 상황인지 알아차릴 수 있었다. 자신은 장종현에게 속은 것이었다.

“장종현! 이 개. 새. 끼!! 이 개새끼 죽일 놈의 새끼!”

한참 동안 장종현에 대한 분노에 날뛰던 시현은 어느새인가 흐느끼며 울기 시작했다.

“흐으윽! 내가, 내가 그놈에게 속지만 않았어도.”

흐느낌은 얼마 지나지 않아 땅을 치는 통곡으로 변했다.

“어무이, 저 어떻게 하면 좋아요. 어허어어엉!”

한참을 통곡하던 시현은 지쳤는지 그대로 나무에 기대며 중얼거렸다.

“흐흑, 장종현만 아니었어도, 아니, 내가 사람을 죽일 수 있는 힘만 없었어도. 흐흑!”

사람을 죽이고 낯선 곳에 도망쳐 오게 된 것에 대한 원망, 그것은 이 일의 원흉인 장종현으로부터 시작해 자신을 강해지게 해준 꿈에까지 이어졌다.

“잠깐만! 꿈! 흐윽!”

울던 여파가 아직까지 남았는지 시현은 훌쩍이며 방금 머릿속에 떠오른 생각을 하나하나 정리해 나갔다.

“분명 이곳에 오게 된 건 우연이 아니야.”

우연이라고 하기에는 지금까지의 상황이 너무나도 명백했

다. 꿈속에 등장한 숲, 오크와 그 외의 몬스터들, 점차 강해져가는 자신, 이쪽 세계로 넘어오는 방법, 마지막으로 정신없이 달렸는데 자신도 모르던 그 장소에 도착한 것.

하나하나가 심상치 않았다. 이건 누군가가 이곳에 자신을 불러들이기 위한 것 같았… 아니 불러들이기 위한 것이 분명했다.

"그래, 이곳으로 불러들였으면 돌아갈 방법도 있을 거야!"

시현의 얼굴에 웃음이 맺혔다. 한줄기 희망이 보였기 때문이었다. 하지만 이내 그 웃음은 사라졌다.

"돌아가면 어떻게 하지."

돌아가도 여전히 자신은 사람을 죽인 살인자로 살아가야 할 상황이었다. 한참을 그 때문에 우울해하던 시현은 곧 자신의 처지를 깨닫고 자리를 털고 일어났다.

"일단 살고 봐야지!"

'이 것은 꿈이 아니다. 이곳에서 머뭇거리다가 죽으면 바로 끝이다. 정신 차리자!'

시현은 마음을 가다듬기 위해 속으로 다짐하고 또 다짐했다. 별다른 식량과 물이 없는 이상 최대한 빠르게 숲을 주파해 도시에 도착해야 했다.

"방향이… 이쪽이군."

다행히도 아직 이른 아침이었고, 도시까지 가는 비교적 안전한 길을 알고 있었다. 시현은 별다른 무리 없이 숲을 헤쳐 나갔다.

곤충형 몬스터나, 식물형 몬스터들은 자신들만의 영역을 가지고 있었기 때문에 그곳을 지나지만 않으면 안전했다. 문제는 동물형, 특히 인간형 몬스터인 오크나, 트롤 같은 놈들이었다.

시현은 그놈들이 나타나지를 않기를 간절히 바라면서 다른 몬스터들을 영역을 피해 열심히 달려나갔다.

'피비린내!'

거침없이 숲을 달려가던 도중 코에 피비린내가 스치자 시현은 달리던 것을 멈추고 최대한 기척을 죽이며 앞으로 나아갔다. 그곳에는 다섯 마리의 오크가 무엇인가를 먹고 있었다.

'뭐지?'

궁금증이 일어 오크가 무엇을 먹고 있나 자세히 쳐다본 시현은 속으로부터 치밀어 오르는 욕지기에 손으로 입을 막았다. 오크들이 먹고 있는 것 그것은 바로 사람의 시체였다.

이미 신체 대부분이 오크들의 뱃속으로 들어갔는지 훼손이 심했지만, 남아 있는 머리 부분이 그것이 사람이었음을 알게 해줬다.

그 처참한 모습에 시현은 살의가 일었다. 당장이라도 저 오크들을 모조리 도륙하고 싶었다. 하지만 시현은 그런 감정을 꾹욱 내리눌러야 만했다. 맨 손 대 맨손으로 5마리의 오크를 상대하는 것도 쉬운 일이 아닌데, 저 5마리의 오크 모두 손에 무기를 들고 있었다. 꿈에서 보았던 몽둥이부터 시작해서 검이며 창까지, 덤벼들었다간 자신도 오크의 식사거리가 될 확률이 높았다.

시현은 조심스럽게 그 자리에서 빠져나오기 위해 뒷걸음치며 오크들에게 시선을 떼지 않았다. 오크들이 눈치를 챌 낌새라도 보이면 그대로 있는 힘껏 도망치기 위해서였다. 하지만 오히려 그것이 시현의 발목을 잡았다.

크룩! 쿠어어어!

멀지 않은 곳에 다른 한 무리의 오크들이 있었던 것이다. 시현이 처음의 오크 무리에게서 시선을 떼고 주위를 살피면서 움직였다면, 금세 발견하고 그에 맞는 조치를 취했겠지만 처음의 오크 무리에게 너무 집중한 나머지 다른 무리들에게 발각당하고 만 것이었다.

양쪽에서 무기를 손에 들고 달려드는 오크들, 시현의 눈에 잠시 갈등이 일었다가 사라졌다. 그리고 시현은 그 두 무리 사이로 있는 힘껏 달리기 시작했다.

이대로 뒤로 도망가서 저 오크들이나 다른 몬스터들의 한 끼 식사가 되느니, 위험을 무릅쓰고 도시가 있는 쪽으로 있는 힘껏 달리기로 한 것이었다.

혼신의 힘을 다한 질주로 시현은 오크들이 포위하기 전에 간신히 빠져나올 수 있었다. 시현이 도망치자 몇몇 오크가 창을 던졌다.

쉬이익—

오크가 던진 창이 공기를 가르며 자신의 머리를 향해 날아오자 시현은 그대로 다이빙하듯 땅바닥을 굴렀다.

팍!

그리고 그와 동시에 땅에 꽂히는 창, 시현은 그 창을 보고는 가슴이 서늘해졌다. 만약 구르지 않았으면 저 창이 뒷머리에 박혔을 것이기 때문이다.

시현은 재빨리 일어나며 창을 뽑았다. 그리고는 자신을 향해 달려오는 오크들에게 창을 힘차게 던지고는 뒤도 돌아보지 않고 달렸다.

쾌에엑!

돼지 멱따는 소리가 뒤에서 들려왔다. 아무래도 시현이 던진 창이 제대로 명중한 모양이었다. 시현은 힐끔 뒤를 돌아보았다. 숫자가 좀 줄었지만 여전히 오크가 무기를 들고 쫓아오기 시작했다.

'성이다!'

저 앞쪽에 숲의 끝이 보였다. 그리고 그 끝 뒤에 보이는 거대한 성벽, 살 수 있다는 희망에 시현의 속도가 더 빨라졌다.

"하암!"

망루에서 숲을 관찰하고 있던 한스가 지루한지 힘껏 기지개를 펴며 하품을 했다. 오늘따라 이상하게 졸립다고 생각하며 몸을 풀던 한스의 눈에 무엇인가가 포착되었다.

성벽으로부터 대략 300여 미터 정도는 모조리 벌목되어 초원처럼 확 트여 있었다. 몬스터의 침입을 알아채고 충분히 대

처할 시간을 벌기 위해서였다. 그 초원의 끝, 어둠의 숲과 경계
선에 한 사람이 헐레벌떡 뛰쳐나오고 있었다.

'응?'

한 사람이 아니었다. 곧 뒤에도 몇몇 존재가 어둠의 숲을 뛰
쳐나오기 시작했다.

"오크!"

땡땡땡땡땡!

오크들이 한 사람을 쫓고 있는 것을 확인한 한스가 종을 울
리자, 종소리는 순식간에 사방으로 울려 퍼졌다.

곧 성벽에서 대기하고 있던 궁수들이 각자 자리를 잡았다.

"전 궁수 대기!"

지휘관으로 보이는 사람의 목소리가 성벽에 울려 퍼지자,
궁수들은 활 통에서 화살을 꺼냈다.

"장전!"

장전 소리와 함께 궁수들이 화살을 활시위에 메겼다. 그 뒤
로 한참 동안 침묵이 흘렀다. 쫓기는 사람과 오크들이 안정적
인 사정권 안에 들기를 기다리는 중이었다.

"발사!"

발사 소리와 동시에 궁수들은 망설임 없이 활시위를 놓았
다. 이미 여러 차례 이런 상황을 겪어본 솜씨였다.

수많은 화살이 바람을 가르며 오크들을 향해 내리꽂혔다.

시현은 성벽을 향해 달리던 중, 수많은 화살들이 성벽에서
발사되자 기겁을 하고는 몸을 움츠렸다. 그리고 곧 그 많은 화

살들이 오크들을 향해 집중되는 것을 알고는 안심했다. 열심히 달렸던 턱에 오크들과는 제법 거리가 있었기 때문이었다.

크룩! 쿠에엑!

돼지 먹따는 소리가 뒤에서 연신 들려와 뒤를 돌아보니 쫓아오던 오크들 모두 벌집이 되어 쓰러져 있었다.

'살았다!'

시현은 몸에서 힘이 빠져나가는 것을 느끼고 그대로 주저앉았다. 오늘 하루 너무나도 몸을 혹사한 데다가 긴장감마저 풀려 버리자 온몸에 힘이 빠져나간 것이다.

곧 성문이 열리며 그곳에서 창을 든 경비병들이 주위를 경계하며 다가왔다. 성벽 위에서는 여전히 궁수들이 시위에 화살을 메기고 경계를 하고 있었다.

"괜찮으십니까?"

망루에서 시현이 오크들에게 쫓기는 것을 보고 비상종을 울린 뒤, 부랴부랴 경비병을 모아 달려온 한스가 시현에게 손을 내밀며 물었다.

한국어가 아님에도 시현은 한스의 말을 알아들을 수 있었다. 늘 두 번째 꿈에 나타나던 그 언어였기 때문이다.

"괜찮습니다."

아직 입에 익지 않은지 시현은 어색한 발음으로 말하며 한스의 손을 잡았다.

시현을 일으켜 주며 한스는 시현을 살폈다. 처음 보는 녹색과 갈색이 어우러진 복장, 어눌한 말투, 그리고 약간 이질적인 외모.

"이곳 분이 아니시군요."

달리 할 말이 없는 시현은 그 말에 고개를 끄덕였다.

"그런데 어쩌다가 오크들에게 쫓기게 되셨습니까?"

한스의 말에 시현은 변명거리를 생각하기 위해 최대한 머리를 굴렸다.

"동료들과 배를 타고 오다가 풍랑을 만나 저 숲에 표류하게 되었습니다. 그래서 살기 위해 저 숲을 헤쳐 나오는데. 저놈들이 사람을 뜯어먹고 있던 장면을 발견하고 그만……."

숲 주위를 바다가 감싸고 있으니 무난한 변명거리였다.

"저 숲에서 혼자서 살아 나오시다니 혹시 레인저이십니까?"

레인저, 험악한 산악 지형이나 숲에서 활동할 수 있게 특수한 훈련을 받은 사람을 뜻했다. 숲에서 활동하기 딱 좋은 복장과, 어둠의 숲을 혼자서 헤쳐 나온 실력, 한스는 시현이 레인저일 것이라고 생각했다.

"아, 비슷한 거죠."

한스는 자신의 예상이 맞았다고 생각하고 고개를 끄덕였다.

"저, 아까 사람을 뜯어먹고 있다고 하지 않았습니까? 가까운 곳이면 안내를 부탁해도 되겠습니까?"

한스는 아까 시현이 했던 말 중 사람을 뜯어먹고 있다는 말을 기억하고는 시현에게 그 장소를 물었다. 먼 곳이라면 상관없지만, 가까운 곳이라면 유해를 챙겨주는 것이 이곳 경비대의 임무였으니까 말이다.

시현은 고개를 돌려 어둠의 숲을 바라보았다. 막 고생을 하며 빠져나온 참이라 다시 들어가기가 싫었다. 하지만 자신의 생명을 구해준 사람들이고, 앞으로 이 도시에서 머물 것을 생각해 다시 한 번 숲으로 들어가기로 마음먹었다.

"그렇게 멀지 않은 곳에 있습니다. 제가 안내하겠습니다."

시현은 여전히 입에 익지 않은 발음으로 어눌하게 대답했다. 마치 왼손으로 글을 쓰는 듯한 기분에 얼굴을 찡그렸지만 한스는 그것을 오해한 모양이었다.

"죄송합니다. 막 숲에서 나와서 힘드실 텐데. 그리고 보니 제 소개도 안 했군요. 전 한스라고 합니다. 이곳 모스 경비대의 조장을 맞고 있습니다."

"전……."

시현은 이름을 말하려다가 잠시 망설였다. 이곳은 성을 앞에다가 붙이는지 아니면 서양처럼 뒤쪽에다가 붙이는지 몰라서였다. 잠시 망설이던 시현은 성을 빼고 간단히 이름만 대는 것으로 그 망설임을 접었다.

"시현이라고 합니다."

"시엔 씨 그럼 부탁드리겠습니다."

현이라는 발음을 하기 어려웠는지 한스가 시현을 시엔이라고 불렀지만 시현은 신경 쓰지 않고 경비대원들과 함께 숲으로 들어갔다. 숲으로 들어간 지 얼마 지나지 않아 오크 한 마리가 가슴에 창이 꽂힌 채 죽어 있는 것이 보였다. 시현이 도망치다 던진 창에 꿰여 죽은 것이었다.

경비대원들의 시선이 모두 시현에게 향했다. 오크에게 희생당한 시체는 어디에 있냐는 뜻이었다.

"아, 좀 더 가야 됩니다."

"저, 이 오크는 시엔 씨가 잡은 겁니까?"

"여, 제가 도망치면서 창을 던졌는데 그것에 맞은 것 같군요."

"아. 그러면 잠시만 기다려 주십시오."

한스가 품에서 펜치 비슷한 도구를 꺼내 오크의 송곳니 4개를 모두 뽑았다. 그리고 그것을 시현에게 건네주며 말했다.

"이 오크의 송곳니를 건네주면, 한 개에 20코퍼씩 받으실 수 있을 겁니다."

"예?"

뜬금없이 죽은 오크에게서 뽑은 송곳니를 건네주며 돈을 받을 수 있다고 하자, 시현이 어리둥절한 표정으로 그것을 받았다.

"이곳 모스에 처음이셔서 잘 모르시겠군요. 이곳 모스에서 몬스터를 잡으면 시에서 돈을 지급합니다. 그 증거를 대기 위해 시체를 가져오기도 뭐하고 해서 이렇게 송곳니를 뽑아오면 오크의 경우 한 개당 20코퍼씩 드리고 있습니다."

도시에 들어가면 당장 먹을 것과 잠잘 곳이 막막했는데, 이렇게 80코퍼라는 돈이 생기자 시현의 얼굴에 웃음이 걸렸다. 경비대원들을 안내하길 잘했다고 내심 시현은 생각했다.

좀 더 숲 속으로 들어가자 오크들과 조우한 곳에 도착할 수 있었다. 아까 전에는 몰랐지만 그곳에는 시현이 본 시체 외에도 3구의 시체가 더 있었다.

"우읍!"

오크에게 뜯어 먹혀 차마 시체라고 말하기도 어려울 정도로 변해 버린 모습에 경비원들 중 몇몇이 입을 가로막고 구역질을 해대기 시작했다.

시현도 그 모습을 보고 넘어올 것 같았지만 억지로라도 참았다.

"뭐 해, 어서 수습해야지."

이런 일이 익숙한지 한스가 얼굴 하나 안 찡그리고 대원들을 독촉하자, 저쪽에서 연신 구역질을 하고 있는 셋을 제외한 모두가 품에서 자루 하나씩을 꺼내, 흐트러진 시체들을 담아 갔다.

"너희들은 유품들을 챙기고."

이제 어느 정도 진정되었는지 구역질을 멈추고 입가에 묻어 있는 침을 닦고 있는 대원들을 향해 한스가 곱지 않은 눈으로 쳐다보며 말했다.

그제야 그 셋은 죽은 사람들의 유품으로 보이는 배낭과 물품들을 챙기기 시작했다. 그렇게 한참 뒤 모든 작업이 끝나고 나서야 시현은 한스를 따라 모스 시로 돌아올 수 있었다.

대원들과 돌아온 시현은 한스를 따라 모스 시의 시청으로 향했다. 한스의 도움으로 간단히 모스의 시민으로 등록을 마친 시현은 송곳니의 대가로 받은 80개의 구리 동전을 들고 어디로 가야 할지 몰라 시청 앞에 멍하니 서 있었다.

"묶으실 곳은 마련하셨습니까?"

뒤에서 부르는 소리에 시현이 고개를 돌려보니 그곳에 한스가 막 시청에서 나오고 있었다.

"아, 한스 씨."

"따로 묶으실 곳이 없으면 제가 한곳을 소개해 드리죠."

"죄송합니다. 하실 일도 많으실 텐데."

"괜찮습니다. 오늘 일과는 다 끝났거든요. 게다가 이곳에 처음 오신 분들을 안내하는 것도 원래는 경비대원의 일입니다."

"예, 그럼 부탁드리겠습니다."

한스를 따라 걷던 시현은 아까부터 궁금했던 것을 물었다.

"그런데 저같이 다른 나라 사람을 그렇게 함부로 시민으로 받아줘도 되는 겁니까?"

"시엔 씨는 꽤 먼 곳에서 오신 모양이시군요."

한스의 의심섞인 말에 시현은 순간 가슴이 철렁 내려앉는 줄 알았으나, 내색하지 않고 능청스럽게 말했다.

"예. 워낙 먼 곳이라서요. 이곳에 대해서는 아무것도 모릅니다."

"그럼 제가 이곳에 대해 좀 설명해 드리죠."

곧 한스의 설명이 이어졌다.

도망자의 도시 모스. 예전에는 이 도시를 부를 때 사람들은 모스라는 이름보다 도망자의 도시라는 표현을 자주 썼다.

　원래 모스는 어둠의 숲에 살고 있는 몬스터들을 막기 위한 하나의 거대한 요새였다. 모스 요새는 인간보다 월등히 강한 몬스터들을 거대한 성벽을 의지해서 잘 막고 있었지만, 몬스터가 대거 쳐들어올 때면 심각한 인명 피해를 입었고, 게다가 이 거대한 요새를 유지하기 위해서는 엄청난 물자가 필요했다.

　결국 요새의 유지비용을 충당하기 위해 나라의 재정이 궁핍해지자, 당시 황제였던 바움4세가 특단의 조치를 취하였다.

　‘모스 요새에 마을을 이루고 사는 자, 세금을 감면해 주고, 과거를 묻지 않겠다.’

　과거를 묻지 않겠다. 즉 어떤 짓을 했더라도 모스 요새에서 살면 그 죄를 묻지 않겠다는 뜻이었다. 바움4세의 왕명에 모스 요새 근처에 마을들이 우후죽순처럼 생겨났고, 모스 요새를 유지하는 비용이 그만큼 줄어들었다.

　죄를 피하기 위해 많은 사람들이 모스 요새로 몰려들었다. 그들 중에는 전직 용병들도, 마법사도, 또 몬스터를 전문적으로 사냥하는 헌터들도 꽤 끼어 있었다. 그들에 의해서 모스 요새의 방어가 굳건해지자, 더 많은 사람들이 몰려들기 시작했고 점차 그 수가 많아지자 이렇게 거대한 도시를 이루게 된 것이었다.

　그런 방식으로 이루어진 도시여서 이곳에서는 쉽게 시민권을 받을 수 있었다. 다만 귀족이나 왕족과 관련된 범죄를 저지른 자를 제외하고 말이다.

"이제 좀 이해가 가십니까?"

한스의 설명이 끝나자 시현은 고개를 끄덕였다. 그리고는 기왕 물어본 거, 더 물어보자는 마음으로 한스에게 말했다.

"저, 한스 씨. 그럼 이 코퍼는 어느 정도 가치가 있나요?"

시현의 질문을 들은 한스는 마땅히 대답할 거리가 없는지 잠시 생각하더니, 품 안의 주머니에서 여러 개의 동전을 꺼내 시현에게 보여주었다.

"자, 금화가 1골드, 은화는 1실버, 동화는 5코퍼, 1코퍼, 마지막으로 요 조각이 1피스입니다."

한스의 손바닥에는 500원짜리 동전과 비슷한 크기의 금화와 은화가 놓여 있었고, 그 외에도 500원보다 조금 크거나 작은 동화와 작은 네모난 조각이 놓여 있었다.

"1골드가 10실버, 1,000코퍼, 10,000피스입니다."

1골드=10실버, 1실버=100코퍼, 1코퍼=10피스. 대충 이런 공식이 시현의 머릿속에 떠올랐다.

"모스에서 성인 남성이 대략 4실버가량 벌어들입니다. 4실버면 한 가족이 한 달 정도는 건사할 수 있는 돈입니다. 그리고 저기 2층 집 보이십니까? 저 정도 집이면 5골드 정도면 살 수 있습니다."

한스가 계속해서 근처에 있는 물건들의 가격을 알려주자, 시현은 대충 돈의 가치에 대해서 알 수 있었다.

'1코퍼가 약 5천 원가량 되는군. 현재 80코퍼가 있으니 40만 원 정도인가?'

“자, 다 왔습니다.”

어느새 목적지에 도착한 모양이었는지 한스가 걸음을 멈추었다. 그곳에는 3층 정도의 제법 큰 여관 건물이 들어서 있었다.

“이 여관에서 묵으시면 될 겁니다. 아침 식사까지 하루 10코퍼니, 별다른 부담은 없을 겁니다. 그럼.”

한스가 떠나간 후, 시현은 여관 문 위에 걸린 간판을 쳐다보았다. ‘고요한 밤’ 크리스마스 때면 항상 들려오는 찬송가의 앞부분과 똑같은 이름의 여관이었다. 여관 1층은 식당인지 곳곳에 식탁들이 놓여 있었고, 그곳을 한 여자가 청소하고 있었다.

“저기요.”

시현이 부르자 청소를 하고 있던 시현과 비슷한 나이대의 귀여운 갈색 머리 여급이 청소를 멈추고 재빨리 다가왔다.

“어서 오세요. 무엇을 도와 드릴까요? 숙박? 아니면 식사?”

“숙박과 식사를 하고 싶은데 각각 얼마인가요?”

“숙박은 아침 식사를 포함해서 10코퍼, 그리고 식사는 2코퍼 되겠습니다. 참고로 오늘 저녁 메뉴는 호밀 빵과 오리고기 스프입니다.”

시현은 주머니에서 5코퍼 동전 2개와 1코퍼 동전 2개를 꺼내 건네주었다. 돈을 받아든 여급은 열쇠 하나를 건네준 뒤 말했다.

“식사는 여기서 하셔야 합니다.”

“예, 그럼 먹고 올라가도록 하죠.”

시현이 식탁에 앉은지 얼마 지나지 않아, 곧 요리가 나왔다. 아직 식지 않은 따뜻한 빵과 스프, 잘 구운 오리고기가 먹기 좋게 썰어져 접시에 담겨 있었다. 시현은 거의 하루 종일 굶었던 터라 순식간에 요리를 해치웠다.

'양이 생각보다 적네.'

사실 양이 적은 건 아니었지만, 시현이 적다고 느낀 것은 이유가 있었다. 그것은 환경의 차이었다. 중세의 생활상을 거의 그대로 옮겨놓은 이곳은 현대처럼 풍족하지가 못했다. 그만큼, 이곳의 사람들은 적게 먹을 수밖에 없었고, 또 그에 따라 영양이 부족해 체구가 작은 편이었다.

한편 시현은 풍족한 현대에서 자랐고, 그만큼 많이 먹고, 영양이 풍부해 이곳의 사람에 비해 체구가 컸다. 체구가 큰만큼 더 많이 먹었기 때문에 이곳의 한 끼 식사가 작다고 느끼는 것이었다.

"저기요."

"예."

시현이 부르자 예의 여급이 대답하며 다가왔다. 시현은 여급에서 다시 2코퍼를 꺼내주며 말했다.

"한 끼 더 부탁드려요."

"키가 커서 그런지 많이 잡수시네요."

'키가 커?'

여급이 다시 음식을 가지러 가자 시현은 주변을 쳐다보았다. 몇몇 사람들이 식사를 하고 있었다.

‘작다.’

시현이 그들을 보고 느낀 점이었다. 모두 키가 작은 편이었다. 커봐야 160정도.

‘그러고 보니 경비대원도.’

그때는 신경 쓰지 않아서 잘 몰랐지만 시현은 경비대원들 모두 자신보다 작았던 것을 알아차렸다. 그들 중 제일 큰 한스가 자신과 거의 비슷한 키를 가지고 있는 것까지.

“여기 식사 가져왔습니다.”

시현은 식사를 가져온 여급을 쳐다보았다. 아까 귀엽다고 느꼈는데, 그 이유를 알았기 때문이다. 이 여급도 작았다. 150cm정도 되어 보이는 키에 안으면 품에 쏙 들어갈 작은 체구. 얼굴도 제법 괜찮았지만 귀엽다고 느낀 것은 그 작은 키와 체구 때문이었다.

“저기, 더 필요한 게 있으신가요?”

시현은 여급의 질문에 여급을 빤히 쳐다보고 있던 자신의 실책을 깨달았다. 앞으로 이 여관에 계속 있을지도 모르는데 괜히 이상한 사람이라는 인상을 주면 곤란했다.

“아, 저기… 물어볼 게 있는데요.”

“예, 물어보세요.”

“혹시 이 근처에 일자리를 구할 수 있는 곳이 있나요?”

이런 류의 질문을 자주 받았는지 여급은 일말의 망설임도 없이 바로 시현의 질문에 대답했다.

“일자리라면 아침 일찍 마켓에 찾아가시면 될 거예요.”

"마켓이요?"

"예. 시청에 있는 큰길 따라 쭈욱 가시다 보면 커다란 건물들이 모여 있는 곳이 나오는데요. 거기가 마켓이에요."

"아, 고마워요."

"별말씀을요. 손님은 이곳에 처음 오시는가 봐요?"

여급의 말에 시현은 멋쩍은 웃음을 지었다.

"하하, 그렇게 티가 나나요."

"말투도 좀 다르고, 이곳에 처음 오시는 분들이 매번 하는 질문을 하셨으니까 단번에 알았죠."

"앞으로 이곳에 신세 좀 질 것 같으니 잘 부탁드립니다. 전 시현이라고 합니다."

"예, 맡겨주세요."

여급이 웃으며 다시 일을 하기 위해 자리를 뜨자, 시현은 한 가지 더 물어볼 게 생각나 급히 불렀다.

"아, 저기요."

"예?"

막 주방으로 향하던 여급이 몸을 돌려 다시 시현이 있는 곳으로 돌아오자 시현은 미안한 표정을 지었다.

"죄송한데, 여기에 옷가게가 어디 있는지 아세요?"

"아! 옷가게요. 이 여관에서 나가서서 오른쪽으로 조금만 가시면 나와요. 그러고 보니까 확실히 옷이 필요하시겠네요. 그 옷 너무 눈에 띄어요."

"그렇죠."

시현은 다시 한 번 멋쩍은 웃음을 지었다.

"그리고 저를 부를 때는 '저기요'라고 하지 마시고 에린이라고 불러주세요."

"알겠습니다, 에린 씨."

"그럼 맛있게 드세요."

아까와는 다르게 여유롭게 식사를 마친 시현은 에린이 가리켜 준 옷가게를 찾아갔다. 옷가게에 들어서자 주인은 시현의 키와 차림새를 보더니, 눈치 챘다는 듯 시현에게 다가와 말했다.

"어서 오십시오. 저희 가게에는 손님에게 꼭 맞는 옷도 구비하고 있습니다. 한번 보시겠습니까?"

"저에게 맞는 옷이 있습니까?"

주인의 말에 시현은 눈을 휘둥그레 뜨고 물었다. 이곳에 사람들의 키가 대체적으로 작은 것 같아 옷을 맞춰야 한다고 생각했기 때문이었다.

"가끔가다 손님같이 덩치가 큰 분들이 오시니까 몇 벌 미리 만들어놓았습죠. 대신 가격이 좀 비쌉니다. 천도 많이 들어가고 크게 만들기 위해서는 제단도 따로 해야 하니까요."

"그럼 옷 좀 보여주시겠습니까?"

곧 주인이 네 벌의 옷을 내오자 시현은 그 옷들이 맞나 일일이 대보았다. 그중 두 벌은 작아서 시현의 몸에 안 맞았고, 나머지 두 벌이 시현의 몸에 맞자, 시현은 그 두 벌 중 한 벌을 골랐다.

"이 옷 얼마인가요?"

"예 70코퍼입니다."

70코퍼라는 현재 시현이 가지고 있는 금액을 상회하는 가격이 주인의 입에서 나오자 시현의 얼굴이 굳어졌다. 그 모습을 본 옷가게 주인은 슬쩍 시현의 눈치를 보며 입을 열었다.

"저 60코퍼까지는 깎아드릴 수 있습니다만."

60코퍼, 시현은 고민해야 만했다.

'60코퍼를 내면 6코퍼만 남는데, 어떻게 하지? 만약 내일 일자리를 구하지 못하면 길바닥에 나 앉게 생겼잖아.'

시현이 옷가게 주인을 쳐다보았다. 좀 더 깎아달라는 의미였다.

"안 됩니다. 60코퍼 이하로는 절대 안 됩니다."

어떻게든 좀 더 여유 자금을 두어야 한다는 생각에 시현은 주인과 흥정하기 시작했다.

"저기, 주인 아저씨."

"절대 안 됩니다."

가게 주인은 절대 안 된다는 듯 고개를 돌렸다.

"저기 그러지 마시고 제 말 좀 들어보세요. 50코퍼로 깎아주시면 옷 살 때, 이곳에서만 살게요."

시현의 제의가 솔깃한지 가게 주인의 시선이 다시 시현에게로 향했다.

"사람이 옷 한두 벌 가지고 살 수는 없잖아요. 앞으로 옷이 몇 벌 더 필요할 텐데, 그때마다 이곳에 와서 살 테니까. 부탁드려요."

"흠. 흠. 뭐 그렇다면야."

"50코퍼에 해주시는 거죠?"

"좋습니다. 대신 앞으로 옷은 우리 가게에서 사셔야 합니다."

"예, 물론이죠."

50코퍼에 옷을 사가지고 돌아온 시현은 여관 2층으로 올라가 자신의 방으로 들어갔다. 탁자 하나에 의자 하나 그리고 시현에게는 좀 작은 침대 하나가 전부인 방이었다.

"작지만 깨끗하네."

말 그대로 작지만 깨끗한 방, 시현은 방에 들어가자마자 입고 있던 군복을 벗어, 차곡차곡 개어 탁자 위에 올려놓고, 국방색 사각팬티와 러닝 차림으로 침대 위에 누웠다.

"어머니, 아버지, 돌아갈게요. 꼭 돌아갈게요."

침대에 누운 시현은 마치 자신에게 다짐이라도 하듯 '돌아갈게요'라는 말을 반복하며 잠에 들었다.

다른 세계로 넘어온 첫날, 첫 꿈이여서 그런 것인가?

시현의 꿈은 평소와는 달랐다.

장소는 같았다. 하지만 평상시처럼 오크나 트롤 같은 몬스터와 싸우는 꿈이 아니었다. 예전 오크를 처음 이겼을 때 그때와 비슷했다.

몸은 없고 마치 정신만 남아 있는 것 같은 상태, 전에도 그랬듯이 불안감이나 공포 같은 것은 없었고 오히려 무한한 자유로움에 흠뻑 취해 어둠의 숲 곳곳을 이리저리 돌아다니고 있었다.

'헛!'

그때였다. 강력한 흡입력이 시현을 끌어당기기 시작한 것은, 그 흡입력은 숲 안쪽 깊은 곳에서 시작되고 있었다. 그 항거할 수 없는 힘에 시현은 반항 한 번 못해보고 숲 깊숙한 곳으로 끌려가기 시작했다.

'윽! 부딪친다.'

끌려가는 속도가 얼마나 빠른지 순식간에 나무가 시현의 눈앞으로 다가오자 시현은 눈을 질끈 감았다. 하지만 시간이 흘러도 충격 같은 것은 없었다. 이상함을 느낀 시현이 눈을 뜨자 그 앞에는 좀 전의 것과 전혀 다른 풍경이 자리하고 있었다.

'크다!'

아니, 크다라는 단어로 눈앞의 광경을 표현하기에는 무리였다. 거대하다? 그것도 부족할 정도였다. 눈앞에 산처럼 우뚝 솟아 있는 나무는 말이다.

거대한, 아니, 거대하다는 말조차도 부족한 나무 한 그루가 시현의 앞에 우뚝 솟아 있었다. 나무에서 뻗어 나온 잔뿌리 하나하나가 건물 한 채보다 더 굵고, 잎사귀는 사람 하나를 간단히 뒤덮을 수 있을 정도로 컸다.

시현은 위쪽을 쳐다보았다. 나무의 높이가 얼마나 높은지 끝이 보이질 않는다. 존재 자체가 불가사의한 나무. 시현은 그

나무의 위용에 놀라 아무런 생각도 할 수가 없었다.

─찾아와라!

'응?'

어디선가에서 울려오는 소리에 시현이 정신을 차렸다.

'누가 말한 거지?'

방금 전 목소리의 주인공을 찾기 위해 주위를 둘러보았지만 주위에는 아무도 없었다.

'착각인가?'

착각으로 치부하고 넘어가려는 순간, 다시 한 번 그 사방을 울리는 소리가 들렸다.

─찾아와라!

다시 시현이 주위를 둘러보았지만 여전히 목소리의 주인공을 찾을 수 없었다.

─이곳으로 찾아와라!

다시 들려오는 소리, 전과는 다르게 이번에는 이 울리는 소리가 어디서 들려오는지 대강 짐작할 수 있었다.

'나무인가?'

나무가 말하는 것은 아니다. 저 엄청난 나무 그 어딘가에서 누군가가 말하고 있었다.

"당신이 날 여기로 데려온 사람입니까!"

시현이 큰 소리로 외쳤다. 하지만 그에 대한 대답은 없었다.

"도대체 원하는 게 뭡니까!!"

계속 악을 쓰며 외쳐 보지만 돌아오는 대답은 '이곳으로 찾아와라' 이 두 마디가 전부였다.

　다음날 시현은 아침을 먹기 위해 1층으로 어제 새로 산 옷으로 갈아입고 내려왔다가 에린을 보고는 아직 잠이 덜 깬 건 아닌가 하는 생각에 양손으로 눈을 비볐다. 에린의 이마에 옅은 회색 글씨로 107이라는 글씨가 써져 있었기 때문이었다.
　눈을 비비고 봐도 분명 107이라는 숫자가 에린의 이마에 써져 있었다.
　"에린 씨, 이마에 그 숫자는 뭐예요?"
　"예?"
　"이마에 107이라고 써놓은 숫자요. 무슨 일 있나요?"
　시현이 에린의 이마를 가리키며 말하자 에린은 얼굴을 붉히며 한 손으로 이마를 가린 채 주방으로 들어갔다. 그리고 얼마 지나지 않아 화가난 표정으로 주방에서 성큼성큼 걸어나왔다.
　"안 지워져요?"
　아직까지 에린의 이마에 107이라는 숫자가 있는 데다가 화가 나 있는 표정이 시현은 안 지워져서 화가 났다고 생각했다. 하지만…….
　"시현 씨, 앞으로 이런 장난하지 마세욧!"
　"예? 그거 제가 안 썼는데요."
　"계속 그렇게 장난하실 거예욧!!"
　에린의 목소리가 더 높아지자, 시현은 억울하다는 표정으로 말했다.

"그 숫자 정말 제가 안 그랬어요."

"이익! 숫자가 어디에 있다고 그래욧!!"

"그게 이마에……."

에린의 박력에 시현이 죽어들어 가는 목소리로 이마를 가리켰다. 그러자 에린은 이마가 좀 더 잘 보이도록 한 손으로 머리를 걷어 올렸다.

"이마에 무슨 숫자가 있다고 그래욧! 내가 물에 비쳐서 확인까지 해봤다고욧! 하여간 한 번만 더 장난치기만 해봐요."

마침 식사를 하러 내려오는 사람들이 있었기에 에린은 시현을 다그치는 것을 끝내고 주문을 받기 위해 자리를 떠났다.

'정말 있는데.'

억울한 표정으로 주문받으러 가는 에린의 모습을 쳐다보던 시현의 눈이 크게 떠졌다. 막 내려와 식사를 시키는 사람들, 그들의 이마에도 숫자가 써져 있었기 때문이었다. 98, 111, 92 등등 대부분 100안팎의 숫자였고, 색도 좀 더 짙고 옅을 차이가 있을 뿐이지 모두 회색이었다.

식사를 마치고 여관 밖으로 나간 시현은 지나가는 사람들의 이마를 쳐다보았다. 지나가는 사람들 전부다 이마에 숫자가 써져 있었다. 100전후의 숫자들. 자신의 이마에도 있을지 모른다는 생각에 여관 뒤쪽 세면이 가능하게 만들어놓은 곳에 놓인 물통에 얼굴을 비쳐 보았다.

'없다?

물에 비친 시현의 이마에는 아무것도 쓰여 있지 않았다.

"도대체 어떻게 된 거지? 혹시 오늘 단체로 이마에 숫자를 쓰고 다니는 날인가?"

현 상황에 대해 잠시 추측해 보았던 시현은 이내 실소를 머금으며 고개를 흔들었다.

"아니, 그런 바보 같은 풍습이 있을 리가 없지. 게다가 진짜 풍습이라면 저렇게 시치미 떼지도 않겠지."

시현은 좀 전 다른 사람들에게 이마에 숫자가 쓰여 있다고 말했다가 괜히 미친놈 취급받았던 상황을 떠올리며 자리에서 일어났다. 어찌 되었건 일단 일자리가 급했다.

시현은 에린이 알려준 마켓으로 향했다. 시청은 멀리서도 보일 만큼 큰 건물이었기 때문에 쉽게 시청을 찾아가 큰길을 따라 걷기 시작했다.

'112, 87, 오오 이번에는 꽤 높네. 135.'

이마에 숫자가 보이는 게 제법 적응이 되었는지, 시현은 사람들 이마에 어떤 숫자가 새겨져 있나 쳐다보면서 마켓으로 향했다.

마켓하면 흔히 사람들이 물건을 사고팔기 위해 모여 있는 곳을 생각하겠지만, 이곳 모스의 마켓은 달랐다.

모스에서는 몬스터와의 전투로 매년마다 적게는 수십, 많게는 수백 명의 용병들과 사람들이 죽어나갔지만, 그만큼 매년 사람들이 흘러들어 왔다. 몬스터의 위협이 있음에도 불구하고 그만큼 세금 감면 혜택과 죄의 사면은 매력적이었다.

하지만 이곳에 오는 많은 사람들 중 대다수의 사람들은 별다른 자금 없이 이곳에 오는 사람들이었고 그런 사람들이 일자리를 찾기란 수월하지 않았다. 그러다 보니 굶주린 사람들이 살기 위해 빵을 훔치거나 돈을 훔쳤고, 당연히 치안은 엉망이 되었다.

이런 일들을 방지하기 위해 만들어진 것이 바로 마켓이었다. 일단 이곳 마켓에 등록하게 되면 하루 새끼 식사가 나왔다. 비록 빵 한 조각과 약간의 스프가 전부였지만, 굶주림을 면할 정도는 되었기에 많은 사람들이 등록했고, 마켓에서는 일손이 필요한 사람들에게 그들을 소개시켜 주고 소정의 소개비를 받아 마켓을 운영했다.

단순히 치안을 위해 지어진 마켓이었지만, 점차 시간이 지나면서 마켓은 모스에서 없어서는 안 될 곳으로 변해갔다. 언제부터인가 몬스터에게 부모를 잃은 아이들을 마켓에서 거두어 먹이기 시작했고, 시간이 지나 아이들이 성인이 되어 모스에서 하나둘 자리를 잡게 되자, 그들은 은혜를 잊지 않고 마켓에 수입 중 소정의 금액을 기부했다. 마켓은 점차 커져 모스에서 가장 중요한 곳으로 자리 잡아갔다.

마켓에 도착한 시현은 제일 먼저 건물 앞에서 창을 들고 경비를 서고 있는 경비원에게 다가가 물었다.

"저, 여기 접수하는 곳이 어디죠?"

시현의 말에 경비원은 말없이 손가락으로 한쪽을 가리켰다.

시현이 손가락을 따라 시선을 돌리니 저쪽 공터에 많은 사람들이 서 있었다.

"고맙습니다."

말도 없이 그냥 손짓으로 가리켜 주는 경비병의 태도에 불쾌감이 들었지만 시현은 고맙다고 인사를 하고는 경비병이 가리켜 준 곳으로 걸어갔다.

공터에 도착하자 시현은 이곳에서 어떻게 해야 할지 몰라 주변을 두리번거리며 살폈다.

"어이, 거기 지금 막 온 덩치 큰 양반, 어서 등록 안 하고 뭐해. 이리와."

덩치 큰 양반이라는 말에 시현이 소리가 난 쪽으로 시선을 돌리니 그곳에는 제법 나이가 들어 보이는 노인이 책상에 앉아 있었다.

"뭘 그렇게 쳐다봐, 빨리 안 오고."

노인의 호통에 시현은 재빨리 그곳으로 달려갔다.

"이름은?"

"시현입니다."

"흠… 시엔이라. 나이는?"

'첫 다들 시엔이라고 부르는구만.'

'현' 이라는 발음을 하기 어려운지 시현이 자기 이름을 말할 때면 이곳 사람들은 언제나 시엔이라고 불렀다.

"스물둘입니다."

"흠 스물둘이라. 그래 원하는 일은 있고?"

“무슨 일이든 상관없습니다.”

현재 6코퍼가 전 재산인 시현은 이것저것 가릴 처지가 아니었기에 아무 일이라도 좋다고 생각했다.

“힘 좀 제법 쓰겠군 그래. 성벽 보수 작업은 어떤가? 일은 좀 고되지만 보수는 제법 좋지. 40코퍼씩이나 되니까. 어때, 해보겠나?”

“예, 부탁드립니다.”

시현이 기꺼이 승낙하자 노인은 건장한 남자들이 모여 있는 곳을 가리키며 말했다.

“저쪽으로 가게, 곧 출발할 모양이니까. 빨리 가보게.”

노인의 말대로 곧 출발할 모양인지 그곳에 모인 남자들이 하나둘 수레에 타기 시작했다. 급해진 시현은 노인에게 인사를 하고 그곳을 향해 달려갔다.

“아앗!”

급히 달려가던 시현과 한 소녀가 부딪쳤다. 시현에 비해 너무나도 왜소한 그 소녀는 그 충격을 이기지 못하고 넘어졌다.

“콜록! 콜록!”

소녀는 몸이 안 좋은 것인지, 계속 기침을 해대는 소녀를 일으켜 주기 위해 달리던 것을 멈추고 몸을 돌렸다.

“어이! 거기 성벽 보수 작업 가는 거 맞지. 당장 안 오면 그냥 간다.”

‘몇 걸음만 되돌아가 일으켜 세워주고 빨리 달려가면 돼.’

그렇게 생각한 시현이 걸음을 옮기자, 다시 남자의 목소리가 들렸다.

"빨리 안 와!"

높아진 목소리에 시현은 덜컥 겁이 들었다. 정말 가버릴지도 모른다는 생각이 들었던 것이었다.

"미안해요."

시현은 소녀에게 미안하다는 말 한마디만 남겨 놓은 채 수레를 향해 달렸다.

"휴, 하아."

수레를 타고 가는 내내 시현은 한숨을 내쉬었다. 아까 전의 일이 마음에 걸렸다. 언뜻 보기에 어디인가가 아픈 여자아이 같았다. 그런 여자 아이를 밀쳐 넘어뜨리고 제대로 사과도 못하는 이런 자신의 처지가 한심했다.

"에휴."

"어이 거기 신참. 무슨 한숨을 그렇게 푹푹 쉬고 지랄… 흠흠 있어."

수레의 인솔자인 브락이 평소의 습관대로 거칠게 말하려다 시현의 덩치를 보고는 급히 말을 바꾸었다.

"죄송합니다."

시현이 공손하게 나오자, 브락은 그런 시현의 태도가 마음에 드는지 호의에 찬 말투로 시현에게 말했다.

"그러지 말고 한번 말해봐. 내가 도움을 줄 수 있을지도 모르지."

계속되는 브락의 재촉에 시현은 아까 있었던 상황을 설명했다.

"아체인가?"

"아체요?"

"으응 자네가 말한 병약한 여자 아이라면 아체밖에 없지. 그나저나 큰일인걸. 가뜩이나 몸도… 어이 죽을상 하지 말라고 아프면 마켓에서 다 치료해 주니까. 그만 얼굴 풀어."

자신도 모르게 내뱉은 말에 시현의 표정이 어두워지는 것을 본 브락은 시현의 어깨를 두드리며 걱정하지 말라고 했지만, 시현의 마음은 수레가 성벽으로 가는 내내 무거웠다.

모스의 성벽은 오우거 같은 대형 몬스터까지 고려해 축조했기에 정말 두껍고 거대했다. 몬스터들이 대거 쳐들어올 기미가 보이면 전 병사가 성벽 위에서 천막을 치고 생활할 정도니 그 거대함은 이루 말할 수 없을 정도였다.

성벽이 워낙 거대한 만큼 성벽을 이루고 있는 돌들도 제법 큰 편이었다. 돌이 큰 만큼 그 무게도 엄청났기에 돌을 옮기기 위해서는 세 사람이 짝을 이루어 한 사람은 바퀴 역할을 하는 통나무를 옮기고 다른 두 사람이 끌어야 만했다.

성벽에 도착하자 모두 수레에서 내려 3인 1조로 모이기 시작했다. 모두 계속 조를 짜서 일해 온 사람들이었던지라 곧 조 편성은 끝났다.

"자자, 오늘도 열심히 하자고."

브락의 외침과 함께 일이 시작되었다. 바퀴 없는 수레에 사각으로 다듬어진 돌을 올리고, 밑에 깔은 통나무를 바퀴 삼아 하나하나씩 성벽 위로 끌고 올라갔다. 간간이 위험한 상황이 있었지만 무사히 넘어갔다.

이일에 숙련된 사람한테도 꽤 고된 일이었지만, 시현은 그다지 고되다고 느끼지 않았다. 그에게는 수많은 죽음을 바탕으로 진화된 육체의 힘과 마나가 있었기 때문에 오히려 다른 사람들보다 더욱 능숙하고 쉽게 일을 해나갔다.

'이거 제법 훈련이 되겠는데.'

무거운 돌을 끄는 내내 몸 안의 마나가 전신에 작용했다. 이 돌을 끄는 작업은 다리에서부터 허리, 가슴, 어깨, 팔까지 온몸을 지속적으로 사용해야 하는 작업이기 때문이었다.

지금까지 순간적으로 힘을 한곳에 모아오던 연습을 주로 했던 시현은 새로운 연습 방법을 찾게 된 것 같아, 신이 나 더욱더 열심히 일을 하기 시작했다.

시현의 속도는 가히 독보적이었다. 옆에서 같이 돌을 끄는 브락과 통나무를 옮기던 남자는 시현의 속도를 따라가지 못해 시현이 혼자 끌고 둘이서 통나무를 옮겨야 하는 상황까지 벌어졌다. 그럼에도 시현의 돌 끄는 속도는 줄어들지 않았다.

슬슬 그림자가 길어질 무렵, 브락이 작업의 끝을 알렸다. 다른 일이라면 아직도 한창이겠지만 돌을 끄는 일이 워낙 고된 작업이었기 때문에 몸을 충분히 쉬어주지 않는다면 그 다음날 할 일에 지장이 있기 때문이었다.

일이 끝나자 차례대로 줄을 서서 브락에게 보수를 받기 시작했다. 하루 일당인 40코퍼를 받은 이들은 방금 전까지 힘들어서 죽을상을 쓰던 게 언제였냐는 듯 얼굴에 웃음꽃을 활짝 피우며 수레에 올라탔다.

마침내 시현의 차례가 오자, 시현은 브락의 앞에 서서 손을 내밀었다. 브락은 시현의 손에 준비한 돈을 올려놓았다.

'5, 10, 20, 30, 40, 어, 50, 60!'

자신의 보수가 예상보다 많은 것을 알아차린 시현이 브락을 쳐다보았다.

"오늘 열심히 해준 대가로 20코퍼 더 준비했다. 내일도 잘 부탁해."

예상외의 수입에 시현의 얼굴에 웃음이 맺혔다. 브락은 그런 시현의 등을 한 대 치면서 말했다.

"그만 웃고 어서 수레에 타."

시현을 마지막으로 모두 수레에 타자 수레는 마켓을 향해 출발했다.

*   *   *

실로 오랜만에 성벽 주위를 순찰하던 한스는 둘이서 낑낑거리면서 끄는 돌을 혼자서 여유있게 끄는 사람을 보고 그 괴력에 감탄했다.

"저 사람 대단하군. 저렇게 무거운 돌을 혼자서 응? 어쩐지 낯이 익은데."

괴력의 인물이 낯이 익자 한스는 순찰코스가 아닌데도 그곳으로 발걸음을 돌렸다. 그리고 곧 그 괴력의 인물이 누구인지 기억해 낼 수 있었다.

'아마 시엔이라고 했지.'

한 달 전 한 번의 만남이었지만, 자신만큼 커다란 덩치와 처음 보는 강렬한 복장 덕에 한스는 시현을 아직까지도 기억하고 있었다.

한스가 시현에게 다가가자, 시현의 속도에 맞춰 통나무를 옮기던 브락이 한스를 보고 입을 열었다.

"응? 네가 여기에는 웬일이냐?"

"오늘 순찰자가 일이 생겨서 대신하고 있었습니다."

"아, 한스 씨, 안녕하세요."

시현은 한스를 알아보고는 반갑게 인사했다.

'오호~ 한스 씨 대단한데 324라니.'

시현은 한스의 이마에 324라고 쓰여진 숫자를 보고 놀랐다. 지금까지 본 어떤 사람보다도 높은 숫자였기 때문이었다. 시현의 눈에 숫자가 보이기 시작한 지도 어언 한 달, 그동안 많은 사람들과 그들의 이마에 쓰여진 숫자를 보아온 시현은 대충 그 정체를 짐작하고 있었다.

'그럼 한스 씨 재능도 엄청나겠군.'

처음 시현은 숫자가 그 사람의 강함을 나타낸다고 생각했다. 그러나 연약해 보이는 어린아이인데도, 성인 남성보다 훨씬 숫자가 높은 아이들도 보였기에 곧 그 생각을 접었다. 그리고 거의 한 달여간을 생활하면서 느낀 것은 이마의 숫자가 높은 사람들은 무엇인가가 한 가지는 특출나다는 것이었다. 특출나다, 그것은 곧 재능을 뜻함이었다.

"예, 안녕하십니까. 그런데 설마 이런 일을 하고 계신지는 몰랐습니다."

한스는 시현을 처음 보았을 때 자신과 비등한 실력, 아니면 좀 더 나은 실력을 가지고 있다고 생각했다. 그리고 그의 안내로 희생자들을 찾으러 갔다가 본 오크의 시체는 그 생각을 확신으로 바꾸어주었다. 한스 자신도 창을 던져 그렇게 깨끗하게 오크를 꿰뚫기란 상당히 힘든 일이기 때문이다.

하지만 그런 실력을 가지고 있는 시현이 이런 일을 하고 있을 줄은 꿈에도 몰랐다.

"이런 일이 뭐가 어때서. 이놈이 기껏 키워주니까 사람을 무시해."

"브락 아저씨, 그런 게 아닙니다."

브락이 한스의 말을 오해하고 역성을 내자 한스는 브락의 오해를 풀기 위해 진땀을 뺐다. 잠시 후 오해를 푼 한스는 시현과 둘이서 이야기를 나눌 수가 있었다.

"실력도 대단하신 분이 어째서 여기에 계신 겁니까?"

자신을 대단하다고 높여서 말하는 한스의 질문에 시현은 쑥스러운 표정으로 대답했다.

"돈이 필요해서요."

"돈이라면 몬스터 사냥을 나서도 될 터인데, 어찌."

몬스터 사냥이라면 시현도 처음에 여러 번 생각해 본 터였다. 하지만 그때에는 당장 여관비를 낼 돈이 없어 급했고 무기마저 살 돈이 없었기에 나중을 기약했다. 하지만 시간이 지남에 따라 굳이 몬스터 사냥을 할 필요가 없다는 생각이 들었다. 이 돌을 끄는 일이 꽤 수련에 도움이 되었고, 실전은 꿈에서 늘 할 수 있었기 때문에 굳이 위험을 자초할 필요가 없었다. 게다가 요즘 들어 다른 사람의 두 배가량 되는 임금을 받고 있다는 점도 한몫했다.

"이게 온몸을 사용해야 하는 데다가 지속적으로 신경을 써 줘야 하기 때문에 꽤 수련이 되거든요. 게다가 돈도 짭짤하니 굳이 위험을 감수하고 몬스터 사냥을 할 필요가 없어서요."

"흠… 안타깝군요. 헌터가 되시면 꽤 도움이 될 텐데."

"예?"

"흠, 모르시는 건가요?"

"무슨 말씀이신지?"

"몬스터를 잡으면 왜 시에서 돈을 주는지 아십니까?"

"그야 몬스터를 잡고 가져오는 게 돈이 되니까 그런 거 아닌가요?"

"아닙니다. 오크의 송곳니나 트롤의 머리 같은 게 무슨 가치가 있겠습니까? 그건 수거한 날 바로 가루로 내버립니다."

"그럼, 왜?"

"바로 겨울에 찾아올 블러디 카니발을 대비하기 위함입니다."

‘블러디 카니발? 어디서 들어본… 아!’

시현은 블러디 카니발이라는 말을 어디서 들었는지 곧 기억할 수 있었다. 이곳 사람들이 이야기하다가 가끔씩 나오는 단어였다.

‘무슨 축제인 줄 알았는데 단순한 축제가 아닌가 보지?’

“그 블러디 카니발이 뭐죠?”

“아시다시피 겨울에는 식량이 부족해 많은 사람들이 굶주리게 됩니다.”

당연한 소리에 시현이 고개를 끄덕였다.

“그건 인간에게만 통용되는 게 아닙니다. 겨울에는 몬스터들도 굶주리게 됩니다. 그래서 겨울에는 굶주린 몬스터들이 마을을 습격하는 일이 다반사로 일어납니다.”

“그럼 이곳도?”

“예, 그렇습니다. 하지만 이곳 모스는 그 규모부터가 다릅니다. 저 숲을 보십시오.”

숲을 바라보며 잠시 뜸을 들인 한스가 다시 입을 열었다.

“저 어둠의 숲은 이곳에서 끝이 안 보일 정도로 넓습니다. 마법사들의 말에 의하면 족히 작은 나라 하나 정도의 규모라더군요.”

시현이 그 말에 동의한다는 듯 고개를 끄덕이자, 한스는 계속 말을 이어갔다.

“어둠의 숲은 몬스터들로 이루어진 작은 나라라고 할 수 있습니다. 그리고 바로 이곳 모스는 바움과 어둠의 숲의 국경 지대. 겨울이 되면 우리는 엄청난 수의 몬스터 군단과 싸워야 합니다."

"그럼 블러디 카니발이라는 게."

"예, 겨울에 벌어지는 몬스터 군대와의 전투를 말하는 겁니다."

시현은 그제야 몬스터를 잡으면 시에서 왜 돈을 주는지 이해할 수 있었다. 그것은 바로 몬스터의 수를 조금이라도 줄이기 위함이었다.

"그럼 몬스터가 1년에 몇 번이나 처들어옵니까?"

"보통 한 번 아니면 두 번입니다. 하지만 그렇기 때문에 피해가 더 큽니다."

시현은 엄청난 숫자의 몬스터들이 한순간 밀려오는 장면을 상상해 보고는 몸을 부르르 떨었다.

"야, 한스, 이놈아. 일하는 사람 데려가서 뭐 하는겨!"

대화가 길어지자 한쪽에서 쉬고 있던 브락이 소리쳤다.

"브락 아저씨에게 혼나기 전에 전 이만 가봐야겠군요. 그럼 한번 잘 생각해 보시기 바랍니다."

브락을 피해 멀어져 가는 한스를 보며 시현은 생각에 잠겼다.

'사냥이라…….'

한스와의 대화가 있던 날부터 시현은 조금씩 준비를 하기 시작했다.

처음에는 무기를 사기 위해 무기점에 들렀지만, 무기를 손에 쥐어보고는 그 어색함에 포기했다. 군대에서부터 맨손으로 계속 싸워 왔던 터라, 무기가 손에 익지 않아서였다. 그래서 시현은 자신에게 맞는 건틀렛과 보호대를 주문했다. 건틀렛을 착용한 주먹이라면 능히 바위를 부술 수 있고, 보호대를 찬 팔이라면 여타 몬스터들의 공격을 막을 수 있다고 생각했기 때문이었다. 그 외에도 꿈에서 숲을 헤쳐 나가며 필요하다고 생각하는 물건들을 조금씩 주문해 나갔다.

오늘 처음으로 시현은 그동안 준비해 온 건틀렛과 보호대를 품에 안고는 잠에 들었다.

꿈에 들어오자마자 시현은 건틀렛과 보호대를 착용하기 시작했다. 전에 몇 번 연습을 해보았지만 아직까지 익숙지 않은 터라 트롤이 나오기 전까지 다 착용 못 할지도 모른다는 생각이 들어서였다.

다행히도 트롤이 나오기 전에 보호대와 건틀렛 모두를 다 착용할 수 있었던 시현은 움직임에 방해되는 부분이 없는지 이리저리 움직여 보았다.

"좋았어. 잘해보자."

마치 종교적인 의식이라도 치르는 듯이 건틀렛을 낀 양 주먹을 살짝 부딪치며 시현은 결심을 굳게 다졌다.

얼마 지나지 않아 수풀을 헤치고 트롤이 등장했다. 이마에 476이라고 써져 있는 트롤, 다행이 무기 같은 건 들고 나오지 않았다.

'혹시 무기라도 들고 나오면 어쩌나 했는데… 다행이네.'

트롤에게 무기가 없다는 것을 확인하자, 자신감이 붙었는지 예전과는 다르게 시현이 먼저 트롤에게 달려들었다.

가벼운 일격, 하지만 그 결과는 사뭇 달랐다. 아직 제대로 마나를 사용하지 않았음에도 불구하고 트롤에게 제법 타격을 입힌 것이었다. 예상외로 건틀렛의 효과가 꽤 좋았다.

오늘의 가장 큰 목적은 보호구와 건틀렛의 성능 시험이었기에 시현은 몇 차례 더 건틀렛의 효과를 확인해 본 후 이번에는 보호구의 효과를 확인하기 위해 일부러 트롤의 공격을 받아보기로 했다.

트롤이 가로로 긴 팔을 휘두르는 것을 확인한 시현은 재빨리 양팔을 엑스자로 교차해 가드를 단단히 굳히고 공격받을 부위에 마나를 집중했다.

아직 도인술이라고 하기에도 부족한 호흡법이었지만, 하루도 빠짐없이 꾸준히 행해와서인지 몸 안에 마나의 양은 물론 마나에 대한 통제력까지 제법 늘어나 있어, 순식간에 제법 많은 양의 마나가 모였다.

지이이익.

강한 타격음과 함께 전처럼 땅에 자국을 남기며 뒤로 밀려났다.

"휴우, 어떻게 되는 줄 알았네."

불안정한 자세에서 공격했던 전과는 달리 이번에는 제대로 된 공격이었기에 시현의 마음속에는 한가닥 불안감이 있었다. 하지만 이렇게 별다른 피해 없이 막아내자 시현은 안도의 한숨을 내쉬었다.

"좋아, 오늘 갈 때까지 가보자."

그동안 늘어난 실력에 새로운 장비, 시현은 오늘 무엇인가 되겠다는 느낌이 강하게 들었다.

시현은 트롤 주위를 돌아가며 가볍게 치고 빠지는 방법으로 일단 트롤을 상대하기 시작했다. 확실히 전과는 달랐다. 건틀렛을 착용해서인지 적은 양의 마나로도 트롤에게 충분히 타격을 줄 수 있어서 좀 더 자유롭게, 그리고 오랜 시간 동안 트롤과 싸울 수 있을 듯했다.

한동안 시현의 일방적인 공격이 계속되었다. 공격 와중에 날아오는 트롤의 공격들은 간단히 회피했고, 또 어쩌다 피할 수 없을 정도로 상황이 절묘한 공격들은 보호구를 이용해 어렵지 않게 받아냈다.

쾅!

한 팔로 내리찍는 트롤의 공격마저도 양손을 교차시키며 살짝 무릎을 굽히는 정도로 간단히 막아내자, 자신의 공격이 통하지 않는다는 것을 깨달았는지 트롤의 공격에 변화가 생기기 시작했다.

딱히 변화랄 것도 없었다. 좀 더 강한 파괴력을 내기 위해 한 손으로 공격하던 것을 양손을 각지 껴 공격하는 것으로 바뀌었을 뿐이었다.

이 정도라면 시현으로서도 쉽게 받아낼 수는 없었지만 동작이 너무 커져 오히려 시현에게 좋은 공격 기회만을 제공해 주었다.

트롤이 깍지 낀 손으로 시현을 향해 내려쳤지만, 너무 큰 예비 동작 때문에 그 공격을 미리 알아챈 시현은 트롤이 공격함과 동시에 트롤의 뒤로 돌아갔다.

트롤의 배후를 잡은 시현은 망설임 없이 다리를 들어 트롤의 두 다리에 오금을 밀어내듯 번갈아가며 찍었다.

크어?

공격당한 곳이 오금이었는지라 가볍게 찍었음에도 트롤의 다리는 힘없이 굽혀지며 그대로 '쿵' 소리와 함께 뒤로 넘어졌다.

시현은 이에 그치지 않고 넘어진 트롤 위로 점프해 가슴을 무릎으로 찍음과 동시에 건틀렛을 낀 양손으로 트롤의 얼굴을 무차별적으로 난타하기 시작했다.

퍼퍼퍼퍽!

크아아앙!

시현의 주먹이 트롤의 얼굴에 꽂힐 때마다 트롤의 비명과 함께 녹색 피와 살점이 사방으로 튀어나갔다. 반격은커녕 정신조차 차리기 힘든 상황, 하지만 트롤은 그 상황에서도 시현을 잡기 위해 팔을 들어 시현을 잡으려 했다.

하지만 시현은 이미 트롤의 습성에 대해 몸으로 직접 파악한 터라 트롤의 공격을 대비하고 있었다. 시현을 향해 빠른 속도로 달려드는 트롤에 손, 시현은 팔에 마나를 담아 트롤의 손을 향해 그대로 휘둘렀다.

시현을 향해 달려드는 것보다 더욱 빠른 속도로 튕겨 나가는 트롤의 손. 간단히 트롤의 손을 튕겨낸 시현은 다시 트롤의 얼굴을 향해 주먹을 날렸다. 하지만 이번에는 트롤의 양손이 양쪽에서 시현에게 달려들었다.

두 손을 다 튕겨내기에는 무리라고 생각한 시현은 그대로 트롤의 가슴을 박차고 내려왔다.

크아아아아!

얼굴에서 느껴지는 고통에 괴성을 지르며 일어난 트롤이 마구잡이로 팔을 휘둘렀다. 좀 전의 공격으로 인해 두 눈을 잃었기 때문이었다.

트롤이 두 눈을 잃자 시현은 여유롭게 트롤을 상대할 수 있었다. 간간이 소가 뒷걸음치다 쥐를 잡 듯, 시현의 있는 곳을 향해 주먹을 날리기도 했으나, 그런 눈먼 공격에 당할 만큼 시현의 실력이 낮지는 않았다.

시현에게 압도적으로 유리한 상황이었음에도 불구하고, 트롤과의 사투는 오랜 시간 동안 계속되었다. 아무리 트롤에게 타격을 입혀도 회복해 버리는 그 무시무시한 재생력 때문이었다. 어느새 시현의 공격에 의해 터져 나갔던 트롤의 두 눈마저도 회복되어 가고 있었다.

"헉! 헉! 헉! 괴물 같은 놈!"

시현은 어깨를 들썩이며 숨을 헐떡이고 있었다. 트롤을 공격하다 지친 것이다. 한편, 트롤도 비슷한 상황이었다. 거칠게 숨을 몰아쉬는 듯 숨을 쉴 때마다 입에서 침이 튀어나왔고, 움직임도 엄청나게 둔해져 있었다.

"좀 죽어라!"

시현이 힘없는 목소리로 내뱉으며 트롤에게 다가가 주먹을 날렸다. 맥이 빠질 만큼 힘없는 공격, 주먹이 정확하게 트롤에게 꽂혔지만 트롤의 피부에 흠집조차 내지 못했다.

"제길 죽여라. 더 이상 못하겠다."

더 이상 못하겠다는 듯 시현이 그 자리에 주저앉자, 트롤의 팔이 힘겹게 위로 치켜들어졌다. 그대로 내려치면 시현을 끝낼 수 있는 상황, 하지만 트롤은 그 상태 그대로 뒤로 넘어갔다.

'쿵' 소리와 함께 트롤이 신형이 그대로 뒤로 쓰러지자, 시현도 대자로 누워 버렸다.

"크큭, 너도 완전 맛이 갔구나!"

그래도 지진 않았다는 생각에 시현은 웃음을 지으며 중얼거렸다.

"하아, 날씨 좋다."

대자로 누워서 이것저것 혼자서 중얼거리던 시현은 주변이 너무 조용하자 이상한 생각이 들었다. 딱히 무슨 반응을 바란 것은 아니지만 숨소리조차 없었다.

'무슨 일이지?'

조금 전까지만 해도 '죽든 살든 이대로 눕자' 라고 생각하고 있었지만, 숨소리조차 들리지 않는 상황에 시현은 힘겹게 몸을 일으켜 트롤에게 다가갔다.

"뭐야? 죽었잖아!"

트롤은 뒤로 쓰러진 채로 죽어 있었다.

"설마, 뇌진탕으로 죽은 건 아니겠지?"

트롤의 몸에는 아무런 상처도 없었다. 가장 치명적인 상처였던 눈마저도 완전히 회복된 상황이었다. 그런데 죽어 있다니, 시현은 트롤의 죽음이 도무지 믿기지가 않았다.

"야! 이 새끼야! 도대체 어떻게 죽은 거야!"

그렇게 죽어라하고 때려댈 때는 안 죽더니 이제 와서 아무런 상처가 없는 모습으로 죽어 있자 시현은 화가 나서 욕설을 하며 트롤의 시체에 발길질을 해댔다.

"씨익! 씨익!"

한동안 트롤의 시체에 분풀이를 하던 시현은 거친 숨을 내쉬며 숨을 가다듬더니, 트롤과의 사투로 산산이 부서진 바위 파편 중 제법 날카로운 놈을 가지고 왔다.

"그래 어떻게 죽었는지 한번 해부나 해보자."

트롤의 몸 위로 올라가 시현은 날카로운 돌을 양손으로 움켜쥐고 트롤의 가슴을 향해 내리찍었다.

푹!

죽어서였을까? 날카로운 돌은 손쉽게 트롤의 가슴에 박혔다.

"제길!"

트롤의 가슴을 내리그으며 시현이 욕설을 내뱉었다. 마치 자신이 베어지는 것 같이 온몸에 소름이 돋았기 때문이었다.

"응? 피가 안 나오네?"

그렇게 길게 그었는데도 피가 나오지 않자 시현은 얼굴을 찡그리며 그은 부분에 양손을 집어넣어 양쪽으로 벌렸다.

"뭐야? 피가 없잖아?"

트롤의 가슴속에는 TV에서 보았던 인간의 장기와 비슷한 장기들이 속을 채우고 있었지만 피는 한 방울도 보이지 않았다.

"설마?"

문득 머릿속을 스쳐 지나가는 생각에 시현은 믿기 어렵다는 표정으로 트롤의 몸에서 내려와 이번에는 손을 잡아 들고 그었다.

역시나 트롤의 손에서는 깊게 그었음에도 불구하고 피 한 방울 나오지 않았다.

"제길, 실혈사라니!"

그렇다. 트롤의 사인은 과다한 상처 회복으로 인한 피의 부족, 즉 실혈사인 것이었다.

Chapter 6
블랙라이온 용병단

“자자, 오늘은 내가 쏜다. 모두 나를 따르라.”

“와!”

성벽 보수 작업은 6일은 일하고 하루는 쉬었기에 마지막 6일째 되는 날 항상 술집에 모여 회식을 했다.

그 회식에 앞서, 오늘은 특별히 브락이 쏜다고 말하자 모두 환호하며 브락을 따랐다.

크고 유명한 술집들 대부분은 용병길드에서 얼마 떨어지지 않은 곳에 모여 있었다. 술집들의 매상 50% 이상을 용병들에게서 벌어들였기에 용병길드 근처에 집중적으로 모여 있는 것이었다.

자주 가는 단골 술집에 들어선 시현과 일행들은 제법 널찍

한 테이블을 모아 자리를 만들었다.

"푸먼, 여기 맥주 좀 부탁해."

"에이~ 쏜다면서 맥주예요."

"그러게 말이여."

"그럼 그렇지."

자신있게 쏜다면서 생색내던 브락이 맥주를 시키자 시현을 시작으로 모두 브락을 타박했다.

"이것들이! 좋아! 푸먼, 여기 돼지 통구이 바비큐 두 마리도 추가야!"

모두의 타박에 브락이 흥분했는지 족히 1실버나 하는 돼지 통구이 바비큐를 두 마리나 시켰다.

"오오 브락, 센데!"

"너무 무리하는 거 아녀."

브락이 성벽 보수 작업의 책임자이고, 그 때문에 다른 사람들보다 보수가 많은 걸 감안해도 2실버는 꽤나 큰 지출이었다.

'제길 흥분했다. 1실버짜리를 두 개나 시키다니. 마누라한테 죽었다.'

시현은 브락을 쳐다보며 저렇게 성격 급한 사람도 드물 거라고 생각했다.

일단 흥분하면 저지르고 본다. 그것이 브락이었다. 그만큼 거짓이 없는 편이여서 시현은 브락이 정말로 마음에 들었다.

"브락 아저씨, 제가 좀 보탤게요.

시현이 옆에 가 살짝 귓속말로 이야기하자 브락이 얼굴을 붉혔다. 속마음을 들킨 것 같아서였다.

"흠흠, 아니다. 괜찮아."

"에이 정말요?"

"그래."

"사모님한테 혼날 텐데요?"

"윽!"

다른 사람보다 돈을 잘 벌면서도 매번 다른 사람에게 얻어
먹었던 터라, 시현은 이번에 좀 보태고 싶었다.

"한 마리는 제가 삽니다!"

"오오, 시엔이 브락을 살리는구나."

"아깝다. 브락이 집에서 쫓겨나는 걸 보지 못하네."

시현의 외침에 다시 사방에서 브락을 놀려대며 떠들어댔다.

쾅!

"이 새끼들, 이 술집 전세 냈어!"

시현 일행이 떠드는 것이 거슬렸는지, 한 용병이 탁자를 치
며 소리를 질렀다.

순식간에 떠들썩했던 분위기가 차갑게 식자, 원탁을 치며
소리를 질렀던 용병이 일어났다.

"이 새끼들이 감히 블랙라이온 용병단의 렉스님을 뭘로 보
고 이렇게 떠들어대!"

자신을 렉스라고 소개한(?) 용병은 시현보다 좀 더 큰, 이 세
계의 입장에서 보면 어마어마한 거구였다. 그는 겁이라도 주
려는 듯 인상을 있는 대로 쓰며 시현 일행 중 덩치가 제일 큰

시현에게 다가와 그의 멱살을 잡아챘다.

이 즐거운 시간에 괜히 분위기를 망치기 싫은 시현은 그냥 가만히 멱살을 잡혀주었다. 이쪽에서 너무 떠들었던 잘못도 있으니 간단히 사과하고 넘어가기 위해서였다.

"아, 죄송합니다. 저희 쪽에서 너무 떠들었나 봅니다."

시현이 멱살을 잡힌 채로 정중하게 사과하자 당황한 쪽은 오히려 렉스 쪽이었다.

사실 렉스는 덩치가 크고 인상이 험악했지만 이런 일로 문제 삼는 무뢰배는 아니었다. 다만 이곳 모스에 동료들과 처음 왔기에 기선 제압 겸 용병단의 실력도 보여줄 겸, 제법 강해 보이는 시현 일행들에게 시비를 건 것이었다. 그런데 가장 강해 보이는 시현이 덥석 잘못했다고 하자 당황한 것이었다.

"하하하하!"

순간 사방이 웃음바다로 변했다. 시현의 멱살을 잡고 이러지도 저러지도 못하는 렉스의 행동 때문이었다.

"시엔, 그러면 안 되지, 그럴 때는 한판 붙어줘야 하는 거야."

이런 일을 많이 겪었는지 브락이 웃으면서 말하자 시현은 어리둥절한 표정으로 말했다.

"그래도 저희가 너무 떠들었고 했으니까. 사과하는 게 낫지 않나요?"

"크크크크크큭!"

그 말에 시현 일행 모두 배를 잡고 큭큭거리며 웃었다.

"넌 잘 모르는 모양인데, 이건 일종의 신고식이라고."

"신고식이요?"

"그래 넌 잘 모르는 모양인데, 잠깐, 렉스라고 했나? 일단 그 멱살 잡은 건 놓지."

이미 분위기가 요상하게 변해 버린 터라 렉스는 브락의 말에 따라 멱살을 놓았다. 렉스가 손을 놓자 브락은 맥주 한잔을 들이켠 후 시현에게 설명하기 시작했다.

"캬~ 이곳 모스에 처음 오는 용병들은 말이야. 일단 자기 용병단의 이름을 알려야 해. 그런데 용병길드에 등록한다고 알려지는 게 아니란 말이지."

시현이 고개를 끄덕였다. 용병길드를 가보진 못했지만 그곳에 등록한다고 일일이 사람들에게 홍보해 줄 것 같지 않아서였다.

"자, 그럼. 어떻게 할까?"

"흠, 전단지를 배포하나요?"

"크크크큭, 전단지래."

"시엔, 나를 죽일 셈이냐. 크크큭!"

시현의 엉뚱한 대답에 시현 일행은 물론 저쪽에서 시현 쪽을 주시하던 블랙라이온 용병 단원들까지 배를 잡고 웃기 시작했다.

"사람이 그럴 수도 있지."

자신의 실수를 깨닫고 시현이 얼굴이 붉어진 채로 투덜거리자, 분위기 파악하지 못하기로 유명한 클록이 시현의 말투를 흉내내며 웃었다.

"크크큭, 사람이 그럴 수도 있지래."

순간 떠들썩하던 웃음이 끊기며 클록의 웃음만이 여관을 맴돌았다. 그리고 당연하게 사람들의 시선이 클록에게 향했다.

"큭, 크, 흠. 미안허이."

클록이 웃음을 한순간에 재워 버리자, 다시 브락의 설명이 이어졌다.

"자신의 용병단을 알리기 위해서, 용병길드에 등록한 용병들은 가장 유명하다고 소문난 술집으로 오지, 그리고 나서 술을 시키고 기다리는 거야. 제법 강해 보이는 용병들이나 사람들을 말이야. 그리고 시비를 거는 거지. 이 렉스라는 친구처럼."

"그런 다음에는요?"

"그런 다음에는 맨주먹으로 한판 깔끔하게 붙는 거지. 숫자가 꽤 차이나면 일대일로 하고, 서로 숫자가 비슷하면 떼거리로 붙고."

브락은 다시 맥주를 한 번 들이켜고 말을 이어갔다.

"1대1보다 떼거리로 붙는 게 효과가 좋지, 경비대에서 출동해서 모두 잡아가거든. 그럼 모두 어떤 용병단이 모스에 들어왔다는 걸 알게 되지. 물론 경비대도 그걸 알기에 잠깐 잡아두고 풀어주고."

"아하!"

그제야 시현은 왜 사람들이 웃었는지 알 수 있었다. 그리고 렉스가 당황했던 이유도.

"그럼 한판 붙어야 하나요?"

시현이 묻자 브락이 고개를 저으며 말했다.

"분위기 다 깨졌는데 뭘 붙어, 저것 봐 아까까지만 해도 살기등등했는데 모두 맥이 풀려 버렸잖아. 물론 시엔, 너 때문에 말이야. 큭큭!"

브락이 큭큭거리며 웃자 시현의 얼굴이 다시 붉어졌다.

"죄송합니다. 그럼 저희는 다른 술집을 찾아보겠습니다."

렉스가 브락에게 사과하고, 술집을 떠나려고 하자 브락이 렉스를 멈춰 세웠다.

"잠깐!"

막 자리에서 일어나던 블랙라이온의 다른 용병들까지 그 말에 멈춰 섰다.

"분위기가 깨졌으니까. 한판 붙기는 뭐 하고, 팔씨름 어때?"

브락의 제안에 렉스는 탐탁지 않은 눈빛이었다. 팔씨름 같은걸 해봐야 별 효과가 없다고 생각했기 때문이었다. 그것을 눈치 챈 브락이 시현을 가리키며 말했다.

"여기 시엔은 모스에서 생각보다 유명하다고."

브락이 시현을 가리키며 유명하다고 하자, 당사자인 시현은 무슨 소리를 하냐는 표정으로 브락을 바라보았다.

"이래 봬도 요놈이 우리 모스 시에서 제일 가는 장사야."

"정말입니까?"

렉스가 의심스러운 표정으로 물었다. 물론 시현의 덩치가 크긴 컸지만 그렇게 두드러지게 근육이 나온 것도 아니였고, 또 유명하다는 말에 어리둥절한 표정으로 브락을 쳐다보았기 때문이었다.

사실 시현은 모스에서 꽤 유명한 편에 속했다.

성벽 보수 작업을 하는 사람들 전부 다 보통 사람의 두세 배를 상회하는 체력을 가지고 있었고 보수 작업을 하지 않는 겨울에는 무기를 들고 몬스터들과의 전투에 앞장서는 도시에서 꽤 알아주는 인물들이었다.

그런 사람 둘이 끌어야 하는 돌을 시현 혼자서 끌어대니 안 유명해질래야 해질 수가 없는 것이었다.

"좋습니다."

렉스의 표정이 변했다. 이 애송이가 그렇게 유명한 인물이라면 팔씨름이라도 해서 이기면 제법 명성이 퍼질 것이었다.

"좋아, 우리 쪽에서는 시엔, 나, 클록 이렇게 3명이 나가기로 하지 그쪽은?"

"베어, 울프."

렉스가 외치자, 두 사내가 앞으로 나왔다.

"이쪽은 베어, 이쪽은 울프, 그리고 저. 이렇게 3명이 하겠습니다."

베어라는 사내는 렉스보다 더 큰 덩치를 가진 족히 2미터가량 되어 보이는 거한이었고, 울프라고 불린 남자는 날카로운 기세를 풍기는 마치 늑대 같은 기운을 풍기는 사내였다. 아무래도 베어, 울프는 이들에게 붙은 별명인 듯했다.

출전 선수들이 정해지자, 곧 중앙에 원탁을 하나만 남기고 죄다 옮겨 경기장을 마련했다. 그리고 선수 6명은 서로를 마주 보고 섰다.

클록vs울프.

브락vs베어.

시현vs렉스.

순으로 경기를 하기로 합의하고 클록과 울프가 원탁에 앉자 여관 주인인 푸먼이 나와 외쳤다.

"자자, 첫 번째 경기는 모스의 제일가는 분위기 파괴자이자, 눈치 없기로 둘째가면 서러운 클록!"

"하하하!"

"클록! 클록!"

여관 주인이 우스꽝스런 소개에 모두 웃으면서 클록을 외쳤다.

"과 범상치 않은 분위기를 풍기는 울프!"

"아우우우~"

"울프! 울프!"

울프의 소개에 블랙라이온 용병단의 단원들이 늑대 울음소리를 흉내내며 울프를 외쳤다. 선수 소개가 끝나자 종업원 둘이 상자를 가지고 나왔다.

"자자, 누가 이길 것인가 행운을 걸어보세요. 네모가 클록, 동그라미가 울프입니다. 개당 2코퍼씩."

여관 주인인 푸먼과 종업원들은 이런 일이 익숙한지 네모난 나뭇조각과 동그란 나뭇조각까지 준비하고 있었다.

"난 울프에게 2코퍼."

"나도 울프에게 4코퍼."

"난 클록에게 2코퍼."

"난 브락에게 6코퍼."

"누가 벌써 브락에게 거는 거야!"

서로 다투어 돈을 걸고 대신 네모지거나 동그란 나뭇조각을 건 돈에 맞게 받아쥐었다. 모두 돈을 다 건 것을 확인한 후에야 푸먼이 다시 외쳤다.

"양 선수 자리로."

푸먼의 외침에 클록과 울프 둘다 서로를 마주 보며 원탁에 앉았다.

"자, 준비."

각자 왼팔을 원탁에 받치고 오른팔로 서로의 손을 꽈악 잡자 푸먼이 그것을 확인하고 아무런 이상이 없자 뒤로 물러섰다.

"셋, 둘, 하나, 시이이작!"

시작 소리와 함께 클록과 울프는 있는 힘껏 손에 힘을 주었고, 다른 사람들은 여관이 떠나갈 듯 자신이 돈을 건 상대를 응원하기 시작했다.

"클록! 클록!"

"울프! 울프!"

선수를 응원하던 소리가 어느샌가 규칙적으로 울리기 시작했다. 한쪽에서 클록, 클록을 외치면 그에 질세라 한쪽에서 울프, 울프를 외쳐 대었다.

그 외침 소리에 클록, 울프 두 사람 다 더 힘을 내기 시작했다. 점차 시간이 지남에 따라 두 사람의 얼굴이 시뻘겋게 변해 갔다.

"클록!"

"울프!"

"클록!"

"울프!"

경기가 과열되어 감에 따라 응원을 하는 리듬도 빨라졌고, 두 사람의 팔도 부들부들 떨려오기 시작했다.

쾅!

손이 원탁에 부딪치는 소리에 한순간 모든 응원이 머졌다. 곧이어 승자를 환호하는 함성 소리가 여관을 뒤덮었다.

"와아아아아! 클록, 클록!"

클록이 이기자, 클록에게 돈을 건 사람들이 환호했다. 좀 더 경기를 재미있게 하기 위해 약간의 돈을 건 것이지만 공돈이 생기니 그만큼 기분이 좋았던 것이다. 한편 진 쪽의 분위기도 나쁘지 않았다. 그만큼 신나게 외쳐 대었으니 말이다.

"첫 번째 승자는 분위기 파괴자이자 눈치없기로 둘째가면 서러운 클록!"

"하하하하!"

푸먼이 다시 한 번 클록의 우스꽝스런 별명을 부르며 승자를 외치자 다시 한 번 여관이 웃음 바다가 되었다.

"어이, 여기 맥주."

"나도 한 잔!"

한차례 승부가 끝나자, 모두 맥주를 시켜 목을 축였다. 좀 전 힘껏 외친 탓에 목이 말랐기 때문이었다.

그 모습에 푸먼의 얼굴에 웃음이 가득 맺혔다. 이렇게 이벤트 거리가 생기면 평상시보다 몇 배의 매상을 올릴 수 있었기 때문이었다. 게다가 오늘따라 이 이벤트는 더 열기를 띠고 있었다. 그 증거로 길가에 지나가던 사람들까지 그 열기에 이끌려 저렇게 궁금한 표정으로 들어오고 있었다.

모두들 한 잔씩 맥주로 목을 축이고, 방금 전 건 돈의 배당이 끝나자, 다시 푸먼이 중앙으로 나가 선수를 소개했다.

"이번 출전할 선수는 성격이라면 그를 말릴 사람은 단 한사람밖에 없다. 모스의 멧돼지 브락!"

"오오오오오!"

브락의 소개에 다시 여관의 분위기가 후끈 달아오르기 시작했다.

"참고로 말릴 수 있는 단 하나의 사람은 그의 부인 폰느입니다. 아시죠?. 브락이 공처가라는 거."

"하하하하!"

이어지는 우스갯소리에 모두 웃기 시작하자 브락이 푸먼에게 소리쳤다.

"이놈아, 헛소리 말고 소개나 계속해."

"아, 진실을 말하는 자에게는 언제나 탄압을 들어오나 봅니다. 자 그럼 멧돼지 브락의 상대할 선수는 척 보면 안다! 그가 왜 베어라고 불리는지! 엄청난 덩치, 엄청난 힘. 멧돼지는 가라! 베어가 왔다!"

"와아아아아!"

"하하하하!"

이어지는 베어의 소개에 함성과 웃음소리가 여관을 매웠다.

"이놈이!"

자신을 자꾸 멧돼지라고 놀려대자 브락이 참지 못하고 푸먼에게 달려들려고 했지만 일행 등이 브락을 잡아 말렸다.

한순간 해프닝이 끝나고 브락과 베어가 자리에 앉았다.

'미안하네, 이 친구야. 하지만 자네가 이겨 버려서 분위기가 다운되면 안 되지.'

푸먼이 이렇게 친구인 브락을 약 올리며 소개한 데는 이유가 있었다. 그가 친한 친구인 이유도 있었지만 클록이 이겨 버린 이상 브락이 져줘야 경기가 계속 재미있게 흘러갈 수 있었다. 게다가 경기가 점점 흥미로워지면 그만큼 매상이 오르기 때문이다.

"자자, 멧돼지 대 곰 누가 이길 것인가! 행운을 걸어보세요. 네모가 브락, 동그라미가 베어입니다. 개당 2코퍼씩."

"베어에게 4코퍼."

"베어에게 6코퍼, 아니, 8코퍼."

"난 브락에게 6코퍼."

푸먼의 편파적인 선수 소개에 베어 쪽에 돈을 거는 사람들
이 많았다.

"자, 준비."

전에 클록과 울프가 했던 대로 각자 왼팔을 원탁에 받치고
오른팔로 서로의 손을 꽈악 잡았다. 이를 푸먼이 확인하고 곧
경기 시작을 알렸다.

"셋, 둘, 하나, 시이이작!"

다시 응원 소리가 여관을 떠나갈 듯 울렸다.

"브락! 브락!"

"베어! 베어!"

처음과 마찬가지로 그 응원 소리는 규칙적으로 변해 서로
번갈아가며 외치기 시작했다.

"브락! 멧돼지!"

"베어! 베어!"

"멧돼지! 멧돼지!"

"베어! 베어!"

어느 순간 누군가가 브락 대신 멧돼지를 외치자, 모두 브락
대신 멧돼지를 외쳐 댔다. 브락의 얼굴이 빨개졌다. 힘이 들어
서인지 아니면 멧돼지라는 소리에 화가 나서인지 브락만이 알
뿐이다.

얼마 지나지 않아 베어도 얼굴이 빨개지기 시작했다. 브락
에 비해 훨씬 큰 덩치를 가지고 있었지만, 매일 매일 커다란 돌
을 끄는 일을 했던 브락이 한 수 위였다. 만약 푸먼이 브락을

놀려 힘을 빼지 않았다면 싱거운 싸움이 될 뻔했었다.

"돼지!"

"베어!"

어느샌가 멧돼지에서 돼지로 응원이 바뀌었다. 관중들이 곧 결판이 난다는 것을 눈치 챈 듯, 응원 소리가 빨라지기 시작했다. 돼지 소리가 커져 갈수록 브락의 얼굴이 더욱 빨개져 갔다.

쾅!

"우아아아아! 베어! 베어!"

결판이 나자 승자에 대한 환호가 이어졌다. 한편 돼지 소리에 힘이 빠져 진 브락은 큰 소리로 외쳤다.

"누구야 돼지라고 한 게!"

하지만 그 소리는 관중들의 환호 소리에 묻혔다.

"자, 이번 승자는 베어!"

큰 소리로 승자를 알린 뒤 푸먼은 재빠르게 한쪽에서 화를 내고 있는 브락에게 달려갔다. 그렇게 놀려댔으니 이제 화를 풀어줘야 할 차례였다.

"어이 진정하라고, 브락."

"너어 푸먼!"

브락이 푸먼을 보고 얼굴을 붉히며 달려들려고 하자 푸먼이 급히 말했다.

"오늘 바비큐 값은 공짜로 해주겠네."

멈칫!

바비큐 값을 공짜로 해준다는 말에 브락의 행동이 멈췄다.

그렇지 않아도 아내인 폰느에게 술값과 바비큐 값 때문에 긁
힐 바가지가 걱정되었던 차에 솔깃한 제안이 들어왔기 때문이
었다.

"술값도 공짜로 해주겠네."

다시 이어지는 푸먼의 공격.

"정말?"

그 공격에 브락은 바로 침몰되었다.

"물론이지 내 친한 친구에게 그 정도도 못해주겠나."

"하하하, 그래 넌 내 친구지."

브락을 성공적으로 달랜 푸먼은 카운터에 앉아 돈 계산을
하고 있는 종업원에게 다가가 조그마한 목소리로 말했다.

"어떠냐?"

"주인 아저씨 대박이에요. 지금까지 중계료로 벌어들인 돈
만 해도 36실버 82코퍼예요."

다른 사람이 들을세라 푸먼의 귓에 조심스럽게 종업원이 말
하자, 푸먼의 입이 귓가까지 찢어질 정도로 벌어졌다. 이미 하
루 매상의 두 배 가까이 벌어들였기 때문이었다.

"계속 수고해라. 맥주 값 받는 것도 있지 말고. 내 오늘 보너
스까지 챙겨주마."

"예, 아저씨."

매상을 확인하고 싱글벙글 웃는 얼굴로 푸먼이 다시 가운데
로 나왔다.

"자아~ 이제 지금까지의 경기 결과 양쪽 한 번씩 지고 한

번쩍 이겼습니다.”

경기 결과를 발표하는 것으로 손님들의 주의를 끌어모은 푸먼은 언제 웃었냐는 듯 진지한 얼굴과 목소리로 사회를 보기 시작했다.

“이번 경기로 승부가 결정지어집니다. 자, 그러면 오늘의 하이라이트 3번째 경기를 실행하기에 앞서 선수 소개가 있겠습니다. 자, 이번 출전한 선수, 멧돼지 브락도 한 수 접어준다는 그! 모스에서 제일가는 괴력의 남자, 시엔!”

“오아아아아. 시엔! 시엔!”

시현을 가리키며 푸먼이 소개하자, 이 술집의 분위기에 기분이 완전히 편승되어 버린 시현이 양손을 위로 번쩍 들어 관중들의 환호에 대답했다.

“자, 모스 제일의 괴력가를 상대할 이 남자 블랙라이온 용병단 최강의 남자, 검은사자 렉스!”

“렉스! 렉스! 렉스! 와아아아!”

렉스의 소개에 블랙라이온 용병단 전원이 렉스를 외치며 함성을 질렀다. 이번 경기로 승패가 좌우되었기 때문에 처음부터 응원 열기가 거셌다.

“시엔! 시엔!”

“렉스! 렉스!”

“자자, 모스 최고의 괴력가 시엔! 대 블랙라이온 용병단의 검은사자 렉스! 이번이 마지막 기회입니다. 누구에게 행운의 여신이 손을 흔들어줄 것인가! 여러분의 행운을 시험해 보세요. 네모가 시엔, 동그라미가 렉스입니다. 개당 2코퍼씩!"

"시엔에게 10코퍼!"

"난 검은사자에게 12코퍼!"

"나 역시 검은사자에게 8코퍼!"

"시엔에게 10코퍼!"

마지막 경기라서인지 서로 내기에 거는 금액도 전보다 많이 올라 있었다. 그 소리를 들은 푸먼의 얼굴에 웃음꽃이 활짝 폈음은 보지 않아도 알 수 있었다.

"자, 선수 제자리로."

푸먼이 외치자, 시현과 렉스 둘이 서로를 마주 보고 원탁에 앉았다.

"이겨라 렉스! 팔을 꺾어버려!"

"시엔, 지지마라. 너는 할 수 있어! 검은 고양이 정도는 문제도 아니다!"

잘못하다가는 싸움이 날 정도로 응원 열기가 거세지자, 푸먼이 급히 앞으로 나섰다.

"자자, 모두 응원하느라 목이 마르실 텐데 제가 맥주 한 잔씩 돌리겠습니다."

푸먼이 종업원들에게 눈짓하자 모두 차가운 맥주를 나르기 시작했다. 이렇게 분위기를 조금이라도 식혀놓지 않았다가 싸움이라도 나게 되면 오늘 장사는 이것으로 종치기 때문이었다.

모두 시원한 맥주로 열기를 가라앉히자 다시 푸먼이 경기를 진행시켰다.

"선수 준비!"

두 사람의 손이 서로를 마주잡았다. 푸먼은 좀 식혀놓았다지만 곧 다시 거세게 타오를 게 뻔히 보였기에, 그 불꽃에 기름을 붙는 짓을 하지 않기 위해 빨리 경기를 시작했다.

"셋, 둘, 하나! 경기 시이이이작!"

시작 소리와 함께 원탁이 흔들리며 두 사람의 손에 힘이 들어갔다.

"시엔! 시엔! 시엔!"

"렉스! 렉스! 렉스!"

푸먼이 예상한 대로 경기가 시작하자마자 분위기가 거세게 타올랐다. 미리 푸먼이 분위기를 띄워놓았다가는 정말 싸움으로 이어질지도 몰랐었다.

이번 경기에는 전의 두 경기와 같은 규칙적인 리듬도 없었다. 서로 자기가 응원하는 쪽을 목이 쉬어라 외칠 뿐이었다.

한편, 렉스는 죽을 맛이었다. 막 경기가 시작한 순간 렉스는 깨달을 수 있었다. 자신의 시현에게 상대가 되지 않는다는 것을 말이다. 하지만 이대로 포기할 수가 없었다. 이번 경기의 승패에 따라 모스에서 용병단의 입지가 달라지기 때문이다.

시현도 경기가 시작한 순간 렉스가 자신의 상대가 아니라는 것을 알 수 있었다. 손에 느껴지는 감각은 렉스가 브락 정도의 힘을 가지고 있다는 것을 알려주었다. 하지만 시현은 이대로 쉽게 이겨 버릴 수가 없었다. 렉스가 상대가 안 된다는 것을 알면서도 필사적으로 힘을 주고 있었기 때문이다. 그렇다고 이대로 져 버리기에는 동료들의 기대를 배신하는 것 같아서 도저히 질 수가 없었다.

어떻게 해야 할지 갈팡질팡하던 시현의 머릿속에 한 가지 좋은 생각이 스쳐 지나갔다.

'그래 좋았어!'

아주 좋은 아이디어라고 생각한 시현은 곧바로 그 계획은 옮기기 시작했다.

"우와아아아!! 시엔! 시엔! 시엔!"

"힘내라 렉스! 지면 안 돼! 렉스! 렉스!"

시현의 손이 조금씩 렉스를 압도해 가자 함성 소리가 커졌다.

"오오오! 렉스! 그대로 꺾어버려!"

거의 다 꺾였던 렉스가 다시 천천히 처음 상태로 돌려놓자 렉스를 응원하던 사람들이 흥분하며 외쳤다.

"오오오, 그래 렉스, 그거야!"

"렉스! 렉스!"

"시엔! 지지마라!"

돌려놓았던 기세로 계속 렉스가 시현을 압도해 가자 사람들은 그곳에서 눈을 떼지 못하고 더욱더 열성적으로 응원했다.

그렇게 두세 차례 서로 약세와 강세를 보이며 손이 움직였다. 그때마다 응원하던 사람들이 흥분하며 둘의 이름을 불러댔다.

‘이쯤이면 됐겠지.’

이 정도면 됐겠다 싶은 시현은 손의 위치를 처음 상태로 돌려놓고, 원탁 아래쪽으로 있는 힘껏 힘을 주었다.

뿌직! 콰다당!

순식간에 두 팔을 지탱하던 원탁이 부서지며 시현과 렉스 둘 다 그대로 자세를 무너뜨렸다. 예상치 못한 결과에 술집 안은 침묵이 맴돌았다.

“누가 이긴 거지?”

“글쎄?”

예상외의 결과에 손님들이 웅성거리자 푸먼은 재빨리 재경기를 하기 위해 앞으로 나왔다. 이대로 무승부로 끝난다면, 내기에 건 돈을 고스란히 돌려줘야 하기 때문에 가장 많은 돈이 걸린 마지막 판의 중계료를 한 푼도 받을 수가 없었다.

“아아, 비겨 버렸네.”

하지만 그런 푸먼의 바람을 비참하게 깨어버리는 소리가 있었다. 바로 시현이었다.

푸먼은 먼지를 탈탈 떨며 씨익 웃는 시현의 모습이 그렇게 얄미울 수가 없었다.

‘이 나쁜놈!’

곧 렉스도 먼지를 털며 일어났다. 하지만 렉스의 안색은 그리 좋지 못했다.

푸먼은 갈등했다. 이제 판정을 내야 할 때였다. 생각 같아서는 다시 재경기를 하고 싶었으나, 이미 시현이 비겨 버렸다고 말을 해버렸기 때문에 그럴 수가 없었다. 이미 술집에 있는 사람들 모두 무승부로 인식하고 있기 때문이었다.

"자, 마지막 괴력가 시엔과 검은사자 렉스의 경기는 무승부로 끝났습니다. 원탁이 부서지는 그 엄청난 힘에 찬사를 보냅니다."

푸먼이 눈물을 머금고 무승부 선언을 하자, 술집 이곳저곳에서 격력의 박수와 환호가 쏟아졌다.

짝짝짝짝, 휘이익~ 휘이익~

"둘 다 잘했다."

"멋진 대결이었다."

아까처럼 뜨거운 열기는 없었지만 이기고 진 팀이 없어 서로 웃을 수 있는 화기애애한 분위기가 형성되었다.

"아, 이거 한바탕 소리쳤더니 배가 고프네, 어이 주인장 여기 오리구이 2인분 추가."

"어이, 여기 여기는 3인분에 차가운 맥주 3잔."

"맥주로는 더 이상 못 참겠다. 여기 브랜디 한 병 부탁해."

이곳저곳에서 주문이 밀려 들어오자, 울상이던 푸먼의 얼굴이 펴졌다. 이 정도로 주문이 들어온다면 마지막 경기에서 놓쳐 버린 중계료 정도는 아니지만 그에 준하는 매상을 올릴 수 있기 때문이었다.

푸먼이 밀려오는 주문으로 정신없이 돌아다니는 사이, 렉스는 시현에게 다가와 악수를 청했다.

　시현이 렉스의 손을 잡자 렉스는 갑자기 시현을 끌어당기더니 시현의 귀에 조그마한 목소리로 속삭였다.
　"고맙다. 이 은혜는 잊지 않겠다."

Chapter 7
사냥

　이른 아침 일터로 가기 위해 브락 일행과 수레에 탄 시현은 한숨을 푹푹 쉬는 브락을 볼 수 있었다. 가끔가다 도박으로 돈을 읽고 한숨을 푹푹 쉬던 일이 있어서 시현은 그러려니 하고 다른 사람들과 이야기를 나누었다.

　"에휴, 아체 그 불쌍한 것이."

　'아체?!'

　브락의 입에서 나온 아체라는 이름이 시현의 관심을 끌었다. 시현은 그 이름을 듣자 가슴이 답답해지는 것 같았다. 이곳에 와서 가장 후회되었던 일이 떠올랐기 때문이었다.

　"브락 아저씨, 그게 무슨 말이에요?"

　첫날 이후로 시현은 사과를 하기 위해 아침에 마켓에 나올

때마다 아체를 찾았었다. 하지만 아체는 보이지 않았고, 한 달
이 거의 다 되어간 지금 아체라는 이름은 시현의 가슴속 깊은
곳에서만 존재했다. 후회되는 아픈 기억으로 말이다.

시현이 묻자, 브락의 얼굴에 당혹감이 스쳐 지나갔다. 엉겁
결에 말이 잘못 튀어나온 것이었다.

"아저씨, 아체라면 그때 그 여자애 아니에요. 아체가 뭐 어
쨌다구요!"

시현이 계속 집요하게 캐묻자, 브락은 급한 성질을 참지 못
하고 버럭 화를 내며, 마음에도 없는 말을 하고 말았다.

"너 때문에 팔려 나간다더라!"

"파, 팔려 나간다니요!"

화를 참지 못하고 말을 뱉어버린 브락의 얼굴에 후회가 어
렸다.

"아니다. 내가 헛소리를 했다. 못 들은 걸로 해라."

"아저씨, 나 때문에 팔려 나간다니요. 말 좀 해보세요."

계속되는 재촉에 브락은 결국 입을 열고 말았다.

"한 달 전쯤에 아체의 건강이 악화되었다."

한 달 전이라는 말에 시현은 가슴이 꽉 막히는 듯한 느낌에
왼손으로 가슴을 쥐었다.

'나 때문에.'

브락은 한 달간 시현을 겪어보아 그의 성격을 잘 알고 있었
기에 걱정스런 표정으로 시현을 쳐다보며 말을 이어갔다.

"이번에는 심각해서 결국 마켓에서 치료사를 불러서 치료

했다."

좋은 소식이지만, 시현은 이상하게 가슴이 더 답답해져 오는 것만 같았다.

"그럼 잘된 것 아뇨?"

수레를 타고 가던 사람들 중 한 사람이 묻자, 브락은 다시 한숨을 푹 내쉬었다.

"살았으니 잘되긴 했지. 그런데 그 치료비가 문제야."

"얼마길래?"

"30골드."

한 푼도 안 쓰고 3년, 아니, 겨울에는 성벽 보수 일이 없으니 족히 4년간 모아야 하는 금액에 수레에 탄 사람들이 웅성거렸다.

"병을 고치기 위해 희귀한 약초가 필요했던 모양이야. 마켓에서도 30골드라는 돈이 들 줄은 몰랐던 게지."

"그래서 어떻게 됐소?"

"일단 마켓에서 돈은 지불한 모양인데, 30골드란 돈이 어디 작은 돈인가? 여자애가 쉽게 벌 수 있는 돈이 아니지. 그래서 결국……."

"결국?"

"술집에 창기로 넘기기로 한 거지."

수레 안은 침묵이 감돌았다. 간간이 한숨 소리가 들려오는 거 외에는 모두 아무런 말도 없었다.

"저 때문이죠?"

침묵을 깬 것은 시현이었다. 시현은 복잡한 눈빛으로 브락을 쳐다보며 말했다.

"저 때문이죠?"

브락은 그런 시현의 눈빛을 의식적으로 피하며 대답하지 않았다. 하지만 시현의 질문은 계속되었다.

"저 때문이죠?"

결국 시현의 복잡한 눈빛을 참지 못한 브락이 소리쳤다.

"그래, 너 때문이다. 니가 그때 밀쳐서 병이 악화됐다. 이제 속이 시원하냐! 30골드란다. 30골드! 어떻게 할 거냐. 니가 벌어서 줄 거냐!"

그 순간 시현의 눈빛이 변했다. 그 눈빛을 본 브락은 겁이 덜컥 들었다. 시현이 저런 표정을 짓는 것을 처음 보았기 때문이었다.

"너무 신경 쓰지 마라. 원래 지병이 있었으니까, 아체 아버지도 그 지병 때문에 돌아가셨으니까 니가 아니었어도 이렇게 됐을 거야."

나름대로 시현을 달래보기 위해 브락이 변명을 했다.

"브락 아저씨."

"으… 으응?"

"저 오늘부터 안 나옵니다."

그 말을 남기고 시현은 수레에서 뛰어내려 여관으로 달려갔다.

"야 이놈아! 어딜 가는 거야!"

여관으로 돌아온 시현은 곧바로 군복과 군화로 갈아입었다. 그리고 침대 밑에 놓아둔 건틀렛과 보호대를 꺼냈다.

쓰읍, 후우.

한차례 심호흡을 한 시현은 건틀렛을 손에 끼었다. 1골드나 들여 주문한 물건이라서 그런지 시현의 손에 딱 맞았다.

제대로 끼워졌는지 손목과 손가락을 움직여 확인한 시현은 보호대에 손을 가져갔다. 총 6개의 보호대를 각각 팔 하박과 다리 상하박에 단단히 고정시킨 뒤 시현은 몸을 움직여 움직임에 불편이 없는지 확인했다.

움직임에 아무런 이상이 없자, 시현은 짧은 쇠꼬챙이가 끼워져 있는 벨트와 쇠로 만들어진 수통 두 개를 찬 뒤, 방을 내려왔다.

단단히 무장을 하고 나타난 시현의 모습에 에린이 휘둥그레진 눈으로 시현을 쳐다보았다.

"에린 씨."

"예, 옛!"

"육포 좀 챙겨주세요."

에린이 서둘러 육포를 챙겨오자 시현은 그것을 상의 주머니에 집어넣었다.

"조심하세요."

시현의 행동이 무엇을 뜻하는지 눈치 챈 에린이 걱정스러운 표정으로 말했다.

“고맙습니다.”

에린에게 고맙다는 인사를 끝으로 여관 밖으로 나온 시현은 바로 성벽을 향해 갔다. 주위에 많은 사람들이 시현의 이질적인 모습에 서로 쳐다보았지만 시현은 그런 시선을 무시하며 성벽을 향해 나아갔다.

“니가 아니었어도 그렇게 됐을 거야.”

마지막에 브락이 한 말이 시현의 머릿속에 떠올랐다. 시현은 그말이 맞을 거라고 생각했다. 하지만 상관없었다. 나중에 그렇게 되든 안 되든, 그녀의 병을 악화시킨 건, 그때 자신과 부딪쳐서 쓰러졌기 때문이었다. 그때 자신이 그녀의 상태를 조금이라도 알아챘다면…….

그 일이 이곳에 온 내내 가슴속에 자리 잡고 있었다. 때때로 그때의 자신을 돌이켜 보고는 부끄러움에 분노가 일기도 했다. 만약 브락에게 그 일을 듣지 않았다면 평생 부끄러움으로 남을지 모르는 일이었다.

시현의 그것은 일종의 트라우마와 같았다. 어릴 적 했었던 부끄러운 일이 후에도 남아 그때의 일을 생각하면 견딜 수 없게 만드는 그런 종류의 트라우마.

시현은 다짐했다. 그 소녀, 아체를 도와줌으로써 과거의 부끄러운 기억을 씻어내 버리고 말 거라고!

굳은 다짐에 걸음이 빨라졌다. 곁에서 보기에는 평범하게 걷는 것 같았지만, 실제로는 일반 사람들이 달리는 것보다 빨랐다.

"거참, 드럽게 빠르네."

시헌의 옷차림이 신기한 듯 구경하려다가, 그 빠른 걸음에 제대로 보지 못한 누군가가 투덜거렸다.

지루한 일상에 성문 앞에서 하품을 하며 몸을 풀던 한스는 멀리서부터 누군가가 빠른 속도로 다가오자, 자리에서 일어나 그쪽을 뚫어져라 쳐다보았다.

'누구지?'

멀리서부터 빠른 속도로 성문으로 다가오는 존재, 그 존재를 본 한스의 얼굴에 웃음이 맺혔다.

"결국 오셨군요. 잘 생각하셨습니다."

성문 앞까지 걸어온 시헌을 반기던 한스가 잔뜩 굳어진 시헌의 얼굴을 보고는 말했다.

"이거 전투 태세도 좋지만 너무 그렇게 딱딱하게 굳어 있으면 위험합니다. 자, 긴장을 푸세요."

"그냥 나가면 됩니까?"

한스는 잠시 망설였다. 보통 몬스터 사냥을 나가는 용병들은 몇몇씩 팀을 이루고 나갔다. 혼자 갔다가는 딱 죽기 좋은 곳이 저 어둠의 숲이었다.

깊숙한 곳까지 들어가지만 않는다면 가장 무서운 몬스터라고 해보았자 오크가 전부였지만, 그 오크들도 서넛씩 무리를 이루고 다니기 때문에 이쪽에서도 팀을 이루는 것이었다.

간간이 혼자서 나가는 사람들도 있었지만, 그들은 마나를 다룰 수 있는 자들, 일반적인 사람의 범주를 벗어난 사람들이었다.

"혼자 나가실 겁니까?"

"예!"

"원하신다면 사람들을 소개시켜 주겠습니다. 혼자서는 위험합니다."

"괜찮습니다. 이런 일에는 익숙하니까요?"

익숙하다는 말에 한스의 얼굴에 의아함이 감돌았다. 한스가 알기로는 시현은 어둠의 숲에 가본 적이 단 한 번밖에 없었기 때문이다. 물론 시현은 꿈에서 생생하게 저 숲을 겪었었기에 한 말이었지만 한스가 그것을 알 리가 없었다. 시현은 한스가 쉽게 보내주지 않을 것 같아 약간의 거짓말을 보태기로 했다.

"제가 살던 곳에서 몬스터 사냥은 여러 번 해보았습니다. 그러니 걱정하지 않으셔도 됩니다."

그제야 한스는 처음 만났을 때 시현이 레인저 비슷한 직업이었다고 말한 것을 기억해 내고 말했다.

"정 그러시다면 어쩔 수 없군요. 이곳에 기록하고 나가시면 됩니다."

한스는 시현에게 성문 옆 탁자 위에 놓여진 책을 펼친 뒤 시현에게 펜을 주며 말했다.

"이름 밑에 출발할 때 날짜와 시간을 써넣으시면 됩니다. 그리고 돌아오셨을 때도 날짜와 시간을 쓰셔야 합니다.”

이름과 날짜를 쓰고 곧 성문이 열리자, 시현의 예의 그 빠른 걸음으로 숲을 향해 나아갔다. 그 뒤를 한스가 걱정스러운 표정으로 바라보고 있었다.

숲에 들어서자 시현의 걸음걸이가 좀 더 빨라지고 은밀해졌다. 마치 숙련된 어쌔신을 보는 것 같은 움직임. 몸 안에 마나를 다리에 집중시킴으로써 얻어낸 움직임이었다. 지속적으로 다리에 마나를 집중시켜야 하지만 그만큼 은밀함과 신속함을 얻을 수 있었다.

숲 속을 빠른 속도로 헤쳐 나가던 시현은 이 정도면 되었다 싶었는지 나무를 타고 올라가더니 눈을 감고 귀에 마나를 집중했다.

사방에서 들려오는 소리들, 물 흐르는 소리, 벌레들의 울음소리, 새들의 지저귐 등 아주 먼 곳에서 나는 소리 하나까지 시현의 귀가 포착하기 시작했다.

‘찾았다.’

시현의 입꼬리가 말려 올라갔다. 숲의 소리들 중 이질적인 소리를 감지한 것이다. 누군가가 숲을 헤쳐 가는 소리, 그 소리들 중 간간이 ‘취익취익’ 거친 숨소리까지 섞여 있는 걸로 봐서 오크였다. 곧 시현의 신형이 소리가 들리는 쪽을 향해 움직였다.

나무 위를 다람쥐처럼 별다른 어려움 없이 재빠르게 움직이

던 시현은 얼마 지나지 않아 목표로 한 오크들을 찾을 수 있었
다. 오크는 3마리, 현실에서의 첫 사냥감으로는 나쁘지 않았
다.

시현은 나무 위에 몸을 숨기며 오크들을 살폈다. 두 마리는
나무를 잘라 만든 몽둥이를 들고 있었고, 한 마리는 사람을 죽
이고 빼앗았는지 검 한 자루를 들고 있었다. 그 외에는 별다른
무기는 없는 것 같았다.

'먼저 칼을 든 놈부터.'

오크들이 시현이 숨어 있는 나무 밑을 막 지나치려 할 때,
시현이 나무 위에서 뛰어내렸다. 위에서 무엇인가가 떨어지는
소리가 들리자 당황한 오크들, 시현은 그때를 놓치지 않고 칼
을 든 오크를 향해 주먹을 날렸다.

체중이 실린 주먹을 무방비 상태로 머리에 허용한 오크는
머리가 깨지며 비명조차 지르지 못하고 그대로 무너지듯 쓰러
졌다. 동료가 쓰러지자 그제야 상황을 눈치 챈 나머지 두 마리
오크가 막 착지하느라 무릎을 굽히고 있던 시현에게 몽둥이를
휘둘렀다.

시현은 머리 위로 날아오는 두 개의 몽둥이를 보지도 않고
양손을 들어 막았다. 오크의 공격을 간단히 팔에 찬 보호대로
받아내자 오크들은 재차 공격하기 위해 방망이를 들어 올렸지
만 시현의 행동이 더 빨랐다.

무릎을 굽힌 상태에서 낙엽을 훑듯 오크의 다리를 후려치
자, 그 강대한 힘에 그대로 균형을 잃고 붕 떠올랐다. 그와 동

시에 시현의 손이 붕 떠오른 오크의 팔을 잡아 그대로 끌어당기듯 휘둘렀다.

퍽. 퀘에엑!

돼지 멱따는 소리를 연상시키는 오크 특유의 비명 소리가 숲을 울렸다. 졸지에 시현의 무기로 전락해 버린 오크가 막 시현에게 떨어지려던 몽둥이와 부딪쳐서 낸 소리였다.

시현이 오크의 팔을 놓자 육중한 소리를 내며 땅에 쓰러진 오크는 그 특유의 비명 소리로 고통을 호소하며 땅을 뒹굴었다. 곧 시현의 군화가 오크의 머리에 떨어지자 퍼석 깨지는 소리와 함께 그 비명 소리도 잠잠해졌다.

시현은 고개를 돌려, 남은 오크를 무심한 눈으로 쳐다보았다. 시현의 시선에 오크가 움찔거리며 뒤로 물러났다. 순식간에 동료 둘이 당하고 혼자 남게 되자 겁이 난 것이다.

점차 오크의 뒷걸음질치는 속도가 빨라지더니 급기야 손에 든 나무 몽둥이마저 버리고는 몸을 돌려 도망치기 시작했다. 시현은 그런 오크를 쫓아가지 않고 오크가 버린 나무 몽둥이를 집어 들어 던졌다.

쉬이익, 퍽!

두꺼운 나무 몽둥이임에도 속도가 워낙 빠른 탓에 마치 화살이 바람을 가르는 소리를 내며 오크의 뒤통수를 향해 정확하게 날아갔다. 뒤통수에 정확하게 몽둥이를 맞은 오크는 그대로 머리가 박살나며 땅바닥을 굴렀다.

별다른 어려움 없이, 오크 세 마리를 모두 처치한 시현은 오크에게 다가가 송곳니를 하나하나 뽑기 시작했다. 총 12개의 송곳니를 얻은 시현은 그것을 잘 갈무리한 뒤, 다른 사냥감을 찾기 시작했다. 12개라고 해봐야 240코퍼, 30골드에 비하면 너무나 작은 돈이었다.

사냥은 항상 같은 수순을 따랐다. 먼저 마나를 이용해 청력을 강화시켜 사냥감의 위치를 찾았다. 그리고 은밀하게 접근한 뒤, 기습으로 가장 위험한 무기를 들고 있는 놈이나, 가장 강한 놈을 단숨에 끝내고 나머지를 처치했다. 그 덕분에 시현은 별다른 상처 없이 오크들을 사냥해 나갈 수 있었다.

한참 동안 오크를 사냥하다, 시장기를 느낀 시현은 안전한 나무 위에 걸터앉아 여관에서 챙겨온 육포를 씹으며 그동안 모은 전리품을 살펴보았다.

64개의 송곳니, 총 16마리의 오크를 사냥한 것이었다. 1골드 2실버 80코퍼와 두 자루의 칼, 하루 번 것으로는 엄청난 돈이었지만 이 정도로는 턱도 없었다.

하늘에는 해가 중천에 떠 있었다. 해가 지기 전까지 꽤 많은 시간이 남았지만, 시현은 슬슬 몸에 피로가 쌓이고 있는 걸 느낄 수 있었다.

시현은 오늘 30골드를 다 벌 수 있다고 생각하지 않았다. 혹시 오우거라도 잡으면 모르겠지만 오우거와 만난다면 사냥당하는 것은 자신 쪽이었다. 적어도 반 이상, 아니, 10골드 정도라도 벌 수 있다면 그 돈을 주고 술집에 팔아넘기는 걸 막아볼 생각이었다.

시현은 오크에게서 뺏은 두 자루의 칼을 쳐다보았다. 이미 낡아 빠질 대로 빠져 버려, 제대로 베어지지도 않는 녹슨 칼, 두 자루 다 합하더라도 1골드도 안 될 것 같았다.

'좀 더 돈이 되는 놈을 사냥해야 해. 트롤 같은.'

트롤의 목에는 5골드의 현상금이 붙어 있었다. 게다가 트롤의 피는 힐링포션이라는 마법 물품을 만드는 재료였다. 트롤 한 마리만 붙잡을 수 있다면, 잘하면 20골드도 모을 수 있을지도 몰랐다.

"제길, 처음부터 트롤을 찾아다니는 건데."

트롤의 활동 영역은 좀 더 안쪽으로 들어가야 했다. 그곳에는 오우거도 출몰했었기에 숲 사정에 비교적 해박한 시현에게도 꺼림칙한 곳이었다. 낮이라면 그 큰 덩치를 보고 바로 도망칠 수 있지만, 밤이라면 이야기가 달랐다. 오우거들은 그 큰 몸집에도 불구하고 별다른 기척없이 돌아다니기 때문이었다.

'일단 가보자.'

수통의 물로 목을 축이고 난 뒤, 시현은 숲 좀 더 깊은 쪽으로 달려갔다. 점점 숲 안쪽으로 들어감에 따라 땅의 색이 바뀌기 시작했다. 갈색에서 점차 검은색으로 변해가는 땅, 시현은 슬슬 트롤의 영역으로 접근하고 있었다.

'너무 들어가지는 말자.'

너무 들어갔다가는 오우거와 마주칠지도 모른다는 생각에 시현은 달리던 것을 멈추고 나무 위로 올라가 청력을 집중해 다시 몬스터들이 내는 소리를 찾기 시작했다. 간간이 오크들이 내는 소리가 들려왔지만, 시현은 무시하고 다른 소리들에 집중했다.

여러 차례 자리를 바꾸며 청력에 집중한 결과 시현은 제법 굵어보이는 나무 여러 그루가 모여 있는 곳에 기대고 잠을 자고 있는 트롤을 찾을 수 있었다. 트롤 입가에 피가 잔뜩 묻어 있는 것으로 보아 아무래도 트롤은 식사를 마친 지 얼마 지나지 않은 것 같았다.

트롤에게 기습으로 치명적인 일격을 먹이는 것은 거의 불가능하다고 봐도 괜찮았다. 아무리 심한 상처라도 목만 날아가지 않으면 바로 재생되어 버리는 그 엄청난 재생력 앞에서는 어떤 기습도 소용이 없었다.

'그래서 준비한 게 있지.'

시현은 벨트에 끼워져 있는 짧은 쇠꼬챙이를 꺼내 양손에 쥐었다. 대략 한 뼘 길이의 쇠꼬챙이에는 마치 주사 바늘처럼 구멍이 뚫려 있었다. 시현은 천천히 트롤의 등 뒤로 다가갔다. 트롤은 몬스터들 가운데에서도 가장 둔하기로 소문난 감각의 소유자였기에 시현은 별다른 어려움 없이 트롤의 뒤로 다가갈 수 있었다.

쇠꼬챙이를 든 시현의 양손에 힘이 들어갔다. 그리고 동시에 양손에 든 쇠꼬챙이를 트롤에 몸에 박아 넣었다.

크아아아!

아무리 감각이 둔한 트롤이라고 해도, 한 뼘이나 되는 쇠꼬챙이가 몸에 박히는 상황에서 계속 잠을 잘 수는 없었다.

등에 느껴지는 고통보다 오히려 식사 후의 숙면을 방해받은 것에 대해 화가 난 트롤은 등 뒤쪽으로 그 긴 팔을 휘둘렀다.

우지직.

트롤의 괴력에 어른 허벅지 정도 굵기의 나무들이 수수깡 부러지듯 부러져 나갔다. 다행히 시현은 쇠꼬챙이를 트롤의 등에 박아 넣자마자 몸을 피했기에 트롤의 공격에서 무사할 수 있었다.

트롤이 그 커다란 몸을 일으켰다. 족히 3미터가량 되는 트롤, 이마에는 536이라는 숫자가 짙은 검은색으로 새겨져 있었다.

'제법 높군.'

시현은 이마의 숫자를 보고는 이 트롤이 제법 강할 것이라고 생각했다. 보통 트롤의 이마에 새겨져 있는 숫자가 450근처를 넘나들었지만 이놈은 그보다 거의 100가까이 더 높은 숫자를 가지고 있었기 때문이었다.

시현이 이마의 숫자를 가지고 몬스터들의 강함을 판단하는 것은 이유가 있었다. 이마의 숫자는 재능, 시현이 느끼기로는 그랬다. 인간은 노력이라는 무기가 있어, 재능이 낮아도 재능이 높은 자를 추월할 수 있지만 몬스터들은 달랐다. 그들은 본능에 의해 살육과 파괴를 일삼는 존재들, 본능만으로 사는 그들에게 노력 같은 건 존재하지 않았다.

"536짜리가 덤비긴, 난 700짜리도 잡은 적이 있단 말이야."

비록 꿈이지만 700이 새겨진 트롤도 잡은 적이 있었던 터라 시현은 자신감을 가지고 벨트에서 다시 쇠꼬챙이를 꺼내 양손에 쥐었다.

크아아아!

전혀 주눅들지 않은 시현의 모습이 거슬렸는지 트롤이 괴성을 지르며 아까 부러뜨린 나무를 집어 던졌다.

"엇!"

설마 나무를 집어 던질 줄 몰랐던 시현은 생각 외의 공격에 당황한 나머지 피할 기회를 놓치고 말았다. 다행히 나무에 맞기 전에 두 팔을 교차해 그 나무를 받아내었지만 충격이 없는 것은 아니었다.

"크으!"

팔에서 느껴지는 고통에 시현의 입에서 신음 소리가 흘러나왔다. 아까의 공격이 효과를 봐서일까 트롤은 계속 부러진 나무를 시현에게 집어 던졌다.

하지만 시현은 별다른 어려움 없이 그 공격들을 피하기 시작했다. 아까처럼 당황만 하지만 않는다면 이런 공격쯤은 문제 없었다.

나무를 모두 집어 던져 이제 던질 것이 없자 트롤이 맨몸으로 시현에게 덤벼들었다. 긴 팔을 이용해 채찍이라도 내리치듯 공격하는 트롤의 공격은 방금 전의 공격보다 더 위협적이고 까다로웠다.

한참 동안 트롤의 일방적인 공격이 계속되었다. 중간 중간

몇 번의 공격 기회가 있었음에도 시현은 공격하지 않고 계속 피하기 만했다. 그러자 어떻게 된 일인지 트롤의 움직임이 눈에 띄게 느려지기 시작했다.

"후후, 계획대로 되어가고 있어."

긴장을 풀 겸 현실에서 보던 코미디 코너의 대사를 읊으며 시현은 트롤을 쳐다보았다. 아니, 정확하게 말하면 트롤의 등 부분을 쳐다보고 있었다. 처음에 트롤에게 다가가 쇠꼬챙이를 박아 넣었던 그곳, 그곳에서 녹색 피가 끊임없이 흘러내리고 있었다.

"이쯤이면 됐을라나?"

끊임없이 발을 놀리며 트롤의 공격을 피하던 시현의 움직임이 멎었다. 그리고 트롤은 그 기회를 놓치지 않고 그 긴 팔을 시현에게 내려쳤다.

"웃차!"

가벼운 기합과 함께 시현이 왼팔을 들어 트롤의 팔을 막아 내었다.

"썩어도 준치라더니 아직까지 힘이 남아 있군."

평상시 트롤의 힘이라면 시현의 왼팔이 성하지 못하겠지만, 현재 몸 안에 피를 상당수 유실해 힘이 빠져 버린 트롤의 공격은 시현에게 전혀 위협적이지 못했다.

시현은 트롤의 팔을 막은 채로 주위를 둘러보았다. 사방이 트롤의 피로 질퍽했다.

"쩝, 아깝지만, 어차피 그림의 떡이지."

시현은 오른손에 마나를 집중해 그대로 트롤의 턱을 올려쳤
다. 이미 대부분의 피를 유실해 재생력은 물론 힘까지 잃어버
린 트롤은 그 공격에 그대로 땅에 몸을 누였다.

"이렇게 쉬운 걸."

쓰러진 트롤의 등에 올라탄 시현은 아직까지도 피가 조금씩
흘러나오는 쇠꼬챙이에 빈 수통을 가져가 피를 담기 시작하
며, 처음 꿈에서 트롤을 잡았을 때를 떠올렸다.

현실에서는 단지 1시 59초와 2시 그 사이의 일일뿐이지만
꿈에서 정말 오래도록, 아마 하루는 꼬박 싸운 끝에 시현은 트
롤을 무너뜨릴 수 있었다. 처음에는 자신과 같이 트롤이 지쳐
쓰러진 줄 알았다. 별다른 외상이 없었기 때문이었다.

하지만 얼마 지나지 않아 트롤의 숨이 끊어진 걸 눈치 채고,
해부까지 해가며 트롤의 사인을 조사하던 시현은 그 사인을
알아내고는 어이없음에 소리를 질렀다.

실혈사, 계속되는 시현의 공격에 트롤은 상처를 입었고 피
를 흘렸다. 거기에 상처를 치료하기 위해 그만큼 피가 소모되
었고 계속 그 상황이 반복되자 트롤의 피가 바닥나 죽었던 것
이다. 정말 어이가 없었다.

'그때 참 어이가 없었지, 실혈사라니.'

쇠꼬챙이에서 더 이상 피가 흘러나오지 않자, 시현은 수통
에 마개를 닫은 뒤, 트롤의 어깨에 박아 넣은 쇠꼬챙이를 뽑았
다.

"확실히 아는 것이 힘이야."

쇠꼬챙이를 갈무리한 시현은 트롤을 쳐다보았다. 일반적인 방법으로 싸우면 하루 종일 처절하게 싸워야 처리할 수 있는 상대였다. 하지만 이렇게 방법을 알게 되니 별로 힘을 안 들이고도 처리할 수 있었다.

시현은 벨트에서 단검을 뽑아 트롤의 목을 잘라내기 시작했다. 이미 재생력을 일어서인지 생각보다 쉽게 목을 잘라낼 수 있었지만 남의 목을 자른다는 것은 생각보다 끔찍한 경험이었다.

"제길. 빌어먹을!"

트롤의 목을 집어 들은 시현은 연신 욕설을 내뱉었다. 이렇게 욕이라도 해서 조금 전의 더러운 기분을 가시게 하기 위험이었다.

"돌아가야지. 지금 가도 꽤 늦겠네."

시현은 왔던 곳으로 달리기 시작했다.

한밤중에 도착하리라고 생각했던 시현의 예상과는 달리, 땅거미가 질 무렵에 도착할 수 있었다. 트롤의 피 냄새를 맡은 오크들이 도망갔기에 가능한 일이었다.

시현이 성안으로 들어오자 병사들이 몰려들었다. 트롤의 머리를 잘라왔다는 소문이 벌써 주위로 퍼진 것이다.

"이거 어떻게 돈으로 바꿉니까?"

"따라오십시오, 제가 안내하겠습니다."

병사의 안내로 막사 안으로 들어간 시현은 의자에 앉아 무엇인가를 적고 있는 회색 로브의 남자를 볼 수 있었다.

'마법사?'

로브를 보고 바로 마법사라는 것을 알아차린 시현은 마법사의 이마를 쳐다보았다. 216. 사람에게서 쉽게 볼 수 있는 숫자가 아니었다. 마법사가 되려면 재능이 있어야 한다더니 그 말이 맞는 모양인 듯했다.

"거기 앉게."

시현은 병사가 의자를 빼주자 그곳에 앉았다. 시현이 자리에 앉자 마법사는 고개를 들어 시현을 바라보았다.

"호오, 트롤 아닌가?"

시현의 손에 들린 트롤의 머리를 보았는지 마법사가 관심을 보였다.

"자네가 트롤을 잡았나?"

"예, 제가 잡았습니다."

"다른 놈들도 잡았는가?"

시현은 모아놓았던 오크의 송곳니를 모조리 꺼내 탁자 위에 올려놓았다.

"보자. 오크의 송곳니가 64개, 트롤의 머리가 1개, 다 합해서 6골드 2실버 80코퍼군. 자, 여기 있네."

"감사합니다."

품 안에서 주머니를 꺼내 돈을 건내준 마법사는 돈을 받고 막 일어나려는 시현을 잡았다.

"잠깐! 혹시 트롤의 피를 담아오진 않았나?"

마법사의 물음에 시현은 트롤의 피를 담은 수통을 마법사에
게 보여주었다.

"많지는 않습니다."

마법사는 뒤쪽의 선반에서 눈금이 새겨진 유리병을 가져오
더니, 수통에 있는 트롤의 피를 옮겨 담았다.

"276ml군, 나에게 팔지 않겠나? 내가 후하게 쳐주지."

어차피 팔려고 한 물건, 돌아다니는 수고를 덜게 되자 시현
은 기꺼이 팔겠다고 말했다.

"아는지 모르겠지만 트롤의 피는 20ml정도면 희석해서 한
개의 포션을 만들 수 있지. 이 정도면 14개 가까이 만들 수 있
으니 내가 14골드 주지 어떤가?"

예상외로 높은 가격이 마법사의 입에서 흘러나왔다.

"감사합니다."

피를 얼마 담아오지 못했던 터라 대략 5골드나 받을 수 있으
면 다행이라고 생각한 시현은 마법사가 꺼내든 14골드를 얼른
받아 챙겼다.

"다음에도 트롤을 잡거든 나를 찾아오게. 내가 20ml에 1골
드씩 쳐주지."

"알겠습니다."

"내 이름은 토르시오네. 이곳에 없으면 마탑에 있을 것이니
나를 찾아오게. 그런데 자네의 이름이 무언가?"

"시현입니다."

"시엔이라. 앞으로 잘 부탁하네."

“저도 잘 부탁드립니다.”

다시 일어나서 막 막사를 나가려고 했던 시현이 나가던 것을 멈추고 몸을 돌렸다. 생전 처음으로 마법사를 만났는데, 이대로 헤어지기가 아까워서였다.

“뭐 더 할 말이라도 남았는가?”

“저 부탁 하나 드려도 되겠습니까?”

“무언가?”

“마법 한 번만 보여주십시오.”

예상외의 부탁에 토르시오가 시현을 물끄러미 쳐다보았다. 마치 어린아이처럼 초롱초롱 기대에 찬 눈으로 자신을 쳐다보는 것을 보니 장난치는 것은 아니었다.

“자네, 마법을 본 적이 없는가?”

“예.”

“허허, 자네 다른 세계의 사람이라도 되나?”

예리한 토르시오의 질문에 시현이 움찔했다. 사실 토르시오가 이렇게 묻는 것은 의외로 마법을 접하기가 쉬운 환경 때문이었다.

“제가 살던 곳에서는 마법사가 아주 귀해서 마법을 한 번도 본 적이 없습니다.”

“호오, 그런 곳이 있나. 한 번 가보고 싶군. 그나저나 마법을 한 번도 본 적이 없다니. 내가 한번 보여주지. 흠, 무슨 마법이 좋을까?”

한참 동안 시현을 쳐다보며 무슨 마법을 보여줄까 고민하던 토르시오가 좋은 생각이 났다는 듯이 손가락을 튕겼다.

"그래, 자네 모습을 보니 2서클의 마법 클리어가 제일 좋겠군."

2서클 마법 클리어, 가장 많이 쓰이는 주문 중 하나로 일명 청소 마법이라고 불리우는 마법이었다. 효과는 말 그대로 대상을 깨끗하게 하는 것이었다.

토르시오의 왼쪽 가슴 즉, 심장 주위에서 마나가 요동치기 시작했다. 그 마나는 곧 두 개로 나누어지더니 일정한 형태를 이루었고, 형태를 이룬 둘 사이에 다시 마나의 흐름이 느껴졌다.

"클리어."

트르시오가 손을 시현에게 향하며 시동어를 외치자, 형태를 이루고 있던 마나들의 성질이 변하며 시현에게 쏘아져 나갔다.

곧 시현의 주위로 살짝 빛이 감돌더니 어느새 시현은 마치 갓 목욕을 하고 나온 사람처럼 깨끗하게 변해 있었다.

"정말 대단하군요."

"허허허, 별거 아니네."

비록 토르시오에게는 별거 아닌 2서클의 마법이겠지만, 시현에게는 경이 그 자체였다.

마법을 직접 경험한 시현은 욕심이 일었다. 어떻게 해서든 마법을 배우고 싶은 것이었다. 하지만 염치가 있지 이제 막 처음 만난 토르시오에게 마법을 가르쳐 달라고 할 수는 없었다.

게다가 지금은 할 일이 있었다.

"정말 감사합니다."

단순한 허례허식이 아닌 진심이 담긴 인사에 토르시오는 웃으면서 고개를 끄덕였다.

"그럼 다음에 보세."

"예, 안녕히 계십시오."

순식간에 20골드 2실버 80코퍼라는 돈이 생기고, 처음으로 마법까지 구경한 시현은 기분 좋게 막사를 빠져나왔다.

시현은 막사를 빠져나온 다음 곧바로 마켓을 향했다. 일단 20골드로 아체가 팔려 가는 걸 막을 생각이었다. 얼굴조차도 기억나지 않는 소녀였지만 지금 그에게 이 일은 어떤 일보다 중요했다.

마켓에 도착한 시현은 바로 건물로 들어가려다가 경비병들의 제재를 받았다.

"무슨 일이십니까?"

시현은 전에 스쳐 가듯 들었던 마켓 주인의 이름을 간신히 기억해 냈다.

"스딤님을 뵙고 싶습니다."

시현은 용건을 말하며 앞에 있는 경비병을 쳐다보았다. 시현이 처음 마켓을 찾은 날 거만하게 서 있던 그 경비병, 하지만 오늘은 이렇게 공손할 수가 없었다. 이미 시현은 모스에서 꽤 유명한 사람이 되어가고 있었기 때문이었다.

'내가 살던 곳이나 이곳이나 다를 게 없군.'

시현은 허가가 떨어지자 시종을 따라 안으로 들어갔다.

긴 복도를 지나 건물 끝에 있는 방에 이르자 시종은 문을 두드렸다.

똑똑!

"손님을 모셔왔습니다."

"들어오게."

안에서 들어오라는 허락이 떨어지자 시종이 문을 열었다.

"그래, 시엔이라고 했지? 아체 때문에 왔나?"

나는 이미 다 알고 있다는 듯이 스딤이 시엔을 보자마자 아체의 이야기를 꺼냈다.

"예? 어떻게?"

"아, 브락에게 들어서 알고 있네."

마음속을 꿰뚫어보는 스딤의 물음에 순간 놀랐지만, 이내 브락의 이름을 듣고는 시현은 어떻게 된 것인지 알아차렸다. 브락은 성벽을 담당하는 책임자이니 마켓의 주인인 스딤과 안면이 있었던 것이다.

"그러시군요. 그렇다면 이야기가 빠르겠습니다. 여기 20골드입니다."

스딤은 시현이 건내준 돈을 세워보고는 곤란하다는 표정으로 입을 열었다.

"이것으로는 모자란데?"

"일단 20골드를 받으시고 아체를 팔아넘기는 건 미뤄주십시오. 나머지도 곧 갚겠습니다.”

“흠!”

스딤은 의자에 기대고 눈을 감았다. 이렇게 유리한 입장에 있을 때 시간을 끄는 것은 그 특유의 버릇이었다. 오랜 상인 생활로 좀 더 좋은 조건으로 협상하기 위해 시간을 끌던 것이 완전 몸에 배인 것이다.

“저, 스딤님.”

한참 동안 아무 말도 않고 스딤이 눈을 감고 있자, 혹시 제안을 거절하려고 하는 것이 아닌가 불안한 생각이 든 시현이 스딤을 불렀다.

“나는 내가 생각하고 있을 때 말을 거는 사람을 싫어하네.”

스딤의 차가운 어조에 시현이 급히 입을 닫았다. 그 후, 한참이 지나서야 스딤이 눈을 떴다.

“왜 자네와 상관도 없는 아이에게 돈을 쓰는 것인가?”

“상관없지 않습니다.”

“그때 부딪친 것 말인가?

“예.”

“솔직히 말하면 그때 부딪친 걸로 이런 큰돈을 선뜻 쓰는 자네가 어리석어 보이네.”

“제 잘못을 바로 잡고 싶었을 뿐입니다.”

“응? 그때 부딪친 것을 잘못이라고 하기에는 무리인 것 같은데. 내가 모르는 다른 것이 있나?”

다른 사람에게는 별거없는 아무것도 아닌 일로 치부할 수

있는 일이었으나, 그때 그 소녀를 놓고 도망치듯 수레에 올라
탄 것은 시현에게는 부끄러움이요, 상처였다. 그런 기억을 자
신의 입 밖으로 꺼내고 싶지는 않았다.

'해줄 말이 없으면 이 거래는 없던 걸로 하지."

스님이 시현에게 받은 돈을 탁자에 올려 시현 쪽으로 밀어
놓자, 그제야 시현이 마음속에 있는 이야기를 꺼냈다.

"처음 이곳에 왔을 때 80코퍼가 전 재산이었습니다. 여관을
잡고 옷을 사고나니 14코퍼가 남더군요. 그 다음날 이곳 마켓
에 왔습니다. 다행히 덩치가 큰 덕에 브락 씨가 맡고 있는 성벽
보수 작업에 참여 할 수 있었습니다. 생각보다 쉽게 일자리를
구할 수 있어서 저는 기쁜 마음에 달려갔습니다. 보수도 40코
퍼로 제법 좋았거든요. 그때 한 소녀와 부딪친 겁니다."

"아체 말인가?"

"여, 그 당시 이름은 몰랐지만 나중에 브락 씨께서 이야기를
들으시고 알려주시더군요. 그 소녀와 부딪쳤을 때 저는 소녀
를 일으켜 주고 사과하기 위해 달리던 걸 멈추고 몸을 돌렸습
니다. 그때 브락 씨가 외치더군요. 당장 안 오면 바로 출발하
겠다고. 그때 생각해 보면 참 어리석었죠. 다른 일도 많은데,
결국 전 소녀에게 다가가지도 못하고 도망치듯 수레에 올라탔
습니다."

스님은 시현의 얼굴을 쳐다보았다. 말을 하는 내내 부끄러
웠는지 시현의 얼굴은 붉게 상기되어 있었다.

"그래. 그때의 과오를 씻고 싶어서 이 많은 돈을 선뜻 내놓

은 건가?"

"예."

시현이 망설이지 않고 대답하자, 스님이 다시 눈을 감고 생각에 빠졌다. 스님 자신도 똑같은 일은 아니지만 비슷한 경험이 있었다. 아주 사소한 잘못, 아니, 실수라고 봐도 좋았다. 아주 사소한 그 실수 하나로 지금까지 마음속에 그 일을 담아두고 있지 않은가. 스님은 시현의 마음을 이해할 수 있었다. 자신도 그때 그 일을 되돌릴 수만 있다면 몇천 골드도 아깝지 않았으니 말이다.

"그럼 아체는 어떻게 할 것인가?"

"무슨 말씀이신지?"

"아체의 빚을 대신 내주었으니, 아체에게 무엇을 요구할 것인가 말이네."

"요구 같은 건 할 생각이 없습니다. 제가 돈을 내는 것은 제 잘못을 바로잡기 위해서지 그녀를 위해서가 아닙니다."

"아무리 그렇다고 해도, 자네가 아체의 빚을 갚아준 건 사실이지."

"그럼, 그때 그 일에 대한 사과의 뜻이라고 해두겠습니다."

스님은 다시 한 번 시현을 뚫어져라 쳐다보았다. 지금까지 대화를 나누어보니 아체를 알고 있지는 않은 것 같았다. 대화 내내 그녀, 그 소녀로 아체를 칭했을 뿐 직접적으로 아체의 이름을 부르지는 않은 것으로 보아 별다른 관심도 없는 것 같았다.

"흠. 좋네. 돈으로 여자를 어떻게 해보려고 하는 놈이었으면 얼마를 줘도 받지 않을 생각이었네만 과오를 씻기 위해 그런 것이니 내 거래에 응하도록 하지."

"예, 감사합니다."

스딤의 흔쾌한 대답에 시현은 그동안 가슴에 응어리졌던 게 조금이나마 풀리자, 그 자신도 모르게 미소가 떠올랐다.

"그럼 나머지 25골드는 어떻게 할 건가?"

"예? 총 30골드 그러니까 10골드 아니었습니까?"

"아니지, 아체에게 사과의 뜻으로 30골드, 자네의 과오를 씻기 위해 15골드. 총 45골드네."

"아니, 이런 법이 어디."

막 시현의 말이 끝나기도 전에 스딤이 말했다.

"아체에게 사과하는 의미로 빚을 대신 값아주기로 했으니 30골드야 당연히 내야 하고, 자네가 문제 삼는 것은 15골드겠지. 그 과오를 씻으려면 누구의 허락이 있어야 하지?"

"그야 스딤님이시겠지요."

"그래, 자네는 그 기회를 나에게 15골드에 사는 거라네."

궤변이었다. 하지만 막말로 싫다고 해버리면 별다른 방법이 없었다. 기회를 사는 것밖에는. 시현은 스딤에게 욕설이라도 한마디 해주고 싶었지만 꾹 참았다.

"좋습니다. 돈은 언제까지 준비하면 되겠습니까?"

"따로 기한은 두지 않겠네. 앞으로 헌터 일을 하려는 것 같으니, 기한을 두다가 무리하면 나만 손해겠지. 너무 오래 걸리지만 않으면 되네."

"알겠습니다. 최대한 빨리 돈을 마련하도록 하겠습니다."

시현이 인사를 하고 나가자 스님이 의자에 기댄 채로 다시 눈을 감았다.

"시엔이라고 했나? 아체랑 잘 어울리겠구만."

무슨 생각을 하는지 스님의 입가에 흐뭇한 미소가 감돌았다.

Chapter 8
마법

다음날 시현은 오랜만에 늦잠을 잤다.

원래의 계획대로라면 아침 일찍 일어나 다시 몬스터 사냥을 하기 위해 숲으로 들어갔어야 했지만 어제 숲 속에서 무리한 대가로 아직도 피로가 풀리지 않았기 때문이었다.

'으… 꿈이랑 현실을 혼동하다니.'

그랬다. 꿈에서는 아무리 날뛰어도 일단 꿈에서 깨면 몸에는 아무런 이상이 없었다. 하지만 꿈과 현실은 달랐다. 그것을 잊어먹고 무리한 것이 실수였다. 어제 트롤이 던진 나무를 막았던 팔이 잠을 자고 일어나니 더욱 욱신거렸다.

"오늘은 아무래도 안 되겠다."

결국 오늘은 몬스터 사냥을 포기하기로 한 시현은 성벽 보수 작업을 하는 곳으로 가보기로 했다.

'브락 아저씨에게 사과해야겠네.'

어제 일을 생각하니 마음에 걸렸다. 아무리 급하더라도 그렇게 나와서는 안 되는 것이었다.

여관에서 아침을 간단히 해결하고, 그저께까지만 해도 열심히 일을 하던 일터에 온 시현은 그 무거운 돌을 혼자 끌고 있는 사람을 볼 수 있었다.

'어라, 나 같은 사람이 또 있네?

지금까지 저 돌을 혼자 끌 수 있었던 사람은 시현이 유일했기에, 저렇게 자신과 같은 힘을 가지고 있는 사람을 보자 흥미가 일었다.

'누구지?

흥미를 갖고 발걸음을 빨리해 그곳에 가까이 다가가자 곧 그가 누구인지 시현은 알 수 있었다. 그 사람은 시현에게도 꽤 익숙한 사람이었다.

"한스 씨?"

"예?"

"어라?"

한스와 그 옆에서 통나무를 옮기던 브락이 반응을 보였다.

"너 시엔, 너어!"

시현을 본 브락이 통나무 옮기던 것을 그대로 제쳐 놓고 시현에게 달려왔다.

"몸은 괜찮냐? 트롤이랑 싸웠다며."

시현은 화를 낼 줄 알았던 브락이 걱정스러운 표정으로 시현의 몸을 살피며 괜찮냐고 묻자 눈물이 핑 돌았다.

"전 괜찮아요. 아저씨 어제 정말 죄송했어요."

'괜찮다. 나도 어제 너무 너에게 성질을 부려서 정말 미안했었다. 이 성질 고쳐야 하는데 영 안 고쳐진다."

'안녕하십니까?'

아까 옮기던 돌을 마저 다 옮겨놓았는지 어느새 한스가 다가와 시현에게 인사를 건넸다.

"아, 한스 씨, 안녕하세요. 그런데 여긴 왜?"

"며칠 전에 시엔 씨가 했던 말이 기억이 나서 저도 한번 해보기로 했습니다."

"예?"

"잊으셨습니까? 제가 왜 이곳에서 일을 하냐고 물으니까 이게 꽤 수련에 도움이 된다고 하셨던 거?"

"아!"

그제야 자신이 그런 말을 했다는 것을 기억한 시현이 고개를 끄덕였다.

"트롤을 잡을 정도의 실력자가 말한 것이니, 저도 시간이 날 때마다 돌을 끌어보기로 했습니다. 지금 두 개째인데 정말 힘들군요. 어떻게 매일 혼자 끌었는지 참 대단하십니다."

계속되는 한스의 칭찬에 시현은 쑥스러운지 머리를 긁적였다.

"아체 일은 어떻게 되었나?"

시현이 뛰쳐나간 게 그일 때문이었는지라 브락은 궁금증을
참지 못하고 물었다.

"잘되긴 되었는데, 스딤 씨가 15골드 더 내놓으시라더군
요."

"그 양반이 그럴 리가 없는데."

"그럴 리가 없긴요. 아주 꼼짝 못하게 말꼬리를 잡아서 15골
드를 더 내게 만드는데. 꼼짝없이 당했습니다."

"아마 무슨 이유가 있을 거다. 그러니까 그 양반 너무 미워
하지 마라."

계속 스딤의 편을 들어주는 브락이 시현은 이상했지만 자신
에게 항상 잘 대해주는 브락의 말이었기에 시현은 가만히 고
개를 끄덕였다.

"예, 아저씨가 그렇게 말하는 거 보니까 무슨 이유가 있겠
죠."

"그래, 이제 앞으로 어떻게 할 거냐?"

"일단 계속 헌터 일을 할 것 같습니다. 스딤 씨에게 드려야
할 돈도 있고. 또 마법도 배워보고 싶어졌거든요."

"마법?"

"예."

브락은 시현을 위아래로 번갈아가며 쳐다보더니, 이내 고개
를 저으며 말했다.

"마법은 똑똑한 사람들이나 할 수 있는 건데."

자신을 무시하는 듯한 말투와 표정에 시현이 발끈하며 외

쳤다.

"아저씨, 저 이래 봬도 똑똑해요."

"뭐 니가 그렇다니 믿기야 하겠지만 영……."

"뭐가요?"

"그 덩치에 마법이라니 어울릴 것 같냐? 너에게는 흠, 그래 철퇴가 딱이다."

"제가 보기에도 조금 아닌 것 같습니다."

"두고 봐요! 내가 마법쓰는 게 얼마나 어울리는지 보여줄 테니까!"

그 다음날부터 본격적으로 몬스터 사냥에 돌입한 시현은 제법 괜찮은 성과를 올리며 헌터로서의 명성을 쌓아갔다. 그렇게 헌터로 살아가기 시작한 지 거의 한 달쯤이 되자, 시현은 제법 많은 돈을 모을 수 있었다.

"이 정도면 마법을 배울 수 있겠지?"

현재 모인 돈은 125골드 마법을 배우기 위해 악착같이 모은 돈이었다. 시현은 그동안 모아온 돈을 쌓아 들고 마탑으로 향했다.

5층으로 이루어진 원형의 거대한 탑, 아니, 탑이라고 보기에는 좀 무리인 모형이었다. 탑이라면 날씬하고 뾰족한 그런 길쭉한 원형의 건물을 연상시켰지만 이 마탑이라고 불리우는 건물은 원형의 건물이긴 한데 뚱뚱하고 평평하다. 한마디로 탑이라고만 불리울 뿐 원통 형태를 뺀다면 보통의 건물과 별로 다를 게 없었다.

이곳 모스의 마탑이 이런 볼품없는 형태가 된 것은 마탑에 묶인 제약 때문이었다. 본래의 마탑은 총 9개의 층으로 이루어져 있었다. 마법의 최고 단계인 9서클을 상징하기 위함이다. 하지만 9서클이란 것은 인간으로서 도달할 수 없는 단계였다. 현존하는 최고의 마법사가 7서클이니 9서클이란 것은 모든 마법사에게 꿈이나 마찬가지인 경지였다.

현존하는 7서클의 유일한 마법사 '가르시아 안티우스' 마탑의 탑주인 그가 어느 때부터인가 9층에서 내려와 7층에 거주하기 시작했다. 그것은 그의 다짐 때문이었다.

'7서클을 깨지 않는 한 위로 올라가지 않으리라.'

좀 더 마음을 다잡아 8서클에 오르기 위한 결심이지만 마탑의 탑주인 그의 위층에 살만큼 간 큰 마법사는 없었다. 아니 살 수 있더라도 가르시아에 대한 존경의 표시로 아무도 그 위층에 살려는 사람이 없었다.

언제부터인가 마탑의 마법사들은 가르시아의 그런 행동을 그대로 따라하기 시작했다. 6서클의 마법사들은 6서클을 깨지 않는 한 7층에 오르지 않겠다며 6층에 기거하기 시작했다. 다른 하위 서클의 마법사들도 그와 같은 이유로 자기 서클과 같은 층에 기거하게 되었다. 그것은 자연스럽게 하나의 규칙이 되어가고 있었다.

그 뒤로부터 새로 지어지는 마탑의 지부들은 그 지부에서 가장 높은 서클의 마법사의 서클과 맞게끔 지어졌다. 지어놓고 사용하지도 않고 텅텅 비워놓는 건 너무나도 큰 낭비였기 때문이었다.

모스 마탑도 그 규칙이 생긴 후에 지어진 탑이었다. 최고 책임자가 5서클이었기에 탑의 층수도 5층, 그리고 요새 도시의 특성상 많은 마법사들이 파견 나와 있었기 때문에 면적은 넓지만 높이는 5층밖에 안 되는 마탑이 만들어진 것이었다.

모스 마탑의 최고 책임자 에듀람은 호색한이라고 소문이 날 만큼 여자를 좋아하는 40대의 중년의 남자였다. 마법사, 호색한 이 두 가지 단어가 결합되면 보통 뚱뚱하고 추한 그런 모습이 연상되지만, 에듀람은 중년의 매력을 한껏 풍기는 중후한 미남이었다. 게다가 마법사답지 않게 몸 또한 잘 단련되어 있어, 그 매력을 배가시켰다.

토르시오에게 시현의 이야기를 들은 에듀람은 잠시 고민에 빠졌다. 나이가 22세, 이건 생각해 볼 것도 없이 거절할 상황이었다.

마탑에서 가르칠 수 있는 인원은 항상 제한되어 있었다. 마법서며 마법을 배울 때 쓰는 시약들, 그 외에 여러 가지 물품들은 꽤나 비쌌고, 또 돈이 있더라도 쉽게 구할 수 없는 것이기 때문이었다. 그렇기 때문에 마탑에서는 항상 재능있는 어린이들을 제자로 받아들여 가르쳐 왔다. 당연히 22살의 늙다리는 포함이 안 된다.

그런데도 에듀람이 이렇게 고민하는 이유가 무엇일까?

재능? 에듀람은 시현을 한 번도 본 적이 없었다. 게다가 22살의 늙다리라는 패널티는 웬만한 재능으로는 메우기 힘든 숫자였다.

권력? 이곳에 온 지 얼마 되지도 않은 시현에게 권력이 있을 리 만무했다.

'하아, 그것참. 그놈이 돈이 참 많던데 말이야.'

바로 돈이었다. 에듀람이 모스의 탑주인만큼 그에게는 많은 정보원들이 있었고, 그만큼 도시에 일어나는 일에 대해 해박했다. 그런 그에게 최근 시현이 헌터로서 명성을 날린다는 소식이 들려오는 것은 당연한 것이었다. 또 트롤을 꽤 잡았다는 소식도, 아니, 굳이 정보원에게 들을 필요도 없었다. 바로 앞에 서 있는 토르시오가 시현에 대해서 잘 알고 있었기 때문이다.

"흐음, 시엔이라고 했지. 자네가 보기에는 어떤가?"

에듀람의 앞에 서서 대기하고 있던, 3서클의 마법사 토르시오는 에듀람의 질문에 시현에 대해서 될 수 있는 한 좋게 말하기 시작했다. 지난 한 달 동안 시현과 꾸준한 거래로 둘 사이에 어느 정도 친분이 생겼기 때문이었다.

"지금까지 트롤의 피를 거래하기 위해 여러 번 만나 보았습니다. 머리도 영리한 것 같고, 주변의 평가도 괜찮습니다. 다만 나이가 조금 많습니다."

'그래 나이가 많은 게 문제인데 말이야.'

에듀람은 어떻게 해서든 시현의 청을 들어주고 싶었다. 물론 그 대가로 적지 않은 금액을 받고 말이다. 하지만 이곳 모스 마탑 지부는 마탑과 다른 지부들에 각종 마법 관련 재료들을 공급하기 위해 만들어진 곳이었다. 당연히 많은 돈이 오갔고, 그만큼 돈에 관한 감찰이 심했다. 그런 곳에서 꼬투리를 잡힐 짓을 했다가는……

에듀람이 고개를 저었다. 다른 지부에서는 모르겠지만, 이곳에서 나이 많은 시현을 제자로 받았다가는 그 이유에 대해 조사가 이루어질 게 뻔했고, 또 뇌물을 받았다는 것이 알려지면 이 자리가 위태롭다.

"쯧쯧, 아무래도 마탑의 제자가 되기에는 나이가 많아서 안 되겠군."

아무리 생각해 봐도 별다른 방법이 없자, 에듀람은 언짢은 표정으로 혀를 차며 중얼거렸다. 시현에게 제법 많은 돈을 뜯어내 아내들과 애인들에게 생색 좀 내보려던 계획이 무산되었기 때문이었다.

에듀람의 중얼거림을 들은 토르시오는 에듀람이 착각하고 있다는 것을 알아채고 그것을 바로 잡기 위해 입을 열었다.

"지부장님 제자가 되게 해달라는 게 아니라, 마법을 배우게 해달라는 것이었습니다."

"그냥 마법만 배우면 된다고?"

토르시오의 말에 에듀람의 얼굴에 웃음이 맺혔다. 마법을 배우는 것과 마탑의 제자가 되는 것 그것은 분명 달랐다.

마법을 배우는 것은 힘들고 어렵다. 마나를 느낄 줄 알아야 하며, 수많은 공식들을 외우고 계산할 비상한 머리가 필요하다. 일단 마법을 배우는 것은 이 정도면 충분했지만 이 두 가지 조건을 충족시키기란 쉽지 않은 일이다.

하지만 제대로 된 마법사 취급을 받기는 더욱 어렵다. 일반적으로 마법사란 마법을 쓸 수 있는 모든 매직 유저를 일컫는 말이었다. 하지만 1, 2서클은 그저 견습 마법사라 불릴 뿐, 제대로 된 마법사 취급을 받지 못했다. 오죽하면 ‘1서클도 마법사냐’ 라는 말이 있을 정도였다. 1, 2서클이 제대로 된 마법사 취급을 받지 못하는 것, 그 이유는 바로 마법의 위력과 난이도에 있었다. 일단 1, 2서클 마법들은 마나를 느낄 수만 있으면 누구나 배울 수 있었다. 머리가 정말 바보 천치 수준이 아닌 이상 천천히 공식에 따라 마나를 배치한다면 자연스레 발현되기 때문이다.

일단 마나만 느낄 수 있으면 사용할 수 있는 게 바로 1서클 마법, 2서클은 그보다 조금 더 어려웠지만 마찬가지였다. 또 그 위력도 미미했다. 높은 서클의 마법사가 1, 2서클 마법을 사용한다면 모르겠지만 견습 마법사가 사용하게 될 경우 그 위력은 차라리 어린애에게 검을 주고 휘두르거나 활을 쏘는 게 더 낳을 만큼 형편없었다.

그렇기에 1, 2서클의 견습 마법사는 마법사 대우를 받지 못했다. 오죽하면 마법을 배우고도 짐꾼으로 일하는 사람이 있을 정도니 말이다.

하지만 마탑에 소속된 견습 마법사는 달랐다. 아무리 마법사 대우도 못 받는 견습 마법사일지라도 마탑에 소속되어 있다면 준 귀족에 해당하는 대우를 받을 수 있었다.

대륙에 흩어져 있는 마법사들, 즉 3서클 이상의 마법사들 중 반 이상이 마탑의 마법사였고, 고 서클로 갈수록 마탑에 소속된 마법사들의 비율이 커져 갔다. 이처럼 마탑에는 대륙마법 전력 중 반 이상을 소유하고 있었고, 그 위력은 한 나라가 감당할 수 있는 수준이 아니었다. 그렇게 마탑의 위상이 높다 보니 자연히 마탑에 속한 견습 마법사들의 대우도 달라진 것이었다.

그렇기 때문에 마탑과 마탑의 지부에는 재능이 없어도, 제자가 되려는 사람들의 청탁이 끊임없이 이어졌고, 에듀람은 시현도 그런 사람들 중 하나라고 생각한 것이었다.

"그래, 그렇다면 이야기가 다르지. 그렇게 마법이 배우고 싶다는데, 일단 한번 만나 봐야겠군. 토르시오."

"예, 곧 데려오겠습니다."

토르시오가 나가자, 에듀람은 앞으로 시현을 어떻게 가르칠 건지 생각에 빠졌다. 비록 돈을 위해서라고는 하지만 가르칠 건 제대로 가르쳐야 뒤탈이 없기 때문이었다.

'흠, 마법서는 3서클까지 기록되어 있는 초급 마법서 하나를 구하면 되겠고, 가르치는 건 영락없이 내가 해야 하니, 일주일에 두 번 정도 3시간씩 가르치면 되겠군. 이론에 대한 설명이야 그 정도면 충분하고 나머지는 본인이 해야지.'

똑똑!

대충 시현을 가르칠 계획을 세우고 있는 동안 어느새 토르시오가 시현을 데리고 왔는지 노크 소리가 들렸다.

"지부장님 토르시오입니다. 시엔을 대리고 왔습니다."

"들어오게."

에듀람은 토르시오를 따라들어 온 시현을 바라보았다. 이방인이라더니 생김새가 이쪽의 사람과 그다지 크게 차이가 나지 않았다.

'검은 머리카락이야 희귀하긴 하지만 우리나라에도 없는 건 아니니까. 그나저나 토르시오가 말한 그대로군. 그럭저럭 머리는 있어 보이고 선해 보이는군.'

"토르시오, 자네는 그만 가서 일보게."

"예, 알겠습니다. 지부장님."

토르시오가 나가자 에듀람은 시현에게 자리를 권하고는 자신이 주로 마시던 차 한잔을 내주었다. 시현은 차를 마시면서 에듀람의 이마를 힐끔 쳐다보았다. 374. 지금까지 본 숫자 중에서 제일 높은 숫자가 에듀람의 이마에 새겨져 있었다.

"보통 100이던데 이 사람은 거의 4배네, 마탑의 지부장이라더니 뭐가 달라도 다르는구나."

"그래 마법을 배우고 싶다고."

에듀람의 물음에 시현은 공손히 대답했다.

"예."

"흠, 나이가 너무 많아서 힘들 텐데."

"그래도 배우고 싶습니다."

"어떤 일이 있더라도 말인가?"

"예."

시현의 의지가 확고한 것을 확인한 에듀람이 속으로 만세를 외쳤다. 이렇게 되면 좀 더 많은 돈을 뜯어낼 수 있을 터였다.

"일단 자네를 마탑의 제자로 들이는 것은 불가능하네."

불가능하다는 말에 시현의 안색이 어두워지자, 에듀람은 잠시 뜸을 들인 뒤 입을 열었다.

"하지만, 내가 가르쳐 줄 수는 있네."

"예. 그게 그거 아닌가요?"

"다르지. 잘 듣게. 마탑에서는 재능이 있는 어린아이들을 제자로 받아들이네. 아무나 받아들이기에는 마법은 너무나 어려운 학문이거든. 제자를 받아들이는 데 재능, 나이, 그리고 성격 이 3가지만 보지. 설마 그 아이가 노예라도 우리 마탑에서는 3가지 조건만 충족되면 받아들인다네. 그만큼 마탑에서 제자를 받아들일 때 이 3가지 조건은 절대적이네. 하지만 말이야."

마치 비밀스러운 이야기라도 하듯 에듀람이 목소리를 죽이며 몸을 살짝 숙여, 시현에게 손짓하자 시현도 따라 몸을 숙였다.

"마탑의 마법사가 개인적으로 다른 사람에게 마법을 가르쳐 주는 건 상관없지."

귀에 속삭이듯 조심스럽게 에듀람이 말하자 시현은 그제야 무슨 뜻인지 알 수가 있었다. 마탑의 제자가 되는 것은 불가능하지만 마법은 가르쳐 주는 것은 가능하다. 시현은 이게 더 좋다고 생각했다. 이 마탑이라는 곳 어릴 적부터 제자를 데려와

키운다고 하니, 군대와 비슷한 명령 체계를 가지고 있을 것 같
았다. 더 이상 군대 같은 조직에 매이는 것은 사양이었다.

"어떤가, 한번 배워보겠는가?"

은근슬쩍 권하는 에듀람의 모습은 마법사이기보다 장사꾼
에 어울렸다.

"부탁드립니다."

"흠, 흠. 그래. 그런데 말이야. 마법을 배우기 위해서는 돈이
제법 드네."

시현이 배우겠다고 하자 에듀람은 돈 이야기를 꺼내기가 쑥
스러운지 몇 번 헛기침을 하고는 입을 열었다.

"얼마 정도가 들겠습니까?"

이미 시현은 제법 돈이 들 거라고 예상했었기 때문에 침착
한 어조로 물었다. 솔직히 마법만 배울 수 있다면 얼마가 되던
지 지급할 용의가 있었다.

"100골드."

"옛!?"

시현은 예상외의 금액에 너무나도 놀라 자신도 모르게 소리
치고 말았다. 얼마든지 돈이 들어도 좋다고 생각했지만 100골
드는 그 예상을 훌쩍 뛰어넘은 금액이었다.

"어때? 생각보다 적지 않나?"

5골드가 제법 쓸 만한 2층 집 한 채 정도의 가격이니 100골
드면 집이 20채다. 그런 엄청난 돈을 내놓으라고 하며 적다고
하는 에듀람의 모습에 시현은 순간 화가 치밀었지만, 이어지

는 말에 화를 가라앉혔다.

"5서클의 마법사인 내가 직접 가르치는 것에 비하면 정말 싼 가격이지."

시현은 마법에 대해서는 잘 몰랐지만 5서클이 결코 쉽지 않은 경지란 것쯤은 알고 있었다. 그런 5서클의 마법사가 가르쳐 준다? 스승이 뛰어나면 뛰어날수록 제자도 뛰어나는 게 기본적인 상식이니 정말 좋은 기회였다. 하지만 100골드라는 어마어마한 금액을 내야 한다니 쉽게 알겠다는 대답이 떨어지지 않았다.

"흠, 싫은가? 그럼 어쩔 수 없이 없던 걸로……."

에듀람이 시현의 그런 생각을 눈치 챘는지 슬쩍 운을 띄우자 시현은 이대로 있다가는 마법을 배울 수 없을지도 모른다는 생각에 바로 승낙했다.

"내겠습니다."

"그럼 앞으로 일주일에 3시간씩 두 번 가르치도록 하겠네."

"일주일에 3시간씩 두 번이요? 너무 짧지 않은가요?"

1주일에 3시간씩 두 번은 너무 짧은 것 같아 시현이 물었다.

"이론 수업은 그 정도면 충분하지 나머지는 다 스스로 연습하기에 따른 것이야. 그나저나 자네, 마나는 느낄 수 있나?"

"예, 느낄 수 있습니다."

"그럼 정신을 집중하고 내 손에서 어떤 현상이 일어나는지 맞춰보게."

에듀람이 시현에게 손바닥을 내밀었다. 시현은 정신을 집중할 필요도 없이 손바닥 위에 마나가 소용돌이치고 있다는 것을 알 수 있었다.

"소용돌이치듯이 손바닥을 안에서 회전하고 있군요."

시현이 정확하게 대답하자 에듀람은 손을 거두어들였다.

"정확하게 느끼고 있군. 그 정도면 꽤 감이 좋은 편이야."

마법을 배우기에는 늦은 나이라 시현에게 별다른 기대를 하고 있지 않았던 에듀람의 얼굴에 웃음이 떠올랐다. 따로 마나를 느끼게 해줄 수고를 할 필요가 없었고, 또 재능이 있는 편이 없는 편보다 더 가르치기 편한 이유도 있었다.

"그럼 내일부터 당장 시작하도록 하지. 시간은 주일의 첫째 날과 넷째 날 오전이 좋겠군. 마침 내일이 넷째 날이니 딱이군."

"저, 그런데 수업료는 언제 가져와야 합니까? 그리고 준비물은?"

"준비물은 필요없고, 수업료는 내일 가져오게."

시현이 내일부터 마법을 배우기로 에듀람과 이야기를 끝내고 방을 나오자 토르시오가 그를 반겨주었다.

"어떤가, 잘되었나?"

"예, 잘되었습니다. 다만 100골드나 내라고 하서서 좀, 돈이 아까울 뿐이죠."

"전혀 아깝다고 생각하지 말게. 내가 모시 분이라서 하는 이야기가 아니라 저분은 정말 천재적인 마법사이시네. 저분에게 마법을 배우는 것은 정말 행운이야."

“전 솔직히 토르시오님이 가르쳐 주셨으면 좋겠습니다만.”

“나를 좋게 평가해 주는 것은 고맙네만, 내가 자네의 부탁을 거절하고 저분을 소개시켜 준 건 그만큼 저분이 대단해서야. 나이가 늦었으니 가르치는 스승의 실력이라도 출중해야 그나마 제대로 된 마법사가 될 수 있을 걸세. 앞으로 열심히 하게.”

“신경 써 주셔서 감사합니다, 토르시오님.”

Chapter 9
아체

"후우, 엉망이네."

잠에서 깬 시현은 거의 쓰레기장 수준인 자신의 방을 보고는 고개를 저었다. 귀찮아서 며칠 청소를 안 했더니 이 모양이었다.

에두람에게 마법을 배우기 시작한 시현은 집이 필요함을 절실히 느끼게 되었다. 여관에서는 도저히 마법에 관련된 연습을 할 수가 없었기 때문이었다. 물론 꿈에서도 마찬가지였다. 마법을 수련하기 위해서 조용하고 누구에게도 방해받지 않을 공간이 필요했는데, 꿈속은 그런 곳과는 거리가 멀었다. 결국 시현은 5골드를 치르고 2층 집을 장만했다.

"집이 필요하긴 했는데. 너무 큰 집을 사버렸네. 이사를 가야 하나.”

시현은 구석에 처박아놓아 구겨진 옷을 입고는 식사를 하기 위해 밖으로 나갔다. 대학 때 자취를 했다지만 밥은 전부 학교 식당에서 사 먹었고, 캠핑을 갔을 때도 늘 잡일 담당이었지 식사 담당을 한 적이 없었다. 결국 시현이 할 줄 아는 요리는 라면밖에 없었다.

물론 지금에도 그건 마찬가지였기에, 식사는 예전에 신세를 지던 여관에서 사 먹었다. 여관에 도착한 시현은 아침 식사를 시키기 위해 에린을 찾았다.

“응? 새로운 여급인가?”

에린은 자신과 비슷한 키의 소녀와 이야기하고 있었다. 아무래도 소녀가 에린에게 무엇인가 물어보는 듯했다.

“흐음, 꽤 귀엽네.”

이곳의 여자들 대부분이 현대인에 비해서 키가 작았기 때문에 시현의 눈에는 이 여자나 저 여자나 다 귀엽게 느껴졌다. 하지만 에린과 이야기하고 있는 여자는 객관적으로 보기에도 귀여웠다. 모스에 압도적으로 많은 갈색의 단발머리에, 갈색 빛깔의 눈, 그리고 도톰한 입술과 적당한 크기의 코, 각기 따로 놓고 보면 아주 평범했지만 그런 요소들이 하나하나 제대로 균형을 이루고 있어 매우 귀여웠다.

“아, 저기 오셨네요.”

시현을 발견한 에린이 시현을 가리키며 소녀에게 말하자 소녀가 시현을 쳐다보았다.

‘응? 여급이 아닌가?’

“감사합니다.”

소녀가 에린에게 감사의 인사를 하고 시현의 앞까지 쪼르르 달려와 올려다보았다.

‘와 귀엽다.’

시현은 속으로 탄성을 질렀다. 마치 예전에 길렀던 작은 토끼가 자신을 보면 앞으로 쪼르르 달려와 올려다보는 모습을 연상케 하는 소녀였다.

“안녕하세요. 저는 아체예요. 이렇게 늦게 찾아뵙게 돼서 죄송해요. 그동안 치료를 마저 받느라 늦었어요.”

시현에게 깍듯이 인사하고 다시 시현을 웃으며 올려다보는 그 소녀는 바로 아체였다. 예전에 키웠던 토끼를 연상시켜서일까 시현은 소녀가 친근하게 느껴졌다.

“안녕.”

“스딤 아저씨에게 이야기를 들었어요. 제 빚을 갚아주셨다고요.”

예전의 일로 시현의 머릿속에 악덕 상인으로 자리 잡은 스딤의 얼굴이 떠올랐다. 상인의 전형적인 이미지답게 통통하게 살이 오른 얼굴, 한 대 때려주고 싶은 얼굴이었다.

“감사합니다.”

“아. 그건 내가 잘못한 것도 있고.”

“그 이야기는 스딤 아저씨에게 들었어요.”

“일단 앉아서 이야기하자.”

아체와 탁자에 앉자 막 식사를 시키려던 시현이 아체를 쳐다보았다.

"식사는 했고?"

도리도리.

시현의 물음에 아체가 고개를 좌우로 흔들자 시현의 얼굴에 미소가 맺혔다. 고개를 좌우로 흔드는 모습이 무척이나 귀여웠기 때문이었다.

"에린 씨, 매번 먹던 거에다가 1인분 추가요."

아체의 몫까지 식사를 시킨 뒤 시현은 자신을 빤히 쳐다보고 있는 아체를 보며 입을 열었다.

"흠, 그래서 인사를 하기 위해 이곳에 온 거야?"

"예."

"너도 들어서 알겠지만, 그때 니 병이 악화된 건 나 때문일지도 몰라."

"저도 알고 있어요. 하지만 스딤 아저씨가 그 일이 아니더라도 어차피 그렇게 됐을 거라고 했어요. 단지 시간만 조금 앞당겨진 것뿐이라고."

시현은 친근하게 스딤을 아저씨라고 부르는 아체의 모습이 묘하게 거슬렸다. 자신을 술집에 팔려고 하는 사람 아니었던가, 그런데 왜 그런 사람을 친근하게 부르는지 도대체 이해를 할 수가 없었다.

"너, 스딤 씨를 보고 아저씨, 아저씨 하는데 그 사람 널 술집에 팔려고 한 사람이야. 왜 그렇게 친근하게 부르는 거니?"

'스딤 아저씨는 그런 사람 아니 읍! 읍!!! 읍읍읍!'

시현의 질문에 아체가 흥분한 듯 있는 힘껏 소리를 지르자, 시현이 급히 아체의 입을 막았다.

"읍읍! 읍읍!"

"자, 잠깐. 여기서 그렇게 소리를 지르면 어떻게 해. 쉿! 쉿!"

그렇지만 이미 여관의 시선은 모두 시현과 아체에게 집중되어 있었다. 그제야 아체는 자신이 무슨 짓을 했는지 깨달아 얼굴이 붉게 물들었다.

"아, 아, 아아아."

시현이 손을 놓아주자 아체는 얼굴을 붉게 물들인 채 어찌할 바를 몰라, '아아' 소리만 내며 주변을 두리번거렸다.

"자자, 조용히 하시고, 여기 식사 나왔으니까 식사하세요. 여러분도 그만 쳐다보시고 식사하세요."

다행히 그 상황에 맞춰, 에린이 식사를 내오며 사태를 진정시켰다. 지켜보던 시선이 사라지자, 그제야 시현과 아체는 다시 대화를 나눌 수가 있었다.

"스딤 아저씨는 그런 사람 아니에요."

아까의 실수를 만회할려는지 조용하게 말하는 아체의 대답에 시현은 어리둥절한 표정을 지었다.

"스딤 아저씨는 저 같은 고아들을 데려와서 길러주셨단 말이에요. 그리고 술집은 어쩔 수 없었어요. 키우는 아이들이 많은 만큼 저만 편애하시면 안 되거든요. 게다가 전 30골드라는 빚도 지었고."

“그래도 술집에 창기로 팔아넘기다니.”

“누, 누가 창기로 팔아넘겨요. 그런 곳 아니에요.”

극구 부인하는 아체의 모습에 시현은 브락의 성격이 떠올랐
다. 아무래도 창기로 판다는 말은 브락이 홧김에 한 말인것 같
았다.

“알았어. 일단 식사하면서 계속하자.”

“예.”

시현은 빵을 스프에 찍어 먹으면서 아체를 쳐다보았다. 그
때의 이미지로는 병약한 미소녀, 또는 먹지 못해서 비쩍 마른
여자 애를 생각했는데, 의외로 얼굴에 제법 살이 잘 올라 있었
다.

‘아체의 말처럼 스딤 씨 나쁜 사람은 아닌가?

아체의 영양 상태가 생각 외로 좋자 스딤에 대한 나쁜 인식
이 시현의 머릿속에서 조금이나마 가셨다.

“그럼 이제 어떻게 할 거야?”

“은혜를 값아야죠.”

“나?”

“예, 제 생명의 은인이나 마찬가지니까요.”

“하아. 그래 은혜를 갚는다 치자, 어떻게 할려고. 따로 직업
도 없잖아?”

“스딤 아저씨가 몸으로 값으라고 그랬어요.”

“풉!”

시현은 하마터면 마시던 물을 그대로 뱉어낼 뻔했다. 재빨

리 손으로 입을 막아서 다행이지 안 그랬으면 앞에 앉아 있는 아체가 졸지에 물세례를 맞을 뻔했다.

"왜 그러세요?"

갑작스런 시현의 행동에 아체가 고개를 갸웃둥거리며 무슨 일인지 전혀 모르겠다는 표정으로 시현에게 물었다.

"너 그런 말을 잘도 하는구나."

"에? 아! 아아아!"

시현이 얼굴을 붉히며 말하자, 그제야 아체는 자신의 실수를 알아채고 어찌할 바를 몰라했다.

다른 사람들이 그 모습을 묘한 표정으로 쳐다보자 시현은 아체의 뺨을 양손으로 가볍게 툭툭 쳐 진정시켰다.

"그런 게 아니라, 시엔 씨가 제 후원자이시니까. 밥하고, 빨래하고, 설거지도 하고 그런 거예요."

여전히 붉게 물들인 얼굴로 아체가 상황을 설명했다.

"후원자?"

후원자라는 말에 시현이 아체를 보며 반문했다. 아무리 생각해 봐도 후원자 같은 건 된 적이 없었다.

"예, 치료비뿐만 아니라, 약해진 제 몸을 튼튼하게 할 수 있게 15골드라는 금액도 지불해 주시면서 제 후원자가 되기로 하셨다고 아저씨가 말해주셨어요."

시현은 아체의 설명을 듣고 나서야, 스딤이 15골드나 더 요구한 점 그리고, 빼빼 마르고 연약한 소녀였던 아체가 이렇게 건강하고 제법 살이 오른 모습으로 나타난 점들을 이해할 수 있었다.

'그런데 후원자라니.'

후원자라는 단어를 듣자, 시현은 브락과 한스를 떠올릴 수 있었다. 예전 브락이 한스를 키워주었다는 이야기를 들었을 때, 아들이냐고 브락에게 물었을 때 해준 이야기, 후원자 제도에 관한 이야기가 있었다.

"그러니까 미리 투자하는 거나 마찬가지야. 일력 마켓에서 관리하는 아이들 중 제법 똑똑하다 싶은 아이들에게 좀 더 나은 교육을 받게끔 투자해서 나중에 데려다 쓰는 거지. 한스 저놈이 어렸을 때부터 제법 덩치가 크고 힘이 세서 내가 후원자가 되기로 했지."

시현이 예전 일을 생각하느라 가만히 있자, 아체가 조심스럽게 시현에게 물었다.

"제가 잘못 알고 있는 건가요?"

"아냐, 잠시 생각할 게 있어서."

시현은 아체를 쳐다보았다. 자신을 요리조리 쳐다보고 있는 모습이 무척 귀여웠다.

'그러고 보니 이 아이와는 꽤 인연이 깊다고도 할 수 있겠네. 인연을 계속 이어나가는 것도 좋겠지.'

스딤 씨가 꾸민 대로 아체의 후원자 되기로 마음먹은 그 순간 시현의 머릿속에 쓰레기장을 방불케 하는 방의 광경이 떠올랐다.

"너 청소랑 요리는 잘하니?"

"예, 그런 거라면 맡겨주세요."

시현의 2층 집, 쓰레기장을 연상케 했던 그곳은 현재는 어엿한 하나의 집으로 변해 있었다. 바로 새로 늘어난 식구 덕분이었다. 그 식구의 이름은 아체, 시현을 후견인으로 둔 19살의 소녀였다.

사실 19살이라면 이미 마켓에서 나와 결혼을 하거나, 따로 직장을 가질 나이었다. 하지만 워낙 병약했던 터라 할 수 있는 일이 없었기 때문에 마켓에 남아 있었던 것이었다.

아체가 시현의 가정부로 취직하게 되면서 1층은 아체가 사용하게 되었고, 시현은 여전히 2층을 사용하기로 했다.

아체가 살게 되면서 집으로서의 모습을 찾게 된 시현의 집, 그 집에서는 한창 아체와 시현이 실랑이를 벌이고 있었다.

"이것만은 안 돼!"

시현은 그 물건을 등 뒤로 숨기며 단호하게 외쳤다. 하지만 아체는 자신도 물러날 수 없다는 듯이 단호한 표정을 지으며 말했다.

"당장 내놔욧!"

"내가 한다니까!"

시현이 내놓을 기미가 보이지 않자, 아체는 강제로라도 뺏기 위해 시현에게 달려들었다. 시현은 뒷걸음치려 했지만 이미 물러날 때까지 물러난 상태라 꼼짝없이 아체에게 잡혔다.

"이리 내놔욧!"

아체의 손이 시현의 등 뒤로 돌아가 그 물건을 잡았다.

"아, 정말 내가 한다니까!"

"매번 내가 한다, 내가 한다면서 매일 쌓아놓기만 하잖아욧!"

"이런 건 한꺼번에 해야 제맛이야."

"무슨 빨래를 한꺼번에 한다는 거예요, 어서 내놔욧!"

더 이상 참지 못한 아체가 있는 힘껏 잡아당기자 시현의 손에 잡혀 있는 그 물건들 중 한 개가 아체의 손에 딸려 나왔다.

"앗! 안 돼!"

"으그, 냄새!"

두 사람이 놓고 다투는 그 물건의 정체, 그것은 남자용 사각 팬티였다. 자신의 팬티 중 하나가 아체의 손에 넘어가자 시현은 얼굴을 붉히며 다시 그것을 뺏으려고 했다.

"뺏기만 해봐요. 침대 밑에다가 입었던 팬티를 10장이나 숨겨놓는다고 확 소문 내버릴 거니까!"

아체의 협박에 막 팬티를 뺏으려던 시현의 손이 허공에 멈췄다.

"10장은 아닌데."

"9장이나 10장이나 그게 그거죠."

승기를 잡았다고 느꼈는지 뾰족했던 아체의 목소리가 원상태로 돌아왔다.

"자, 어세 내놔요. 안 그러면 정말 소문 내버릴 거예요."

"안 돼. 이건 남자의 자존심이야."

"곰팡이 냄새나는 팬티가 무슨 자존심이에요. 어서 내놔요."

"아체야, 내가 빨 테니까? 응?"

시현의 거의 애원조로 아체에게 말했지만 아체는 전혀 그 말을 믿을 수가 없었다.

"저번에도 그랬잖아요. 즉각 즉각 빤다고 하지만 이게 뭐예요. 침대 밑에 입었던 팬티를 9장이나 숨겨놓다니."

"너도 생각해 봐, 내가 니 팬티를 빨면, 니 기분이 어떻겠나?"

시현은 역지사지의 입장에서 생각해 보라고 말한 것인데 오히려 그것이 아체의 화를 북돋았다.

"어째서 그게 이거랑 같아욧!"

얼굴이 토마토만큼 붉어진 채 유리가 깨질 정도로 외치는 아체의 목소리에 시현은 자신도 모르게 양손가락으로 귀를 막았다.

"윽! 냄새!"

그 때문에 손에 들고 있던 팬티가 얼굴 근처까지 오자, 시현은 며칠간 침대 밑에서 푹 썩었던 팬티 냄새를 듬뿍 맡고는 얼굴을 찡그렸다.

"내놔요."

　마치 최후통첩이라도 하듯, 시현의 앞에 척하니 손바닥을 펴는 아체의 모습에 시현은 더 이상의 저항은 무의미하다는 것을 깨닫고 곰팡이 냄새가 가득 나는 8장의 팬티를 내놓았다.

　"으그! 냄새!"

　결국 총 9장의 팬티를 한 손에 옮겨 쥔 아체는 냄새를 맡지 않기 위해 최대한 팔을 핀 채로 1층으로 내려갔다.

　그 모습을 보고는 시현은 고개를 푹 수그린 채 중얼거렸다.

　"아아~ 남자의 자존심이."

　아체는 냄새나는 팬티들을 빨면서, 투덜거리기 시작했다.

　"쳇 뭐가 부끄럽다고, 시엔 씨는 이해가 안 간다니까, 이런 게 무슨 남자의 자존심이야."

　어머니가 어렸을 적에 돌아가신 터라, 철이 든 무렵부터 가사일을 도맡아온 아체였다. 당연히 아버지가 입던 팬티까지 늘 빨아왔기에 저렇게 부끄러워하는 시현이 이해가 가질 않았다.

　"게다가 부끄러운면 제때 제때 빨던지, 귀찮다고 침대 밑에 숨겨놓으면 어쩌자는 거야. 에잇, 에잇."

　팬티를 상대로 화풀이라도 하듯 빨래판에 힘껏 문지르던 아체는 조금 전 시현이 했던 말을 떠올렸다.

　"너도 생각해 봐, 내가 니 팬티를 빨면, 니 기분이 어떻겠냐?"

순간 아체의 머릿속에 자신의 팬티를 빨고 있는 시현의 모습이 떠올랐다.

"꺄아아아아악!"

부끄러움에 아체가 자신도 모르게 비명을 지르자, 그 비명을 들은 시현은 자신의 2층 방에서 창문을 박차고 밖으로 뛰어내렸다.

"무슨 일이야!"

땅에 착지하자마자 아체의 안부를 확인하는 시현, 제법 멋진 모습이었지만, 자신의 팬티를 들고 있는 시현의 모습을 상상하며 비명을 지르고 있던 아체는 시현을 보자마자 외쳤다.

"이, 변태!"

그와 동시에 손에 들고 있던 시현의 팬티를 집어 던지며 집 안으로 도망치듯 들어가는 아체의 모습에 시현은 현 상황을 파악하지 못하고 어리둥절한 표정으로 서 있었다.

"이게 무슨 일이지?"

어리둥절한 표정을 짓고 있는 시현이 머리 위에 아체가 던진 곰팡이 핀 사각팬티가 나풀거리며 내려앉았다.

"크, 냄새!"

머리 위에 내려앉은 사각팬티를 쥐어 들은 시현은 아체가 자신을 보고 변태라고 한 것을 기억해 내고는 사각팬티를 이리저리 둘러보았다. 혹시나 팬티에 실례(?)라도 해놓은 것이 아닌가 하는 생각이 들어서였다.

"아무것도 없잖아?"

있는 건 곰팡이와 곰팡이 냄새뿐 딱히 변태라고 할거리는
없었다.

"차라리 잘됐네. 이 기회에 내가 싸악 빨아버리지 뭐."

흐트러진 팬티들을 모두 모은 뒤, 시현은 조금 전 아체가 팬
티를 빨던 자리에 앉아 팬티를 빨기 시작했다.

휘이이잉!

한참 팬티를 빨고 있던 시현은 갑자기 불어오는 매서운 바
람에 팬티를 빨던 것을 멈추고 몸을 움츠렸다.

"으, 추워!"

매서운 바람이 끝날 때까지 움츠리고 있던 시현은 바람이
끝나자 다시 세탁을 재개하며 중얼거렸다.

"그러고 보니 겨울이 얼마 남지 않았구나."

시현의 말을 덧붙이기라도 하듯 바람에 휘날린 낙엽들이 곳
곳에 흩어져 있었다. 겨울이 얼마 남지 않은 것이었다.

몬스터들과의 전쟁이 기다리는 그 혹독한 겨울이.

『드림 임팩트』 2권에서 계속.

눈길발길 쏙쏙 끄는 **비법이 가득!**
왕성한 가게 만드는

잘나가는 가게 노하우 151 가지

고다 유조 지음
김진연 옮김
가격 9,800원

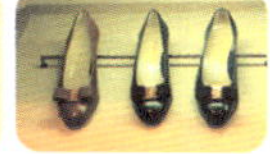

물건이 팔리지 않는 시대!
왕성한 가게 만드는 비법이 가득!

가게 안에 웅덩이를 만들어라
조명만 조금 바꿔도 매출이 팍 늘어난다
보기 쉽고, 집기 쉬운 가게 배치는 '경기장 형' 이 최고 등등
가게에 실제로 적용했을 때 매출이 오른 노하우만 알차게 수록
외관, 입구, 배치, 내장, 조명, 디스플레이에서 사원교육까지

도움이 되는 '발견' 이 가득가득.
당신 가게를 회생시키기 위한 소중한 책!

초등학생이 반드시 읽어야 할 좋은 책 49권

각 학년별로 초등학생이 반드시 읽어야할 좋은 책을 선정하여 통합논술의 기본이 되는 '올바른 독서법'을 일깨워 줍니다.

교과서와 함께하는
초등학교 통합논술

초등1학년 | 값 12,000원 | 초등2학년 | 값 9,500원 | 초등3학년 | 값 11,000원 | 초등4학년 | 값 9,500원 | 초등5학년 | 값 9,500원 | 초등6학년 | 값 11,000원

♣ 혼자 할 수 있어요.

엄마가 책 읽는 방법을 가르쳐 주어도 좋아요.
독서지도하는 선생님이 가르쳐 주어도 좋답니다.
"초등 교과서와 함께하는 **통합논술 시리즈**"는
아이 스스로 독서할 수 있도록 꾸며진 책이에요.
엄마와 선생님은 요령만 가르쳐 주시면 된답니다.

♣ 교과서의 중요한 내용이 총정리되어 있어요.

각 학년별로 중요한 교과 내용이 함께 수록되어 있어요.
초등학생은 교과서 내용을 충실하게 공부해야 합니다.
아울러 그와 병행한 독서가 대단히 중요하지요.
"초등 교과서와 함께하는 **통합논술 시리즈**"는
두 가지 방법 모두 알려준답니다.

♣ 이 책은 훌륭하신 선생님들이 함께 쓰신 책이랍니다.

동화작가 선생님들이 쓰셨어요. 소설가 선생님도 쓰셨답니다.
국어 논술독서지도 선생님들도 함께 쓰셨지요.
"초등 교과서와 함께하는 **통합논술 시리즈**"는
엄마의 마음으로 모든 선생님들이 함께 꾸민 책이랍니다.

입소문을 통해 아는 분은 다 알고 계십니다!
올 한해 공인중개사 최고의 화제작!

1~2권 합본 | 이용훈 지음
3~4권 합본 | 이용훈 지음
5~6권 합본 | 이용훈 지음
용어 해설 | 이용훈 지음

수험생 기본 필독서
만화 공인중개사

제목 : 만화공인중개사 쓰신 분에게 감사드립니다.

학원을 두 달 다녔어요. 근데 과연 그 숫자 외우기 그런 게 몇 문제나 나올까 생각을 했어요.
아니라는 생각이 드네요. 학원강의를 뒤로하고 서점을 갔어요. 내 머리에가장 이해될수 있는
책이 없나 허구요. 거기서 만화를 발견했어요. 무조건 세 번 봤어요. 3개월 걸렸어요. 문제집을 보라고
했는데 그건 시행을 못했어요. 근데 합격을 했네요.
어떻게 감사의 말을 해야 될지……
도서관에서 만화책 들고 다니니까 사람들이 비웃더라구요. 만화책으로 공인중개사를 공부한다고
미친 사람처럼 보더라구요. 근데 그거 다 감수하고 했던 내가 자랑스럽습니다.
어떻게 감사의 말을 해야 할지… 정말 감사합니다.
부디 행복하세요. 제 나이 41살에 좋은 스승을 만난 것 같습니다.
엎드려 감사드립니다.

—본사 홈페이지에 독자분이 올린 메일 中 에서 발췌—